ふりむけばそこにいる　奇譚蒐集家 小泉八雲

罪を喰らうもの

久賀理世

講談社
タイガ

イラスト——市川けい
デザイン——百足屋ユウコ（ムシカゴグラフィクス）

目次

登場人物紹介

パトリック・ハーン――――ラフカディオ・ハーン。のちの小泉八雲。
オーランド・レディントン――パトリックの友人。
ウィリアム・ファーガソン――聖カスバート校の下級生。
ロレンス先生――――――校医。
サラ・ブレナン――――――パトリックの大叔母。
ハロルド・キングスレイ――聖カスバート校の最上級生。
ユージン・カートライト――最上級生。
ウォルター・クレイトン――最上級生。
アンソニー・ミルフォード――ハロルドらの同級生（故人）。

名もなき残響

1

こんな夢をみた。

蒼《あお》ざめた水銀のような湖を、ただひたすらに墜《お》ちてゆく。

さざなみひとつなく、命の息吹もまるでない湖だった。

ゆらり。ゆうらり。

まどろむ四肢《しし》は木偶《でく》のようで、遠ざかる水面に向かって指をのばすこともできない。

冷ややかな湖水はやがて闇《やみ》を吸いこみ、どろりと昏《くら》く両の肺をふさいでゆく。

ゆらり。ゆうらり。

湖の底には、こうして息絶えた者たちの屍《しかばね》が折りかさなっているのか。

それとも沈み沈んだ先に待ち受けるのは、地獄の門なのだろうか。

地獄。

だとしたら、贖《あがな》われるべきおれの罪とは——。

にわかに不安と焦燥がこみあげる。

ごぼりと吐《は》きだした息が、苦しげに身をよじったそのときだった。

四散する泡沫《ほうまつ》の向こうで、なにかがうごめいた。それはほどなく人影となり、こちらに腕をさしのべながらまっすぐに降りてくる。

救い手か。

だが期待をこめて目をこらしたとたん、心臓が凍《こお》りついた。

そこにいたのはおれだった。

おれの姿をした、おれではないもの。

顔の造作は鏡に映したようにそっくりだ。だが炯々《けいけい》としたまなざしに宿る決定的ななにかが、それがまがいものであることを告げていた。

だが逃げようにも身体《からだ》は動かず、なすすべもなくそれの両手が首にからみついた。

たちまちおぞましさが膚《はだ》の裏に忍びこみ、触手をのばして這《は》いまわる。

乗っ取られる。

このままでは魂を喰《く》らわれ、身体ごと奪われてしまう。

たまらずあげた声なき悲鳴を封じるように、それは額《ひたい》と額をふれるほどに近づけた。

燐光《りんこう》を放つ瞳《ひとみ》でおれの顔をのぞきこみ、口角を吊《つ》りあげる。

そして口移しのようにささやいた。

——楽しみだな。

2

「なかなかぞっとしないものがあるね、自分の顔をした夢魔に襲われるというのも」

おれが語り終えるなり、パトリックはそんな感想を投げてよこした。

常のごとくせわしない、聖カスバート校の朝である。

学寮の狭苦しい二人部屋で、おれと起居をともにする相手にして、唯一の学友でもあるパトリックは、てきぱきと身支度《みじたく》を続ける。

パトリック・ハーン。

その真の名をパトリキオス・レフカディオスという、黒髪に浅黒い膚をした小柄《こがら》な少年は、出自をうかがわせる名を隠し、表向きはただのパトリックを名乗っている。

「まあ、きみのその顔なら、自分に恋をしたところで文句はないだろうけれど」

「よしてくれ。ナルキッソス扱いなんてまっぴらだ」

ギリシア神話に登場するかの美少年ナルキッソスは、泉に映ったおのれの姿にひとめぼれしたあげく、くちづけようと身を乗りだして溺死《できし》するのだ。容貌《ようぼう》ゆえに身を滅ぼすというその逸話の顚末《てんまつ》に、なおさら嫌な気分になる。

というのも、現在のおれがレディントン姓を名乗り、辺境の神学校で暮らしているそもそものきっかけも、これまで名も顔も知らなかった異母兄の若かりしころに生き写しだという、おれの容姿にあるからだ。

いまのおれにとって、自分の外見など忌《い》まわしいものでしかない。

おれはげんなりした心地で、司祭平服《キャソック》めいた陰気な制服に腕をとおした。

「あれはインキュバスだとかサキュバスだとか、その手のものではないよ」

「ふうん？」

櫛《くし》を片手に、パトリックがふりむいた。

「妙に確信めいているね。それならぼくに夢解きでもさせたいのかい？」

「——いや。どうしてこんな夢をみたのか、だいたいの察しはついているんだ」

七時からのミサには、まだいくらか余裕がある。

整えたばかりの寝台に腰をおろし、おれは本題をきりだした。

「きみは日に日に恐ろしい速さで成長する子どもを知っているか、パトリック？」

パトリックの動きがとまる。無言のままこちらに向けられたのは、どこかとらえどころのない、夜の海のような瞳だ。

ギリシア生まれの母親から受け継いだらしい、その黒い瞳がときにこの世ならぬものをも見透かすことを、おれはすでに知っている。

そうして身近な怪異を蒐集《しゅうしゅう》するのを、なによりの楽しみとしていることも。

深呼吸をするように、パトリックが問いかえす。

「それはあちらがわのもののことなのかい、オーランド？」

「おそらくは」

しかつめらしくうなずいてみせると、パトリックはたちまち櫛を放りだした。真正面に腰かけ、挑《いど》むように身を乗りだす。

「もちろん詳しく聞かせてくれるのだろうね？」

おれは片頬《かたほお》で笑った。

「お望みのままに」


始まりは四日まえ——月曜日の朝にさかのぼる。

それはひたすら退屈な、フランス語の授業中のことだった。

歌劇場のプリマ・ドンナだった母に連れられ、幼《おさな》いころから欧州各地を転々としてきたおれにとって、フランス語はもっともなじみのある外国語だ。流暢《りゅうちょう》とまではいかないが、日常会話くらいなら不自由なくこなすことができる。

教師から突然の指名を受けても、なんとかしのげるだろう。となれば単調な授業に身を入れる気にもなれず、おれは他《ほか》の生徒の朗読を聞き流しながら、すっかり教室の外に心を飛ばしていた。

好都合にもおれの席は窓際の一番うしろで、頬杖《ほおづえ》で隠すように顔を横にかたむければ、学舎の裏を一望することができる。十ヤードほどの幅の草地を挟んだ向かいには、学舎に隣接する寮棟のほうまで雑木林が続いているのだ。

美しい紅葉も、秋の深まりとともに艶《つや》を失い、いまでは枯れ落ちた葉のほうが多い。それでも侘《わび》しい枝をいたわるように、褪《あ》せた陽がひっそりと降りしきるさまをながめているだけで、自然と気分は安らいだ。

乾いた葉が風に吹かれ、はらりと枝先から離れる。

なんとはなしにその行方を追って、木々の足許《あしもと》に視線を移したときだった。

……子ども？

ぽつんとひとりきり、幹のそばにたたずむ人影がある。ここ三階の窓からでも、在校生でないのはひとめでわかった。黒ずくめの制服を着ていないからではない。それは初級生よりもあきらかに幼い——およそ六、七歳の少年だったのだ。

聖カスバート校は、ダラム市街から西に三マイルほど離れた荒れ野《ムーア》のただなかにある。パトリックからはこの世の果てのようだと評され、実際にうらさびしい土地ではあるが、周辺にまったく住人がいないわけでもない。

点在するその人家の子どもが、冒険がてら林を抜けてきたのかもしれない。学校の裏手は、敷地《しきち》を取りかこむ雑木林を荒れ野との境にしているだけなので、その気になれば侵入はたやすいのだ。

さらさらと癖《くせ》のない、淡い金の髪の少年は、興味深そうなまなざしで学舎をうかがっている。ブレイシーズで吊った膝丈《ひざたけ》のズボンは、昔のおれが穿《は》いていたものに似ていた。身なりからして、どうやら中流階級の子どものようだ。

するとこちらの視線を感じたのか、顔をあげた少年とまっすぐに目があった。

少年は驚いたように目をまたたかせる。そしてかすかに口《くち》の端《は》をあげた。

……え？

にわかに胸がざわめいた。

その表情に、なぜか見憶《みおぼ》えがある気がしたのだ。学外のどこかで、すれ違ったことでもあるのだろうか。だが不思議なことに、それはもっと古い記憶——心の奥の奥がゆさぶられるような感覚でもあった。

とまどいながら既視感の正体を探っているうちに、朗読を終えた生徒が椅子《いす》をがたつかせながら着席し、そちらに気をとられたおれが目を戻したときには、少年はすでにいなくなっていた。それきり少年は姿を見せず、おれは授業の終了とともに、わずかなひっかかりのことも忘れてしまった。

ふたたびおれがそれを目撃したのは、明くる日の午後のこと。

ラテン語の教官が黒板に向かい、長々しい例文を生徒たちがかりかりと書き写しているときのことだった。

ラテン語は、おれのもっとも苦手とする科目のひとつである。暗号のような文字の羅列をながめたとたんにうんざりしたおれは、あとでパトリックのノートを借りようと横着きわまりないことを考え、さっそく外の景色に目を向けた。

そういえば昨日は、敷地にもぐりこんできたらしい子どもがいたのだった……と雑木林の縁《ふち》に目を走らせると、はたして少年はそこにいた。しかも草地を挟んで、おれの教室と相対する地点だ。

遠慮がちに、幹に半身を隠すようにしながらも、ひたとこちらをみつめている。ふいをつかれ、おれはどきりとした。まさかおれの反応を期待して、朝のうちから待っていたのだろうか。

もしもそうなら悪いことをしてしまった。ここは合図のひとつでも送ってやるべきか。だがあらためて少年の視線をとらえようと、窓のほうに身を乗りだしたとき、おれは強い違和感にとらわれた。

その源にはすぐに気がついた。気がついたとたん、木枯《こが》らしが背骨の空洞を吹き抜けるようなさむけに襲われた。

少年は昨日よりひとまわり成長していた。

顔つきもあきらかに大人びて、一日で二年は齢《よわい》をかさねたようだった。

昨日のあの子に代わって、今日はよく似た兄がやってきた。冷静に考えるなら、そのようにみなすのが妥当だろう。だがこの時点で、謎《なぞ》の少年がこの世ならぬものであろうことに、おれはすでに勘づいていた。むしろ悟るのが遅すぎるくらいだった。

少年のおもざしに見憶えがあるのも当然だ。

淡い金の髪。冴《さ》えた碧《あお》の瞳。どこか小生意気そうな口許《くちもと》。

それはまさに、子ども時代のおれ自身の顔に他ならなかった。

それからももうひとりのおれは順調に成長を続け、昨日はついに、この学校の初級生と変わらない十二、三歳ほどの姿にまで達した。そしてこちらは不気味な現象にひとり不安と焦燥を募《つの》らせたあげく、悪夢にうなされるに至る——というわけだった。

「ひどいじゃないか！」

パトリックは身悶《みもだ》えるように、手足をじたばたさせた。

「そんなおもしろいことを、なぜいままで黙っていたんだい？」

「そうやっておもしろがるに決まっていたからだよ」

だが認めよう。この風変わりな同級生を、おれは頼りにしているのだ。

ことこうした案件について、彼以上に詳しい者はいないだろう。なにしろこの世の怪の蒐集家を公言し、常識では計り知れない摩訶不思議《まかふしぎ》な事象を、みずから追いかけまわしているくらいなのである。

そんなパトリックと奇妙な出会いをはたして、かれこれ二ヵ月。

訳《わけ》ありの編入生であるおれ——オーランド・レディントンにとって、悪魔憑《つ》きの噂《うわさ》すらあるこの少年は、誰よりも気のおけない存在となっていた。

とはいえ、我が身にふりかかっている怪異を打ち明けるのは、さすがに勇気がいる。

もはや取りかえしのつかない現実を、容赦なく突きつけられるのではないか。あるいは正体不明の邪悪なものを惹《ひ》きつけたおれの、目をそむけたいような心の奥底を暴《あば》かれるのではないか。

そうした怖気《おじけ》が、すぐさま相談することをためらわせたのだ。

もっとも、そんな複雑な心境を付度《そんたく》するパトリックではない。

「興味深い。じつに興味深いよ！　日毎《ひごと》に成長する二重身《ダブル》なんて初耳だ」

「二重身？」

「ドイツ語圏では、ドッペルゲンガーなんて呼ばれているかな。影。分身。要するに生霊《いきりょう》のたぐいのことさ」

それならおれは知らず知らず、生霊を飛ばしていたのだろうか。

たしかに最初にあれを目撃したときは、心ここにあらずの状態だったが。

おれの身体から漂いだした影を、身体に残されたおれの意識がながめているのだとしたら、いったいどちらが本当のおれ……いや、どちらもおれであるからこその分身なのか。

「ただ古くからの言い伝えでは、その姿を自分で視《み》てしまうときは死が近いとされているけれど」

おれはぎくりとした。

「……おれの魂は、すでに肉体から抜けかけているってことか？」

パトリックがこきりと首をひねる。

「きみ、体調はどうなんだい？」

「すこぶる良好だ」

「そのようだね」

「いまのところはな」

つい先月のこと、おれは日本土産《みやげ》の人魚の木乃伊《ミイラ》――実際のところはそこに封じられたものに原因があったのだが――に取り憑かれて精気を吸われるという、あまりありがたくない体験をしたばかりだった。

現状では、あのときのようなあからさまな変化は感じない。だがまるで正確なからくりじかけのようなあの現象が始まっている以上、迫りくる死の定めからは逃れられないとも考えられる。

あれは一日ごとに、およそ二年の月日をかけぬける勢いで育っている。最初に目撃した月曜日には六、七歳。昨日の姿はすでに十二、三歳だった。つまり明日には、現在のおれの年齢に追いついてしまうのだ。

そうしてついに双子のような似姿でおれに相対する瞬間をこそ、相手はいまかいまかと心待ちにしているのではなかろうか。そのとき、いったいどれほどの災厄がおれの身にふりかかることか……。

ひとり危機感を募らせていたところに、昨夜の悪夢が不吉にのしかかり、もはや背に腹は代えられないとパトリックにすがりついたわけだった。

礼拝堂や食堂では沈黙が義務づけられているので、おちついて話ができるのはいましかない。はやる心のままに、おれはたずねた。

「あれがその二重身とかいうやつだとしたら、始まりが子どもの姿だったことに意味はあるのか？　徐々にいまのおれに近づいてきていることには？」

「まあまあ、おちついて」

パトリックは寝台を離れ、ぐるぐると部屋を歩きだす。

「たしかに二重身だとすると、その点がひっかかるな……」

しばらく考えこんでいたパトリックが、おもむろにふりむいた。

「そういえばきみ、レディントン家の異母兄どのの若いころと、そっくりの顔をしているのではなかったかい？」

「……ああ」

わずかにたじろぎつつ、おれはうなずく。

おれの母が馬車の事故で他界したのは、この夏のことだった。

その結果、おれは見ず知らずの父方の親族に引き取られることになったのだが、それは決して先方の善意による計らいではなかった。おれの相貌《そうぼう》はあろうことか、レディントン伯爵家の現当主である異母兄に酷似《こくじ》していたのである。

オペラ歌手としての活動が軌道に乗り始めたころ、おれの母はロンドンでとある紳士と恋におちた。そうして宿したおれを、母はひとりで産み育てたわけだが、その紳士というのがレディントン伯爵家の先代当主だったのだ。

おれは自分の出生について、詳しいことは知らないまま生きてきた。二年ほどまえに父の死を教えられたときもとりたてて感慨はなく、今後その親族と係わる機会がないだろうことにも、なんら不満はなかった。

だが状況は母の死で一変する。

母の弁護士によって、おれの存在はレディントン家の知るところとなったのだ。

長兄にとって、父親が歌手とのあいだに残した私生児など、もとより同格の兄弟とみなせるものではない。だが手許《てもと》に届いたおれの肖像写真は、若かりし時分の長兄にほとんど生き写しだったのだ。

これでは財産狙《ねら》いの騙《かた》りだと、無視を決めこむわけにもいかない。のちのち醜聞の種となるかもしれない厄介者を放置しておくことはできず、長兄はおれをレディントン家の者であると認める代わりに、飼い犬として首に鎖をつなぐことにした。

おれはわけがわからないままロンドンの屋敷《やしき》に拉致《らち》監禁され、成人するまで私有財産を動かせない囚人も同然の身となったあげく、北イングランドの田舎町《いなかまち》ダラムの神学校に送られたのである。

来年にも音楽院に進み、いずれはチェロの演奏を生業《なりわい》にしたいというおれの夢はあっけなく奪われ、同時におれは、語るべきみずからの音楽をも見失った。

敵意に満ちた現《うつつ》は、おれの音楽を――夢をずたずたにひき裂き、嵐《あらし》のごとく蹴散《けち》らしてしまった。

それはまるで息を吸うように、あたりまえに存在していたはずのものだった。

いつだって内からあふれでる鮮やかな心象《イマージュ》を、弓と弦をあやつってこの世に落としこむ道のりの一歩一歩が、苦しくも魂の痺《しび》れるような喜びをもたらしてくれた。

だが荒れる心をなだめ、いくら夢の残骸《ざんがい》をかき集めようとしてみても、それはかつての輝きをなぞっただけの、実感に乏《とぼ》しいまがいものでしかなかった。

ただ技術が追いつかないのなら、理想に近づく努力をすればいい。

だがめざすべきもの――つかみとるべきものが信じられなければ、昏い虚空に手をのばしたまままたたずんでいるしかない。

ほどなくおれは、ろくに楽器にさわることもできなくなった。

なによりもおれを打ちのめしたのは、そのことだった。

絶望の底におれを叩《たた》き落《お》とした長兄は、すでに三十代なかばに達していたが、たしかにぞっとするほどおれに似ていた。あの傲然《ごうぜん》としたまなざしの主が、おのれの分身のような姿かたちをしていることが、おれにはただただおぞましく、忌まわしかった。

謎の子どもの正体について考えるとき、否応《いやおう》なく頭をよぎるのが長兄の存在だ。

おれの姿をした、おれではないもの。

あえて深く考えまいとしていたそのわだかまりに、パトリックはためらいなく踏みこんでくる。

「きみは兄君に嫌われているだろう」

無神経にもほどがある発言だったが、おかげでこちらも取《と》り繕《つくろ》う気が失《う》せた。投げやりに応じる。

「それどころか、たいそう憎まれているよ」

「その兄君の、きみを疎《うと》む感情が募るあまり、生霊となってきみを取り殺そうとしているとか」

「……本気で笑えないぞ」

嫌悪のあまり頬《ほお》がひきつる。とともに、おれは微妙な違和感をおぼえた。

「だけどはるばるロンドンから生霊を飛ばしてまでおれを呪《のろ》うなんてのは、どうもあの男らしくない気がする」

「そうなのかい？」

「べつにかばうつもりはない。ただあいつにとって、おれは虫けらみたいなものだ。事故や急病で頓死《とんし》してくれたら万々歳くらいのことは考えているにしろ、遠くに追いやった虫ごときを寝ても覚めても呪い続けるほど気にかけるものか？　自分より下等な存在に対して、そこまでの念を注ぎはしないだろう」

パトリックが片眉《かたまゆ》をあげる。

「ずいぶんと自虐的だね」

「すさんだ気分なのさ」

おれは肩をすくめてみせた。

「それにあれが兄の分身なら、わざわざ若いころの姿ででてくる理由がない」

「きみに精神的苦痛を与えるためというのは？」

「……反論の根拠はないが」

ううむとおれは唸《うな》る。会ったこともないのに、よくわかっているではないか。自分の姿をなぞり、ひたひたと追いせまるようなあの影の不気味さは、兄がおれに対して感じた不快さそのものなのかもしれない。その生理的な受けつけなさを、いまとなってはたやすく想像できてしまうのがまた癪だった。

とはいえ、兄がその気分をおれにも味わわせようと、渾身《こんしん》の意趣がえしをしているとはやはり考えにくい。

「あるいは本当に子どもなのかもしれない」

パトリックの声で我にかえる。

「どういうことだ？」

「だからきみの血を受け継いだ息子が、父親のきみに会いに来たんだよ」

「おれの……息子だって？」

「そう。生死のほどはともかく、きみに存在を認めてもらいたくて、あえてきみそっくりに成長した姿を披露しているんだ」

室内に沈黙がおりた。

「…………いや。ないよ。ありえない」

「いまちょっと考えたね」

「まさか。とんでもない！」

全力で否定したにもかかわらず、パトリックは鼻を鳴らした。

「ふん。破戒僧め。自慢か」

「聞けよ」

まったく……嫌な汗をかいてしまったではないか。

「頼むからまじめに考えてくれ」

「考えているさ。だからまずは穏当な線から、これというものをひとつひとつ数えあげているんじゃないか」

「なら不穏当なほうは？」

「ふむ。もしもきみの姿を巧妙に写し取った偽者だとしたら、目的が気になるね。性質《たち》の悪いものだと、厄介なことになりそうだ」

「……具体的には？」

「いずれもうひとりのきみとして好き勝手にふるまい始めるとか、いまのきみの姿に追いついたとたんに、きみを殺して存在ごと成り代わるとか」

こういうことを知りたくなかったから、相談をためらったのである。しかもパトリックときたら、世にもめずらしい怪現象に心ときめかせているのがまるわかりだ。

おれはあらゆる意味で頭痛を感じながら、深い深いため息をついた。

「そういえば……どこかでそんな小説を読んだ気がするな」

「ポーの『ウィリアム・ウィルソン』かい？」

「それだ」

「あの物語の舞台も、寄宿学校から始まるね！」

「……そう嬉《うれ》しそうな顔をしないでくれないか」

かのエドガー・アラン・ポーの怪奇小説『ウィリアム・ウィルソン』は、語り手ウィリアム・ウィルソンが寄宿学校で同姓同名の少年と出会う物語だ。もうひとりのウィルソンは語り手と同じ生年月日で、容姿までも奇妙に似かよっているのだった。

傲岸不遜《ごうがんふそん》な性格で級友たちを支配していた語り手だが、もうひとりのウィルソンはその意志に逆《さか》らったり、あえてしぐさを模倣したりと嫌がらせめいたふるまいを始めて、語り手は日に日に嫌悪を募らせてゆく。

やがて混乱と恐怖に耐えきれなくなった語り手は学校から逃亡するものの、イートンやオックスフォードに進学してからも、もうひとりのウィルソンはことあるごとに語り手につきまとうのだ。

語り手が悪行をはたらくたびに、もうひとりのウィルソンは突如として姿をみせ、邪悪なもくろみを次々と挫《くじ》いてゆく。そのくりかえしに追いつめられた語り手は、ついに憎き相手を刺し殺してしまうのだが――。

という不気味かつ後味の悪い物語であり、その肝《きも》は分身のごとき相手を遠ざけ滅したところできっと逃げきれはしまい、という不吉な予感がまとわりついて離れないところにこそあるだろう。

「たしかあの学校、尖《とが》った硝子《ガラス》片を埋めこんだ煉瓦塀にかこまれているんだよな。読んだときは、そんな学校に縁がなくてほっとしたものだったのに……」

まさか似たような学校で、似たような怪異に見舞われるはめになるとは。

パトリックはくすりと笑い、ふと首をひねった。

「それにしても、雑木林からただきみをみつめているだけというのが奇妙だね」

「それこそ、あれがあちらがわのものだっていう証明じゃないのか。あの林にはいろいろうろついているんだろう、その手のものが?」

「まあね。こちらに危害を加えるものばかりとはかぎらないけれど、不用意に踏みこむと難儀するはめになるかもしれない領域だということは保証するよ」

やはり知りたくなかった。

「なにはともあれ、この目で見極めないことには始まらないね。今日は食堂から一番乗りで、教室にかけつけることにしようではないか!」

うきうきと歩きだしたパトリックだが、扉に手をかけたところで足をとめた。

「考えてみれば、この寮棟も雑木林に面しているね」

「え?」

「ここからでも視えるかもしれない。というより、あちらの目的がきみにあるなら、きみを追って移動しているほうがむしろ自然じゃないかな」

たしかにそのとおりだ。あれが雑木林からこちらがわに侵入できない理由があるにしても、狙いを定めた獲物からはなるべく目を離さないようにするのではないか。

さっそくパトリックが窓に向かう。

「お、おい。ちょっと待て――」

ふいをつかれたおれは、とっさにその腕をつかみそこねた。腰をあげかけたまま、窓に張りついたパトリックの背を固唾《かたず》を呑《の》んでみつめる。高まる鼓動の音が、痛いほどに耳の奥から打ちつけていた。

「いる」

やがてパトリックがつぶやいた。

「すごい！　本当にきみそっくりだ」

窓硝子に額を押しつけ、黒い瞳を興奮にきらめかせている。まるで初めて汽車に乗った子どものような、無邪気なはしゃぎようだ。

おれは覚悟を決め、ぎこちなく窓辺まで足を進めた。いっそ目をそむけて立ち去りたい衝動をおさえつつ、しきりと感心しているパトリックの肩越しに外をのぞいた。

そろそろと視線をおろしたとたんに、どくりと鼓動が波打つ。

予想にたがわず、それは十四、五歳という背格好のおれだった。

顔を上向けて、まっすぐにこの部屋を——おれをみつめている。

するとパトリックがおもむろに、上げ下げ式の窓に手をかけた。建てつけの悪い窓枠ががたぴしと音をたてて、おれはぎょっとした。

「なにしてる!?」

「せっかくだから声をかけてみようかと」

「馬鹿《ばか》か。よせって！」

おれはとっさに窓枠をつかんだ。

「絶対に開けるなよ」

「臆病《おくびょう》だなあ」

「笑いたくば笑え」

おれはますます必死で窓枠を押さえつけた。どんなろくでもない結果になるか、知れたものではない。

おれが頑《がん》として譲らずにいると、パトリックはようやく降参して手を離した。ふたたび旺盛《おうせい》な探究心で、相手の正体を見定めにかかる。

「よくよく観察してみると、造作そのものはそっくりだけれど、雰囲気がどことなくきみらしくないね。きみよりも純粋そうだ」

「性根の歪《ゆが》んだ捻《ひね》くれ者で悪かったな。この齢でそうそう純粋でいられるかよ」

だからなおさら、相手の異様さが際《きわ》だって感じられるのだ。いまのおれの姿に近づけば近づくほど、それが自分ではない違和感も増していく。

「とすると、やっぱりきみの子ども……」

「やめろって」

「けれど妙だな」

「なにがだよ？」

まだなにかあるのかと、おれはつい身がまえる。

「不思議に目鼻だちの印象が一定しないんだ。小刻みなぶれが、ずっとつきまとっている感覚というか」

「おれにははっきり視えるが」

「上辺だけをそれらしく取り繕っただけの、まがいものだからかな」

パトリックはひとまず結論づけたが、なにかひっかかるものを感じているようだ。

「あ。いなくなった」

追いすがるように、パトリックが林の奥の暗がりに目をこらす。だが相手の姿は、すでにどこにも見当たらないようだった。

「いつもこんなふうにいなくなるのかい？」

「ああ。まばたきをした一瞬に、煙みたいにかき消えるんだ」

しかも去り際に、意図の読めない微笑を残していくのだった。一度めは目を離した隙《すき》に木蔭《こかげ》に隠れたのだろうと考えたが、落ち葉を蹴散らしもせず忽然《こつぜん》と視界から消え去るさまは、やはり生身の人間ではありえなかった。

「なにか、向こうからの訴えかけのようなものは、感じないのかい？」

「それがないから、よけいに不気味なんだよ」

「けれどきみの昨晩の悪夢では、はっきりと告げてきたんだろう？　楽しみだと」

「いまのおれを、そっくり鏡に映したような姿でな」

だからこそ考えずにはいられないのだ。あいつは機が熟しておれに成り代わるときを、楽しみに待ちかまえているのではないかと。

するとと沈思黙考していたパトリックが、

「ひょっとしたらきみ、忘れたことを忘れているんじゃないかな」

おれはわけがわからずぽかんとする。

「忘れたことを、忘れる？」

「たとえばあちらがわのものと契約を取りかわしたのに、その内容のみならず、相手とのやりとりそのものもすっかり記憶から消え去っているとしたら？」

予想外の指摘に、おれはたじろいだ。

「おれがそんなわけのわからないもの相手に、交渉なんてするはずがないだろう」

「ありえなくはないよ？　ことに最近のきみは成長著《いちじる》しいからね」

パトリックによると、おれにはもともとこの世ならぬものを視たり聴いたりする素質があるのだという。しかしながらこれまでのおれにとって、たえず現《うつつ》を侵蝕《しんしょく》するあちらがわの世界——あまたの夢を受けとめ、呑みくだし、出力する方法が音楽だった。その手段をなくしたために、そうした存在を姿や声として認識できるようになってきたということらしい。

「ダラムの街路でも、あちらがわのものとは正面からぶつからないように、さりげなく身をかわしながら歩いているし。きみはあれらを、ごく普通の紳士淑女と認識しているようだけれど」

「な……どうしていままで黙ってたんだ！」

おれはうろたえ、つかみかかる勢いで訴えたが、パトリックはまるで動じない。

「だっていちいち教えていたら、きりがなくて大変じゃないか。それにせっかくの半休を心から楽しめなくなるだろう？　むしろぼくの配慮に感謝してほしいね」

「む……」

「だからぼくの目の届かないところで、きみが自覚なしにあちらがわのものと係わっている可能性は捨てきれないね。きみは鋭いくせになかなか迂闊《うかつ》だからな」

もはやこちらには、パトリックのからかいに咬《か》みつく余裕もない。

「だけどその手のものと、素人が契約なんてできるものなのか？」

「意思の疎通さえできればね。ただ正体のあいまいなものと、気軽に約束をかわすのはおすすめしないね。こちらの常識とは異なる原理で動いているし、人情というものがまるで通用しない」

パトリックは子鬼めいた瞳をきろりと動かす。

「なにしろ相手は人ならぬものなのだからね」

おれはげっそりした気分で、乱れた髪をかきあげた。

「だとしたらこんな状況に陥《おちい》っている原因は、おれ自身にあるっていうのか？」

「そういうことになるね。なにか思い当たることはないかい？」

「さっぱりだ」

パトリックはしばらく顎《あご》に手をあてて考えこんでいたが、やがてなにかひらめいたように目をあげる。

「最初の姿が六、七歳の子どもだったことに、特別な意味があるとしたらどうだろうか。ひょっとしたら、きみがその年齢で取りかわした契約なのかも。そもそも幼い子どもは夢と現の境界があいまいなものだし、きみには人並み以上の素質があるはずだから。きみがチェロを始めたのは？」

「そういえば……ちょうどそれくらいの時期だな」

「やっぱりね。きっとそれ以前のきみは、日常的にあちらがわのものと交流していたんだよ」

パトリックは確信を深めた様子だが、おれは困惑するしかなかった。

「だとしたら、なおさら思いだせるわけがないじゃないか、そんな大昔のことなんて」

いつごろどの町で暮らしていたのかすら、もはや定かではないのだ。

「では他の方向から攻めてみよう。契約を取りかわしたのがいつのことかはひとまずおいておくとして、突然こんな異変がきみの身に降りかかっているのには、きっと理由があるはずだ。その発動のきっかけが、このところのきみの行動にあったとしたら？」

おれは口をつぐみ、パトリックの発言を吟味した。

「つまりこういうことか？　おれはいつからか雷管つきの爆薬を身体に括《くく》りつけていて、その導火線にみずから火をつけたのかもしれないと？」

ふふ、とパトリックは愉快そうに口の端をあげる。

「そのとおり。なかなか気の利いた表現をするね」

「感心する余裕があるなら考えてくれ」

「わかっているよ。きみがあれを最初に目にしたのは、月曜日の朝だったね？　とするとまず怪しいのは日曜日かな」

記憶を掘りかえしてみるものの、普段とさして代わりばえのしない安息日を送っただけだ。早朝のミサをこなし、課題をかたづけて、本の続きを読み、ダラムの店で買いこんだチョコレートの欠片《かけら》をパトリックとつまみつつ、雑談に興じた。

「それなら土曜日はどうだい？　日曜日は授業がなかったから、雑木林の様子に気がつかなかっただけかもしれない」

「なにかきっかけがあるとしたら、土曜のほうが可能性は高そうだな」

土曜の午後は週に一度の外出を許されているため、多くの生徒がダラムの町に繰りだしてつかのまの息抜きを満喫《まんきつ》する。

　おれとパトリックもいつものように連れだって、町まで足をのばした。

都会のような刺激的な楽しみがあるわけではないが、こぢんまりとした田舎町をぶらつくひとときも、おれたちにとっては貴重な気晴らしだ。日常のあらゆる行動が戒律で埋めつくされた、陰鬱《いんうつ》な牢獄《ろうごく》のごとき聖カスバート校から離れて、ささやかな解放感に浸《ひた》れるのなら、多少の雨風に見舞われても気にならない。

　とはいえ先日の半休は、とりたてて変わったことはなかったはずだ。

　後輩ウィリアム・ファーガソンの実家に招かれて、いわくつきの珍品や骨董《こっとう》のたぐいと対面したわけでもなければ、共同墓地に出向いて、墓守の老トマスから目新しい怪談話を仕入れたわけでもない。

　いくつかの小売店でそれぞれ必要な用を足し、広場の屋台で調達した熱々のコーヒーとマフィンで腹を満たし、あとは気の向くままにそぞろ歩いただけだ。

　おれが困り果てていると、ふいにパトリックが声をあげた。

「そういえばきみ、あのとき道端《みちばた》で熱心に話しこんでいたね。ほら、ダラム城にほど近い裏小路《うらこうじ》で、手廻《てまわ》しオルガンを相棒にしたレモネード売りと知りあっただろう?」

　そこまで説明されて、おれはようやく思いだした。

「あの杖《つえ》をついた子のことか?」

「そうそう。楽器にまつわるあれこれで、なかなか盛りあがっていたじゃないか」

たしかにそんなことはあったが、あのやりとりが十年来の因縁《いんねん》を呼び覚ますきっかけになったとは、とても考えられない。

「もっと丹念に記憶を掘りかえしてみたらどうだい？　意識に残らないようなほんのささいなことにも、手がかりは隠れているかもしれない」

「だけどおちついて考える暇なんて、もうろくに残ってないぞ」

「時間ならたっぷりあるさ」

パトリックはいたずらな瞳で、すくいあげるようにおれをふりむいた。

「きみのことだ、どうせミサも授業も、ほとんど上の空なんだろう？」

……よくおわかりで。

3

文具店をでるなり、頬に冷たい風が吹きつけてきた。

たまらず首をすくめ、おれは両手に息を吐きかける。

「近いうちに、襟巻きと手袋を調達したほうがいいかもな……」

九月にダラムにやってきたとき、チェロ以外のおれの所持品は、身のまわりのものをつめた手提げトランクひとつきりだった。いずれ冬支度を整える心づもりではいたが、そろそろ頃あいかもしれない。

買いものを終えたパトリックが、おれの隣に並んだ。

「それならいまから、ぼくの行きつけの店に案内しようか？　ダラム大学の学生御用達《ごようたし》の店だから、若者向けの品がそろっているよ」

「きみもなにか入用なのか？」

「ぼくには去年まで使っていたものがあるから」

「だったらわざわざつきあってもらうのは悪いな」

これから春まで世話になるはずのものを品定めするとなれば、だいぶパトリックを待たせることになりそうだ。

「一向にかまわないよ。こちらの用はもう済んだし、今日は他に予定もないしね」

パトリックは機嫌好《よ》く、たったいま買い求めたばかりの帳面をふってみせる。手のひらに収まるほどの帳面は、彼が熱心に蒐集している摩訶不思議なできごとを記録するためのものだろう。

ついこのあいだも、墓地の死霊を喰らうために孤独な寡婦に取り憑いた〝影のないもの〟について、似た手帳に詳しく書きつけていた。パトリックが宝物のように持ち歩いているあの手帳が教官の手にでも渡ったら、とんでもないことになるだろう。

あるいは創作文の課題のたぐいとみなされ、出来栄えを褒められるかもしれない。なにしろどれもこれも、とても体験談とは信じがたい事象ばかりが綴《つづ》られているのだから。

「そういうことなら案内を頼もうか」

「でもそのまえに、屋台で温かいものでも飲みたい気分だね」

「ここはおれの奢《おご》りで」

ひとまずおれたちは、ダラム城に向かうことにした。歩いてほんの数分の距離だ。

ダラム城と、その隣にそびえる大聖堂はダラム随一の名所として、常に多くの観光客でにぎわっている。八百年の歴史を誇るダラム大聖堂には、いくつもの貴重な聖遺物が納められており、信徒が各地から巡礼におとずれるのだ。

加えて現在のダラム城は、ダラム大学の施設として使用されているため、城門に面した芝生の広場には学生たちも大勢たむろしていて、ひときわにぎやかである。

敬虔《けいけん》な信徒といえども、パンのみにて生くるにあらず。

血気盛《さか》んな学生とくれば、なおさらのこと。

そのため沿道には四季を問わず、軽食や飲みもの、土産物の屋台がずらりと並び、呼び売り商人たちの主戦場ともなっているのだった。

パトリックが寒そうに肩をすぼめながら、

「こんな日は混ぜもののないコーヒーか、熱々のレモネードでも飲みたい気分だね」

「まさかこの格好で、ジンをあおるわけにもいかないしな」

手っ取り早くあたたまるにはそれがうってつけだが、さすがに神学校の制服姿でパブに顔をだす勇気はない。

「裏からまわろう。そのほうが人混《ひとご》みを避けられる」

ちょっとした抜け道にも詳しいパトリックが、脇道《わきみち》にうながす。

おれたちは高い襟に顔をうずめるようにしながら、擦《す》りきれた石畳を歩いていった。なだらかに蛇行《だこう》するウェア河にかこまれたこの地区は、十世紀にダラムの町が創建されて以来の旧市街だ。

にぎやかな街路から一歩逸《そ》れれば、そこには古く静かな家並みが続いている。石造りの屋敷は、代々栄えてきたダラムの名士の邸宅だろうか。なかには築百年を優に超える建物もありそうだ。

やがて冷たい風に乗って、広場のにぎわいがかすかに流れてきたときだった。

裏小路の先——猫の額ほどの庭園広場《スクエア》を背にした道端に、ぽつんとたたずむ屋台のワゴンが目にとまった。その脇のベンチには、店の主らしい若い男が座っている。客の姿はなく、金勘定でもしている様子だ。

看板には《レモネード一杯　半ペニー》の文字が躍っている。

甘酸っぱい香りが鼻先をかすめ、たちまち唾《つば》が湧《わ》いてきた。

パトリックがこちらに目を向ける。

「ご異存は?」

「もちろんないさ」

おれたちはうなずきあい、いそいそと屋台に近づいていった。

すると意外なことに、店主は十代なかばの少年だった。

彼が顔をあげたとたん、ベンチにたてかけてあった杖がすべり、からんからんと石畳に転がった。おれは身をかがめ、それを拾いにかかる。

「ああ！　ご親切にどうも、司祭さま……にしては若すぎるかな？」

「ただの神学生だよ」

おれは苦笑いしながら杖を渡すと、さっそく上衣のポケットをさぐった。

「レモネード二杯、もらえるか？」

「それはもちろん喜んで……といきたいところだけど、あいにくともう店じまいなんだ。この寒さのおかげで、今日は飛ぶような売れ行きでね。骨身に沁《し》みる北風も、お客を店まで吹き寄せてくれるとなれば、そう悪くはないものさ」

商売で鍛《きた》えたのだろうか、陽気に弾《はず》んだ口調が耳に心地《ここち》好《よ》い。陽に褪せた、乾草のような髪とあいまって、人懐《ひとなつ》こい牧羊犬を彷彿《ほうふつ》とさせる少年だ。

とはいえ、着古しのそのまた着古しのようなメルトン地の上着は、肘《ひじ》にあてた接《つ》ぎすらもすりきれて、ひどく寒々しかった。

パトリックがたずねた。

「いつもここで商売を？」

たしかにひっそりした小路には、おれたちの他に人影もない。呼び売り商人が店をかまえるには向かないのではと、奇妙に感じたのだろう。

「まさか。朝からたいてい大聖堂の真正面に陣取ってるよ」

少年はからりと笑った。

「店の場所取りは早い者勝ちでね。うちみたいに品ぞろえで勝負できない屋台は、どれだけお客の目にとまりやすいかが肝心だから、戦いは朝から始まるってわけさ」

そして仕事終わりになると、いつもなんとなくこの裏小路に足が向くのだという。呼び売りの仕事はほとんど立ちっぱなしなので、このベンチでしばらく足を休めてからねぐらに帰ることにしているそうだ。

「おれはこの足だから、夕方になるときつくてね」

少年は杖の先で、とんとんと右の膝あたりにふれた。

「去年の暮れ、荷馬車の下敷きになったんだ。馬鹿みたいに荷を積んだ馬車が、十字路をむりに曲がろうとして横転したのに巻きこまれてさ」

おれはたちまち頰がこわばるのを感じた。

めざとくそれを見て取ったらしい少年が、

「あ……悪い。こんな話いきなり聞かされても、気が滅入《めい》るだけだよな」

「そうじゃないんだ！　ただおれも……おれの母も……」

とっさの弁解は、どういうわけか喉《のど》につかえてうまく言葉にならない。

そんなおれをパトリックが一瞥《いちべつ》し、代わりに伝えた。

「彼はこの夏に、母君を馬車の事故で亡くしたばかりなんだ」

少年が目をみはり、すまなそうに首をすくめた。

「……そりゃあ、気の毒に」

カトリックのおれたちに気を遣ったのか、ぎこちない手つきで十字を切る。

おれは微笑をかえすことで感謝を伝えた。そのまま視線を伏せたところで、屋台を飾る艶《つや》やかな木製の匣《はこ》が目にとまる。

匣の正面には、優雅なアラベスクの透かし彫りがほどこされていた。その奥には、長さの異なる細い円柱のようなものがずらりと並んでいるのがうかがえる。匣の脇には、使いこんだ握り手のハンドルがついていた。

「これは手廻しオルガン？」

「ああ。事故に遭って、慈善病院で面倒を看《み》てもらったはいいけど、それまでの遣い走り《メッセンジャー》の仕事ができなくなって困ってたときに、慈善家の旦那《だんな》が融通してくれてさ。ほら、おれみたいに足の利かない貧乏人の食《く》い扶持《ぶち》稼ぎといったら、手廻しオルガンが定番だろう？」

手廻しオルガン弾《ひ》きとは、往来で小型オルガンのハンドルを延々と廻し、楽器に空気を送りこむとともに内蔵されたシリンダーを動かしていくつかの曲を鳴り響かせることで、客から金を受け取ることを生業とする者のことだ。

手廻しオルガンそのものは、他の楽器とともに大道芸の一座を華々しく景気づけたり、優れた芸術品として資産家に蒐集されたりもする。

だが生業としての手廻しオルガン弾きは、高度な技術も持たずただハンドルを廻すことで音を鳴らし、わずかばかりの投げ銭を得るだけの、物乞《ものご》いと大差ない職業とみなされているのもまた現実だ。

酒浸りでまともな職業につけない者。身を持ち崩した傷痍軍人《しょういぐんじん》。事故や病《やまい》で身体の自由の利かない者。その結果として貧困のどん底にいる者たちを救済するために、自活手段として慈善団体から手廻しオルガンが支給されることもあるという。

「まあ、ありがたく受け取っておいたけど、おれにはこれくらいの生きかたしかできないだろうって決めつけられたみたいで、どうにも癪《しゃく》にさわってさ。おれはちゃんとした稼ぎが欲しかったし、引退するレモネード売りの爺《じい》さんから、有り金はたいて商売道具を買い取ったんだ。なにか始めようってときには、投資を惜しまないのが肝心だろう？」

彼にはすでに家族がなく、安部屋に身を寄せあうように暮らす仲間はいたが、いつまでも世話になるわけにはいかなかった。

「だからこの楽器は、客寄せに使わせてもらってるんだ。年代ものらしくて、どうやっても鳴らない曲があるんだけど、ずいぶん役にたってくれてるよ」

もともと気さくな性格なのか、こちらが神学生ということで警戒心が薄れたのか、彼はよどみなく語ってみせる。そのこだわりのない態度が、おれにはありがたかった。

「この町は商売に向いている？」

パトリックがさりげなくたずねると、

「そうだな。女連れの学生とか、観光客は金払いがいいから狙い甲斐《がい》があるし……じつは巡礼者の集団もなかなかの上客なんだ。礼拝をすませて、清らかな気分で大聖堂からでてきたところに、すかさずおれが讃美歌《さんびか》を流してやると……」

「またたくまに大繁盛？」

「そういうこと」

得意げに口角をあげる少年につられ、おれたちもつい笑ってしまった。

「もちろん、肝心の売りものにも手は抜いてないよ。先代から受け継いだ味におれが手を加えて、いまでは町の常連客もけっこういるんだ」

「だったらおれたちもぜひ、きみの自慢のレモネードをいただかないとな」

そう応じて隣をうかがうと、パトリックもうなずいた。

「次の休みに、あらためて顔をだすことにするよ」

「ありがとう。待ってるよ」

彼は照れくさそうに頭に手をやり、

「あ。しまった」

ちいさく声をあげた。

「どうしたんだい？」

「広場に帽子を忘れてきたらしい」

すると少年はベンチの背に手をかけ、慎重に立ちあがった。

「すまないけど、しばらくのあいだ店を預かっていてくれないかな？」

「落としものなら、おれが取ってこようか？　特徴を教えてもらえれば……」

おもわずそう申しでると、相手は驚いたようにおれをみつめた。それからふいに目許《めもと》をゆるめ、首を横にふった。

「ありがたいけど、お客にそんなことはさせられないよ。それに隣近所の店主に拾われているかもしれないから、おれが出向いたほうが早いはずだ」

そう主張されては、こちらも無理を押しとおすわけにもいかない。

「ぼくたちでよければ、ここで待っているよ」

パトリックが請けあうと、

「未来の司祭さまがふたりもいるんだ。他の誰よりも安心して任せられるよ」

少年は快活に笑って、杖を支えに歩きだした。

慣れた様子ではあるが、その足取りは決して早いとはいえない。杖に重心をかけるたびに大きく肩が浮き、沈んでは前後に揺れる。それはまるで、冷たい冬の荒海にひとり小舟で漕ぎだす、老いた漁師のようだった。

おれたちは無言のまま、彼の姿が十字路の向こうに消えるのを見届けた。

パトリックがひっそりと息をつく。

「なかなか心苦しいものがあるね」

「いろいろとな」

おれたちはそれきり口をつぐみ、ベンチに腰をおろした。

手持ちぶさたをごまかしがてら、おれはかたわらのワゴンに目を向ける。

小型の手廻しオルガンの筐体《きょうたい》は、古疵《ふるきず》もめだつが、よく磨《みが》かれて大切に扱われているようだった。ハンドルは廻るのに鳴らない曲があるということは、きっとシリンダーのその曲の部分だけに不具合があるのだろう。

おれは古ぼけた楽器の、代々の持ち主の生きざまを想像せずにはいられなかった。

シューベルトの歌曲集『冬の旅』に「辻音楽師《Der Leiermann》」という歌がある。よりにもよって曲集の末尾を飾るその歌は、哀感に満ちた『冬の旅』を締めくくるにふさわしいというべきか、とりわけ空虚な、暗い余韻が胸に残るものだった。

女声で歌われることはまれなので、母の声で聴いたことはないが、旋律のみならずその詞は一度耳にしたら忘れられない。

村のはずれにひとりの辻音楽師がいる
かじかんだ手で懸命に手廻しオルガンを鳴らしている
裸足《はだし》で氷の路をよろめきながら
ちいさな投げ銭の皿は、いつまでたっても空のまま
誰ひとり聴く者はなく、誰ひとり目をやる者もない
犬どもだけが、その老人をかこんでうなり声をあげている
老人はこの世のいっさいを心に留めず

ひたすらオルガンを鳴り響かせている
風変わりな老人よ、わたしもおまえとともにゆこうか？
わたしの歌にあわせて、おまえはオルガンを廻してくれるか？

ヴィルヘルム・ミュラーの詩だ。

あまりに惨《みじ》めで、憐《あわ》れなものから、人は目をそむけることを選ぶ。

この世界が美しくも優しくもないと知らしめるものに不快をおぼえ、憎みすらする。

それは自分の弱さ醜《みにく》さをつきつけるものであり、その境遇が明日にも我が身にふりかかるかもしれないことを心の底では知っているからだ。

そしてその恐れは、いまこの瞬間もたしかにおれを縛《いまし》めている。

おそらくパトリックにしても、それは同じなのだろう。

パトリックが聖カスバート校に在籍しているのは、熱心なカトリック教徒である大叔母からのちのち聖職者となることを望まれているからだ。口にするのも忌々《いまいま》しい事情で放りこまれたおれもまた、後見人の求める将来は似たようなものだ。

おれもパトリックも、そんな自由のない身分や生活に不満をこぼし、息苦しさに喘《あえ》いでもいるが、どうしても我慢がならないのならこの境遇からいますぐにでも脱けだすことはできるはずだった。

牢獄のような暮らしとはいえ、こうして外出の許可も与えられているし、その気になりさえすればレディントンの姓を捨てて自由の身になるのはたやすい。

幸いにもおれは健康で、並以上の教育も受けている。読み書き計算がやっとという労働者が大半のなか、選《え》り好《ごの》みさえしなければありつける仕事はあるだろう。名を替え、何者でもない移民として新大陸にでも渡れば、音楽を続ける道も開けるかもしれない。

だがその結果、どれだけのものを失うことになるのか。頼れる身内も家もない一文無しの若造が、その日暮らしから這いあがるのは難しい。生活に追われて心が荒《すさ》み、きっと音も荒れてしまうだろう。

だからおれたちは視えない檻《おり》に縛られているのではなく、みずからここに留まることを選んでいる。それはただ小賢《こざか》しく臆病な羊だからではなく、せめて機会を狙って爪《つめ》を研ぎ、牙《きば》を磨いている飼い犬でありたい。

そんななけなしの矜持《きょうじ》も、こんな寒空の許《もと》ではひどく脆《もろ》く、虚《うつ》ろなしろものに感じられてならない。

おれは異母兄を憎んでいる。だがそれにも増して、いまの境遇に甘んじているおのれを憎んでいるのだった。

きみには時間が必要だ――とパトリックは云《い》う。

冬のあとにはかならず春がやってくるのだからと、この世の理《ことわり》を教える。

ならば息絶えた樹木が気の遠くなるほどの年月を経《へ》て艶やかな黒玉《ジェット》としてよみがえるよ

うに、おれの憎しみもまた、いずれおれの音楽の糧《かて》となることはあるのだろうか。

「手廻しオルガンに興味があるのかい？」

ふいに横あいから声をかけられて、おれは我にかえった。

おれが益体《やくたい》もない物想《ものおも》いに耽《ふけ》っているあいだに、くたびれた帽子をかぶって戻ってきた少年が、隣に腰をおろしていたのだ。

「……ああ。子どものころ、よく聴いていたのを思いだしたんだ」

おれは気まずさを隠すように、目を伏せた。傷だらけの杖を支える少年の手は、冬枯れの枝のようにひどく骨ばり、痩《や》せている。おれはなんとはなしに、自分の両手を黒い袖《そで》に隠した。

「劇場の近くの道端で、辻音楽師が肩からさげた手廻しオルガンを演奏するのを、しゃがみこんで飽かずにながめていたなってさ」

片腕のない、年老いた男だった。ひらひらと風に揺れていた片袖は、いまにしてみれば軍服だったのだろうか。おれは音楽そのものに魅せられたというよりは、ハンドルを廻すだけで匣からにぎやかな音楽が流れだす仕組みに惹きつけられていた。子どもが蒸気機関車の構造に興味を持つのと、似ていたかもしれない。

母にせがんだ小銭を握りしめ、毎日のように通いつめていたら、しまいにはさしだした金を受け取ってくれなくなった。坊主《ぼうず》がいてくれるとちょうどいい客寄せになるからかまわないさ——と笑っていたが、実際のところはどうだったのか。彼のかたわらに上向けられた、縁の破れた帽子は、いつだって底が見えていた。

「ひょっとしてきみも楽器をやるの？」

ふいをつかれて、肩がこわばる。だがなぜかごまかしがたいものを感じ、おれは素直にうなずいた。

「……ああ、じつはそうなんだ」

「やっぱり！　なんとなくそんな気がしたんだ」

少年はにわかに声を弾ませた。

「司祭さまになるならパイプオルガン？　それともフィドルかな？」

「惜しいな。チェロをいくらかね」

「チェロか。それはすごいなあ。手廻しオルガンなんて、ほとんどからくりじかけみたいなものだけど、おれもできるならちゃんと楽器を演奏してみたいんだ。とりわけフィドルは、弾いている姿もまるで自分の楽器と踊ってるみたいで、昔から憧《あこが》れていてね。だけどああいう楽器は、きっとなかなか難しいものなんだろう？」

身近にこうした話のできる相手がいないのか、夢中になってたたみかけてくる。

その楽しげな声をさえぎりたくなくて、おれはよけいな断りをいれるのをやめた。いまのおれが自分の楽器をしまいこんで、しばらく手をふれずにいる事実など、彼は知らなくてもよいことだ。

「たしかに弦楽器を始めるなら早いほうがいいし、上達したいなら毎日こつこつ練習するのが肝要ってところかな」

「それも一年、二年じゃすまないんだね？」

「まあ……正確に指がまわる以上のことを求めるなら、そうかもしれない」

より無駄のない奏法で、音そのものに豊かな表現力を持たせることをめざすなら、それこそ修練の道には終わりがないだろう。その表現力でもって、いかなるものを描きださんとするかについても。

無邪気に感心した様子で、彼はため息をつく。

「やっぱり手廻しオルガンみたいに簡単にはいかないんだな」

そのときふいに、おれはかすかな既視感をおぼえた。いつかどこかで、似たような会話をしたことがある気がする。おれとごく親しかったはずの……それはいったい誰だったのだろうか。

焦燥に似たなにかが、胸の奥で疼《うず》きだす。だがほのかな残り香のようなそれは、正体をつかもうと手をのばすまもなく、またたくまにかき消えてしまった。

おれは息をつき、かたわらの少年に意識を向けなおした。

「だけど手廻しオルガンにだって、より上手《うま》く聴かせるための秘訣《ひけつ》みたいなものはあるんだろう？」

かつて路上で伴奏をつとめていた辻音楽師は、歌い手の呼吸にあわせて自在にハンドルを廻し、情感たっぷりに緩急をつけていた。

「そうだね。最初のころはハンドルが重くて、ただ同じ速さで廻し続けるのにも苦労したよ。一曲の始めから終わりまで、ずっと力をこめ続けないといけないからね」

杖をもてあそびながら語る声に、誇らしさがにじむ。

「いまは上の空でもなめらかに鳴らせるようになったけど……それでもできるだけ心をこめて廻すようにしてるんだ。そのほうが伝わるものがあるんじゃないかと思って」

「もちろんそうさ」

オルガンとは音の数だけ並べた笛に、空気を吹きこんで鳴らす楽器だ。手廻しオルガンでは表現の幅はかぎられるが、それでも音の強弱と拍のゆらぎを操ることで生まれる表情はある。聴き手に与える印象も、ずいぶん変わるはずだ。

「とりわけここでは、あの子が聴いてくれているかもしれないから」

「あの子?」

少年がつと、正面にある邸宅の上階を指さした。

「二階の角の窓があるだろう? あれがあの子の寝室なんだ。おれと同じくらいの齢の、きれいな金の巻き毛の女の子。ちいさいころから身体が弱くて、あの部屋でずっと寝たり起きたりの暮らしをしてるらしいんだ」

彼がたまたまこのベンチで足を休めていたとき、窓からそっとこちらをうかがう人影に気がついた。それが始まりだったという。

目があったとたん、少女はびっくりしたように身を隠してしまった。だがなんとはなしに気にかかり、ふたたびここまで足を向けたおりに屋敷の使用人の会話を耳に挟み、彼女の境遇を知ることになった。

「あの子にとっては、あの窓から見たり聞いたりするものが世界のすべて。だからおれが仕事あがりにここに来るのは、一日の終わりに演奏会をするためなんだ」

「観客がひとりきりの?」

彼はわずかにはにかんだようだった。

「もちろん投げ銭めあてなんかじゃない。部屋にこもっているしかない彼女に、外の世界の音を聴かせてあげたかったんだ。おれもずっと、この身体に閉じこめられているようなものだから」

とはいえ、その想いを言葉で伝える術《すべ》はない。

だから彼はただ、手廻しオルガンでひとめぐりの曲を演奏し、この裏小路を去る日々を続けた。もしもそれが少女にとって迷惑なら、無視し続けるか、あるいは使用人に頼んで追い払ってもらえばいい。だがやがて少女は、彼のおとずれを待ちかまえるようになったという。もちろん窓の向こうから、おずおずと顔をのぞかせるだけだったが。

「おたがいに名まえも知らない。彼女のほうは、知りたいとも思ってないかもしれない。だけどおれは、おれの鳴らした音楽にあの子が耳をかたむけてくれるだけで嬉しかったんだ。わざわざ手廻しオルガンを聴くために足をとめてくれる通行人なんてめったにいないし、投げ銭だってほとんど施しみたいなものだから」

「そんなことは……」

「いいんだ。こっちだってわざわざ杖が目につくようにして、商売道具にしているようなものなんだから」

肉の削《そ》げた頬が自嘲《じちょう》でゆがむのが、ひどく痛ましかった。

「だけどそんなおれでも——生まれつき足が悪くて、身体も弱くて、まともな職にもつけないおれでも、あの子を元気づけたいと願わずにいられなかったんだ。よけいなお世話かもしれないけど」

「だとしたら毎日きみを待ったりしないだろう。その子もきっと、きみから力をもらっているはずさ」

「うん。だといいけど」

うつむきかげんの口許に、ほのかな笑みが浮かぶ。

だがそれはほんの一瞬で解け去り、彼は沈んだ声でささやいた。

「だけどこのところ……枯れ葉がどんどん散りだしたころから、もう何日もあの子の姿を目にしてないんだ。最後に窓越しに顔をあわせたときに、彼女は口を押さえて咳《せ》きこんでいて。そのあと使用人たちが、お嬢さんがまた熱をだしたと話していたから……」

冷えこみのせいで、体調を崩したのかもしれない。

かたく閉ざされた窓の向こうは、しんと静まりかえっている。病人が床についているなら、その看病をする者も出入りしているはずだが、あの部屋からはそうした空気の動きがまるで感じられない。

ただの風邪でも、持ちこたえられるだけの体力がなければ、命にかかわることも充分にありえる。まさかその少女はもう……。

おれは不吉な予感を胸に押しこめ、すがるように窓をみつめ続けた。

4

「あきらかにあからさまに、それがきっかけじゃないか」

これ以上ないほどにきっぱりと、パトリックは断言してみせる。

昼食をすませたおれは、すぐさまパトリックをつかまえた。そしてすかさず二人部屋にひきこもり、朝からの授業を犠牲にして丹念にたどった少年とのやりとりを、ひととおり再現してみせたのである。

あのときしばらく窓をうかがっていたおれは、そろそろおいとましようとパトリックに声をかけられて我にかえり、笑顔で杖をふる少年に見送られたのだった。

「そもそもきみ、まだ気がついていないのかい?」

ずいと顔をのぞきこまれ、おれはたじろぐ。

「な……なににだよ」

「だっていまのきみの話、前半と後半ではっきりと矛盾しているじゃないか」

「矛盾？　どこが？」

「帽子を捜すために屋台をぼくたちに預けた彼は、昨年末の事故で足が不自由になったと説明したね。けれどきみと楽器の話題に花を咲かせていた彼は、足が悪いのは生まれつきだと語っていただろう？」

「……え？」

おれはいまさらながら、うろたえずにいられなかった。適当に聞き流していたわけでもないのに、なぜまったく疑問をいだかなかったのだろう。

「隣に腰かけた彼と、きみは目をあわせたかい？」

「それは……ちょうど帽子に隠れていたから……」

加えておれは自身の境遇をかえりみて気まずさを感じていたため、あえて顔をあげずに応じたのだった。

異なるふたつの身の上。

そのどちらもが嘘《うそ》ではないとしたら。

フィドルに憧れていた彼は、いったい何者だったというのか。

『冬の旅』の手廻しオルガン弾きはもはや生きているのか死んでいるのかすら定かではなく、主人公をあの世に誘う存在としても描かれていた。

呆然《ぼうぜん》としたおれの代わりに、パトリックが語りだす。

「あのときのきみはすでにあれに共鳴していた――つまり知らず知らず心が寄り添ってい

たから、そうした食い違いに疑問を感じることもなかったんだろう。いわゆる呑まれていたという状態だね」

寝台に腰かけ、足を組んだパトリックに、おれはおそるおそるたずねた。

「おれが相手をしていたのは、あちらがわのものだったっていうのか？」

「そういうこと」

涼しい顔のパトリックに、おれはたまらず喰ってかかった。

「だったらどうしてそのとき教えてくれなかったんだよ！」

「あとあと知ったほうがおもしろいかと思って」

「――っ！」

こういう奴《やつ》なのである。文句をぶつける気も失せようというものだ。

おれはがくりと頭を落とし、両手でぐしゃぐしゃと髪をかきまわした。

ひとまずその件についてはあとまわしだ。なんとか心をおちつかせ、半眼でパトリックを睨《にら》みつける。

「それで？　説明してくれる気はあるんだろうな？」

「きみが相手をしていたのは、あの手廻しオルガンに宿っていた想いだよ」

あっさり投げだされた真相を受けとめるのに、しばらくかかった。

「かつての持ち主の？」

「そういうことになるね」

「幽霊……とは違うのか？」

「違うね。もっと儚《はかな》い……いわば残響のようなものかな。長く留まることもまれなら、この世のものに影響を及ぼすこともほとんどない。めったにないような条件がそろったときだけ、力を持つようなものさ」

パトリックはよどみなく語ってみせる。

「こんなふうに理解するとわかりやすいかな。ぼくらの存在は、それぞれひとつの楽器のようなものなんだ。たとえばきみの扱うチェロ。あれは弦を擦《こす》ることで生みだした微細な振動を、駒《こま》から胴に共鳴拡大させて空気の波——つまりは音を響かせているのだと、きみは教えてくれただろう？」

つい先日のこと、おれはパトリックにせがまれて、弦楽器が音を鳴らす仕組みについて解説してやったのだった。みずから楽器をたしなみはしないものの、彼は大の音楽好きなのである。

「ぼくらの魂も同じなのさ。そこに存在し、息づいているかぎり、目には視えない波を発している。ずっと暮らしている部屋や、常に身につけているものには、そうした波の痕跡《こんせき》が刻まれやすいものなんだ。もちろんたいていは吹けば飛ぶような、かすかなさざめきにすぎないけれど」

「風がほんのわずかずつ、岩を浸蝕《しんしょく》していくみたいなものか？」

パトリックはうなずいた。

「あるいはもっと鮮明な、銅版画のようなものを想像してみるといいかもしれない。あれはまっさらな銅板にかりかりと溝を――波を穿《うが》って、そこに流しこんだインクを紙に転写して可視化したものだろう?」

おれははっとした。パトリックの云わんとしていることを、おぼろげながら察することができたのだ。

「つまりおれは、その波を感じ取って――」

「姿あるものとして浮かびあがらせた。あの手廻しオルガン弾きの彼は、来る日も来る日も特別な想いをこめて楽器を鳴らしていただろう? 音楽はただでさえ現と夢をつなぐものだ。病身の少女を励《はげ》ましたいという切なる願いが、あの音の鳴る匣に刻みつかないほうがよほど奇妙なことだとは思わないかい?」

「……たしかにな」

おれはここしばらく手をふれていない、自分の楽器のことを想った。

長い年月をともにすごし、誰よりもおれの心を知り尽くしているはずのチェロに、その記憶がなにひとつ刻まれていないと考えることのほうが、いまとなってはよほど理不尽で納得しがたい。

「だからあれは幽霊とは違って、拠りどころが失われてはもはや存在できない。そうでなくても、いずれは薄れて消えてなくなるしかないものだし、あちらがわのものを視る力があったり、あるいは特に波長のあう者しか認識できないはずだ」

「まるで生きているみたいだったのに、幽霊ですらないんだな……」

「そうだね。あれは魂そのものではないけれど、残された記憶から復元された魂の複製が反応をかえしているともいえるかもしれない。そこにどれほどの差があるものかと問われれば、ぼくも考えてしまうけれど」

たしかにそこには、嘘いつわりのない感情があった。

「つまりおれは、あの手廻しオルガンに焼きついた過去の想いの名残《なご》りを、その主の姿や声として受けとめていたんだな」

パトリックがにこりと笑う。

「さすが理解が早いね」

「お褒めいただき光栄だ」

おれは深々とため息をついた。それにしても驚きだ。あれだけ自然にやりとりできていた相手が、まさかこの世ならぬものだったとは。パトリックの種明かしがなければ、気がつかないままでいたかもしれない。

未知なる世界の扉はすでにそこかしこに開かれていて、おれはいつしかその境界を意識することもないままに踏み越えてしまっている。その事実に、いまさらながらとまどいを感じずにはいられない。

なぜならあちらがわとはすなわち、死者の世界でもあるのだから。

おれは無言で窓辺を見遣《みや》った。朝からこれまで、あえて窓の外には目を向けないようにしていたので、あれがいまどのような姿をしているかはわからない。

こくりと唾を呑みこみ、覚悟を決めてきりだす。

「それならいまおれの身に降りかかっていることは、やっぱり不用意にあちらがわのものと係わりあったせいなのか？」

「そうじゃない。彼との会話によって、きみの古い記憶が刺激されたためだよ。それこそが銃爪《ひきがね》だったのさ」

意外な見解に困惑していると、パトリックがずいと身を乗りだした。

「チェロを弾きこなすのは、手廻しオルガンのように簡単にはいかない。そんな話を、他の誰かともしたことがあったんだろう？」

たしかにそんな気はした。相手が誰かも、話の流れも、まるで心当たりはなかったが。

「だけどいったいどうしたら、それがいまのこの状況につながるんだ？」

「察しが悪いね」

パトリックは呆《あき》れたように眉をあげた。

「だからその相手は、ずっと待っていたんだよ。上達したチェロを、いつかきみが弾いて聴かせてくれるのを」

——楽しみだな。

昨夜の悪夢の光景が、たちまち脳裡《のうり》によみがえる。

あれはやはり、おれが約束を違えたことを責める声だったのか。

だが誰とそんな約束をしたものか、まったく記憶にない。それは約束の相手が、あちらがわのものだったからなのか。

「その相手がいまになって姿をみせたのか？　だったらどうして、おれの姿をしているんだよ？」

たまらず問いかけると、パトリックはひたとおれをみつめかえした。

「オーランド。きみ、子どものころ友だちがいなかっただろう」

「……きみにだけは言われたくないって科白《せりふ》だな」

「誤解しないでくれたまえ。ぼくはなにも、きみの性格に難があるせいで友人のひとりもできなかったはずだと指摘しているわけではないよ」

「それはありがたいね」

嬉々《きき》として語るさまが小憎らしい。

だがおれの皮肉にはかまわず、パトリックは続ける。

「きみは母君の職業柄《がら》、ひとつ所に留まらない暮らしをしてきただろう？　そういう環境だと、そもそも特定の相手と長くつきあう機会がなかったのではないかということさ」

「たしかに幼なじみと呼べるような奴はいないが……」

おれはそう内気な性質ではなかったし、行く先々で地元の子らの遊びの輪に飛びこんでいったりもしたが、兄弟のように親しく育った友だちはいなかった。

「歌劇場の楽屋や舞台裏では、よくひとり遊びをしていたのだったね」

「そうさ。みんなの仕事の邪魔にさえならなければ、あちこちうろついても大目にみてもらえたからな。ときには暇な連中がかまってくれたりもしたけど、たいていは放っておかれたし、それでも退屈したことはなかったよ」

「ひとりきりで、どんなふうに遊んでいたんだい？」

「それは日によっていろいろさ。小道具を床に並べて兵隊ごっことか、暗黒大陸の探険家を気取って宝探しとか、かくれんぼとか」

「かくれんぼ《Hide-and-seek》？」

「ああ。劇場なんてそもそもが迷宮じみたところ、かくれんぼにはもってこいだからな。埃で息がつまるような衣裳《いしょう》部屋の奥とか、桟敷《さじき》席まで続く秘密の通路とか、とっておきの場所に身を押しこめて、足音が近づいてくるのをいまかいまかと待つのが楽しくて」

「きみひとりで？　どうやって？」

「え？」

「そのとっておきの場所に身を隠したきみを、誰が捜しにきてくれたんだい？」

「誰がって……」

　おれはぽかんとし、ややしてから目をみはった。

　物陰《ものかげ》に隠れたおれ。そんなおれに近づいてくる誰か。懸命に息をひそめるおれ。そんなおれに飛びついて喜ぶ誰か。数々の光景が次々と脳裡にひらめき、できそこないの写真のようにぶれては溶け、消え去ってゆく。

歌劇場の片隅《かたすみ》で、おれはいつもひとり遊びをしていたはずだ。それならば、相手がいなければできないはずのかくれんぼに夢中になったこの記憶は、いったいなんなのだ。

にわかにこわばる指先を、おれはぎこちなく額に添える。

「どうしていまのいままで、すっかり忘れていたんだ？」

おれの当時の記憶など、はなから断片的なものでしかないが、それでもたしかにおれは親友とも呼べるような仲の誰かといっしょに遊んでいた。顔も名も思いだせないが、なぜ彼の存在そのものが抜け落ちていたのだろう。

それに母は語っていたのだ。おれはいつだって、ひとりで機嫌よく遊んでいたと。ではおれのこの実感は、いったいどこから湧きでてきたというのか。

正しいのは母か。それともおれか。あるいはどちらの記憶も正しいのだとしたら、その食い違いはいったいなにを意味しているのか。

「そう怯《おび》えることはないよ」

パトリックは狼狽《ろうばい》するおれをなだめるように、

「きみは現の世の理に沿うことを選んで、自身の記憶のほうをゆがめたんだ。いるはずのないその相手は、最初からいなかったのだとね。そうして存在ごと、記憶から消し去ってしまったのさ」

いるはずのない相手。

「それならいままでおれが忘れていたのは……」

「きみの空想の友だちさ」

「空想の、友だち？」

わけがわからず、おれは物真似鳥《ものまね》のようにくりかえすことしかできない。

「さほどめずらしいことではないんだよ。孤独な子どもが、そうした存在をみずから生みだすのは」

どこかいたわるような声音で、パトリックはまなざしをやわらげた。

その肩にはいつのまに呼んだのか、翼をたたんだ大鴉《おおがらす》がとまっている。

ほのかな虹《にじ》のような光をまとったその優雅な鳥を、おれはロビンと呼ぶ。

夭折《ようせつ》したパトリックの兄——ジョージ・ロバート・ハーンの愛称だ。

輝くギリシアの太陽とともに幼いパトリックを見守り、アイルランドの地に渡ってからも寄り添い続けてくれたロビンを、パトリックは誰よりも信頼している。

「たしかきみはちいさな音叉《おんさ》を持っていたね」

おれはめんくらいつつ、素直にうなずいた。パトリックがこういうきりだしかたをするときには、それなりの意図があるものなのだ。

「いちおうな。そう頻繁には使わないが」

正確なAの音を確認したくなったとき、膝などで軽く打って鳴らしてみることがある。耳許《みみもと》に近づけなければ聴きとれないほどのかすかな音だが、澄みきった純音は冷えた泉の水のように心地好い。

「鳴らしたその音叉に、同じ周波数の音叉を近づけるとどうなる?」

「そりゃあ……共振をおこして、共鳴りを始めるんじゃないか?」

「つまりはそういう存在さ」

「……というと?」

「ひとり遊びだってそれなりに楽しいものだろうけれど、だからこそその楽しさを誰かと共有したいという願望――夢が知らず知らず心に芽生《めば》えもするだろう。子どもはそもそも夢と現の境界があいまいなものだから、隣にいてほしい誰か――つまり自分の分身のような友だちを、やがて魂の望みのままに感じ始めることがあるんだ」

おれは探るようにたずねた。

「真に迫ったひとり芝居ということか?」

「現なりの解釈をするならね。でも想像してみてごらん」

つとパトリックが虚空に視線を投げる。

「自分の力ではどこに逃げることもできないひとりの子どもが、誰よりも自分を大切にしてくれるかけがえのない味方を欲して、切実な魂の音を鳴らし続けたとしたら、いったいどうなるものか」

「魂の音を……」

おれたちは誰もがひとつの楽器のようなもの。その楽器が全身全霊で発した波を打ちこまれたら、虚空といえどやがて揺らぎを生じ、陽炎《かげろう》のようなおのれの似姿が浮かびあがるのではないか。

「そしてふたつの等しい音叉が共鳴りをおこすように、それは応え始める。ふたりで球を投げあうように言葉をかわせば、しだいに波は強まり、存在は濃くなっていく」

パトリックがおれをみつめ、ささやいた。

「夢が現実になるのさ」

天鵞絨《ビロウド》のような声が、世界に呪文《じゅもん》をかける。

おれはしばらく、口を利くことができなかった。

「それが……その子が、おれの遊び相手だったのか？」

「子どもの集中力というのは、計り知れないものがあるからね。良くも悪くも純粋で雑念にわずらわされにくいうえ、あちらがわの力をないものとして排除することもない。だからときに、とてつもない能力を発揮してみせるんだ」

唯一無二の友を欲したおれの強い願望こそが、彼を生みだしたというのだろうか。

「きみが彼の顔も名まえも思いだせないのは、おそらく最初からはっきりと意識していなかったからじゃないかな。それでも友だちでいるには困らないからね」

肩を並べて寄り添うなら顔などわからなくても問題ないし、会話をするにも「きみ」と呼びかければすむ。冷静に考えれば不都合は多々あるはずだが、にもかかわらず心の辻褄《つじつま》をあわせることができた時点で、やはり生身の人間ではなかったということなのか。

「ぼくの乳母はふしぎな女性《ひと》でね。やっぱりあちらがわのものを視たり聴いたりできて、彼女がこれまでに世話をしてきた子どもたちも、しばしばそういう存在とつきあっていたそうだよ」

ときに空想の友だちは、主とは正反対の容姿や性格、異なる性別の存在としてあらわれることもある。ある内気な男の子の空想の友だちは、実際に近所に住んでいた活発な少年によく似ていたという。

「いずれにしてもその本質は、創造主である子ども自身の願望を投射した分身であることに変わりはない。きみはあまり誰かに憧れたりしなそうだから、自分と同じ姿をしていたんじゃないかな」

たしかにおれは自分のいくらか風変わりな境遇にさして不満はなかったし、こうありたいと切望するような相手もいなかった。そういう意味で、彼はまさにおれの分身であったのかもしれない。

「だから彼も、当時のきみの姿であらわれたんだろう」

「おれが忘れてしまったせいで、彼の時間はとまったままだったのか」

「そうだね。だからいまのきみの姿に、懸命に追いつこうとしていたんだよ。けれど中身は当時のきみの魂のかたちをなぞったままだった。そのちぐはぐさに、きみは異様なものを感じて恐れたわけだけれど」

それが日に日に成長する二重身の正体だった。

奇妙に幼いおもざしはそのまま、過ぎ去った時間の長さ――取りかえしのつかないおれの罪の重さを語っていたのだった。

「彼は……あれからもおれのそばにいたのか？」

「ほとんど消滅しかかった、かすかな残響のような存在としてね」

「あんなにはっきりと視えたのに？」

「それはたぶん、きみと同じように連れてきた生徒が、他にもいたからじゃないかな」

「連れて……って、子ども時代の空想の友だちをか？」

「これだけの人数がいるんだ。学年にひとりやふたり、そんな生徒がいたとしても不思議ではないよ。あれはおそらく、そうした残響がひとつに寄り集まったものだ。十二、三歳になるまで空想の友だちとつきあっている子どもはめったにいないし、いたとしても寄宿生活をしていたら、否応なく係わりあいは希薄にならざるをえない。そうして忘れられるにつれてほころびかけた波を、ぶつけてかさねあわせることでかろうじて生き延びているんだ」

「異なる主から生まれたものなのに、そんなことができるのか？」

「なによりも主の幸せを望むという点で、彼らの波長は共通しているからね。いまはきみの魂に共鳴をおこしていることで、きみの姿が強くでているんだろう。自覚できなかっただけで、きみの心の奥底ではすでに彼の存在がよみがえっていたはずだからね。どうにも印象が一定しないとぼくが感じたのは、複数の存在がさざめきあって揺らいでいたからではないか——と、兄さんがさっき教えてくれたよ」

同意を伝えるように、ロビンが艶やかな翼をはばたかせる。

「……彼らはずっとあの雑木林に？」

「あの林は、あちらがわのものが存在を保《たも》ちやすい環境だからね。そして自分たちがもう必要とされていないことも、感じとっている。だからああして遠くから見守っているだけなんだ」

「そんな……」

こんなひどいことがあるだろうか。勝手に生みだされ、顧《かえり》みられもせず置き去りにされてもなお、主を気遣《きづか》う分身のみが声もなく漂い続けているなんて。

「そもそもおれは、大切だったはずの友だちをどうして忘れることができたんだ」

十年ものあいだ、その存在が脳裡をよぎりもしなかったことが信じがたい。

「きみが六、七歳のころ、きみの日常には決定的な変化があっただろう」

「決定的な変化？」

おれは顔をあげた。

「正式にチェロを習い始めたことさ。つまりきみは新しい分身をみつけたんだ。慣れ親しんだその友だちの代わりにね」

「あ……」

今度こそおれは声をなくした。

当時のおれにとって、もっとも輝ける楽器がチェロだった。

深い音色はもちろんのこと、堂々としたたたずまいにも、かきいだくように演奏する姿にも、すべてに惹かれた。実際に楽器を胸と膝で支えてみれば、その響きは裏板から骨を伝い、ぞくぞくと全身をふるわせた。

それは大型犬や仔馬《こうま》をてなずけ、たわむれることに憧れる気分にいくらか似ていたかもしれない。楽屋や稽古《けいこ》場に転がっていた予備の楽器で、演奏の真似事に夢中になっているおれを、彼も隣から興味深そうにのぞきこんでいた。

そんな彼にやがておれは告げたのだ。自己流の癖がつかないように、母が伝手《つて》を頼って教師をつけてくれることになったのだと。

もちろん彼は喜んでくれた。おれがたいそうはしゃいでいたからだ。そして成果を早く聴かせてほしいとせがんだ。おれは笑って、手廻しオルガンのように簡単にはいかないよと答えたのだ。

「そうだ……だからおれは約束したんだ」

上手く弾けるようになったら、まず一番にきみに聴かせると。

なのにあろうことか、おれはそのチェロに熱中するあまり、忘れてしまったのだ。

心からの誓いも、誓った相手のことも。

誰よりもその日を楽しみにしてくれていたはずの友だちを——もうひとりの自分を存在ごと消し去ってしまったなんて、まるでおれが殺したようなものだ。

「……あいつはおれを恨んでいるのか」

「きみのうなされた悪夢のことかい？」

パトリックはからかうように片眉をあげた。

「あれはきっと、大切な約束を果たしていないというきみの罪悪感がゆがませた、もうひとつの夢にすぎないよ。責められても当然のことをしているという慚愧の念が、きみに襲いかかる怪物をしたてあげたんだ。人はいつだって、自分の視たいものを視たいようにしか視ないものだから」

パトリックがお得意の科白で締めくくる。それが今日はことに胸に刺さった。

存在ごと忘れていたあげく、ありもしない悪意に勝手に怯えて、忌むものとして扱うとはむごいにもほどがある仕打ちだ。

「むしろぼくは、きみの夢から逆の啓示を読みとるね。そもそも彼は、魂の死の湖に沈みこもうとしているきみを、なんとか助けあげようとしているのではないかって」

もはや必要とされてはおらず、消えてゆくだけの存在であるにもかかわらず、それでも伝えたがっているのではないか。

「他ならぬきみの分身が、いまでもきみの演奏を待ち続けていることをさ」

等しい音叉は共鳴する。働きかけがどちらからであっても。

十年の月日を越えて届いた、もうひとりのおれからの声に、魂がふるえだす。

おれはよろめくように腰をあげた。そのまま動きかけた足が、ふとこみあげるためらいで床に縫いつけられる。

「いま……おれが呼びかけたら、応えてくれるのか?」

パトリックはひそやかに微笑した。

「彼らは基本的に、主の望みに副わないことはしないものだから」

それならおれが心から望めば、謝罪の声を届けることができるだろうか。

たとえいまのおれが、空想の友だちに頼らずともこの世を生き抜けるほどのたくましさを、あるいは鈍《にぶ》さをすでに身につけているのだとしても、新たな願いを伝えることができるだろうか。

そのときふいに、パトリックの肩からロビンが飛びたった。ふわりと宙を泳いで窓辺に着地すると、おれをふりむいてわずかに首をかしげた。声なきものの声に耳をかたむけるように。

そのしぐさにうながされ、おれはゆっくりと足を進めた。

部屋の内と外をへだてる硝子板を、もどかしく押しあげる。深呼吸をひとつして、視線をおろす。ざあ——と荒々しい風が吹き抜け、舞いあげられた枯れ葉がひたすら降りしきる。そしておとずれた静寂のなかに、彼はたたずんでいた。

背格好はもはやほとんどいまのおれと変わらない。だがそのひたむきな表情は、やはり幼い子どものものだ。違和感の源をつかんでしまえば、それは不気味でもなんでもない、まるでなりばかりが立派な弟のようでもあり……ただただ愛おしく、胸が痛んだ。

「ごめん」

おれが呼びかけると、その姿にさざなみが走った。驚愕《きょうがく》か動揺か、目をみはる彼の意識をつなぎとめるように、おれは言葉をぶつけた。

「きみを忘れたかったわけじゃないんだ。それに……きみとの約束、まだ叶《かな》えてやれそうにない。だけどきっと！」

おれは窓枠をつかみ、身を乗りだした。

「きっと守るから！　それまで待っていてくれるか！」

渾身の願いをこめて訴える。するとにわかに彼の輪郭《りんかく》がゆらめいた。

まさか身勝手な要求に呆れて、姿を消してしまうのか——と息をつめたとき。

彼の顔にほころぶような笑みが浮かんだ。

——楽しみだな。

胸にこだまする喜びは彼のものか、それともおれのものか。

彼の姿が宙にかき消えてからも、おれはしばらくその声に耳を澄ましていた。

彼はただ、いまのおれの望みに感応したにすぎないのかもしれない。それでもかつてのおれからの十年越しの声援は、たしかにおれを勇気づけたのだった。

背にパトリックの視線を感じながら、おれは問いかけた。

「なあ。きみにも昔はいたのか、こういう友だちが？」

しばしの沈黙をおいて、彼はささやく。

「ぼくには兄さんがいてくれたから」

「……そうか」

窓枠にとまったロビンが、黒瑪瑙《オニキス》のような瞳でおれをみつめている。

あるいはロビンもまた、パトリックの生みだした存在なのではあるまいか。

母とともにギリシアの小島に置き去りにされたパトリックが、自由にどこまでも飛んでいきたいという望みを託した姿を、分身にまとわせたのだとしたら。

ロビンもいつか、パトリックのそばを離れるときがやってくるのだろうか。

そんな想像を、おれはみずから頭をふって打ち消した。

真実がどこにあろうと、いまのパトリックにとって、ロビンが大切な家族であることは変わらない。魂があろうとなかろうと、そこにどれほどの違いがあるものか。

「——それにしても」

おれは窓辺を離れ、寝台にどさりと身を投げだした。

「なんだかこれまでの人生が、根底からくつがえりそうだよ。他にもきれいさっぱり忘れていることとか、そうと気づかないままあちらがわのものと係わりあったことなんかが、山ほどあるんじゃないかってさ」

「あるだろうね。そもそもきみの子守からして、いかにもいわくありげじゃないか」

「子守?」

「歌劇場のことさ。きみはそのふところで育ったようなものだろう?」

パトリックは意味深に口の端をあげる。

「考えてもみてごらん。あれほど多くの人生の交錯する空間は、そうないよ？　夜毎《よごと》おとずれる観客たちの人生。失敗の許されない舞台のために心血を注ぐ、歌手やオーケストラや裏方たちの人生。そして舞台でのみくりかえされる、世にも劇的な人生の数々。そのうえ筐体そのものが、最高の音響を得る目的によって設計されている。まさにうずまく想念を燃料に延々と鳴り続ける、巨大な手廻しオルガンのごとき匣さ。そこに人知れず息づいているものがどれほどあるか、想像するだけでわくわくしてくるじゃないか」

「……………」

だとしたらおれの記憶にかろうじてひっかかっているあれもこれもそれも、ただの気のせいではなかったのだろうか。

誰もいるはずのない桟敷席から、哀《かな》しげな啜《すす》り泣《な》きが聴こえたこと。どれだけ試してみても、一度きりしかたどりつけない楽屋があったこと。上演してもいない舞台の衣裳を身にまとった老歌手が、舞台袖の暗がりで熱心に発声練習をしていたこと……。

たいていの歌劇場でまことしやかにささやかれ、おれが笑って聞き流していた怪談話の数々も、いまにしてみればまったくのでたらめではなかったのかもしれない。

パトリックがくつくつと笑いだす。

「人生とはじつに味わい深いものだよね」

意外なことに、それをかみしめるのはそう悪い気分でもなかった。

観客はひとときの夢を舞台に託し、歌い手はその夢に人生を捧《ささ》げ、華やかな夢の陰には燃える血潮のような執念がとぐろを巻いている。

おれにとってなじみ深い、あの美しくも恐ろしい匣には、夢と現の混ざりあう境界《エッジ》こそがふさわしい。そのどこかに母の人生の残響もまたこだましているかもしれない——そう想像することは、驚くほどおれの心を安らがせた。

だがいまもっとも気にかかるのは、おれの記憶を刺激したきっかけの行く末だ。

「あの手廻しオルガンのほうはどうなるんだ？」

「どうとは？」

「あのまま放っておいていいのか？」

「あれはいずれ消えるのを待つだけのものだからね。オルガンに残った想いの主がどこでなにをしているにしろ、新しい持ち主——レモネード売りの彼はほとんど影響も受けていないようだし」

「そうか……」

「気になるのかい？」

「ん……まあな」

拠《よ》りどころの楽器がいますぐばらばらにでもされないかぎり、不安は終わらない。病に苦しむ少女の生死は、その境界で凍りついたまま冷たく彼を縛め続けるのだ。

「そのお嬢さんがどうなったのか、ぼくたちが代わって屋敷の者にたずねてやることはできるだろうね」

「よけいなお世話だと思うか？」

「――いや。不毛な執着に幕をおろしてやるのも、めぐりあった者の務めかもね。けれどわかっているかい？　結果はあらゆる意味で、彼の望むものではないかもしれないよ？」

おれは目をつむり、パトリックの懸念をかみしめた。

「そのときはおれの口から伝えるよ。同じ楽器弾きとしてね」

5

レモネード売りの少年はレオンといった。

手廻しオルガンの軽快な音色をたどって広場を歩いていくうちに、大聖堂のほぼ正面に店をかまえた彼をみつけることができた。今日も厳しい冷えこみのためかなかなかの繁盛ぶりで、ほどなく仕事をあがることができそうだという。

「このあいだは飲みそこねたきみのレモネードを、いただきにきたんだ。店じまいのあとにでも、またゆっくり話ができると嬉しいんだけれど、どうかな？」

パトリックがさりげなく誘うと、レオンは訝《いぶか》しがることもなく快諾してくれた。先日のベンチでのちほど落ちあうことにして、おれたちは半ペニーと交換にブリキのマグに注がれたレモネードを受け取った。

ふうふうと冷ましながら熱々のレモネードをひとくち含むなり、まろやかな甘酸っぱさが舌をつつみこみ、たちまち唾液《だえき》があふれでた。ぴりりとした生姜《しょうが》の辛《から》みが絶妙に効いている。たしかに美味《うま》いレモネードだった。

こくりと飲みくだせば、とろとろと喉をなでながら胃の底までたどりついた熱が、じんわりと四肢の先まで広がってゆく。学校から町までひたすら歩きづめでくたびれた身体を回復させるのに、これ以上のご馳走《ちそう》はないだろう。

そう伝えると、レオンは照れたようにくたびれたキャスケットの縁をいじった。そのしぐさがいかにも年若い少年めいていて、おれはほっとしつつもどこかいたたまれない心地になる。

あっというまにレモネードを飲み終えてしまうと、おれたちはマグを渡して広場のにぎわいに背を向けた。先日の裏小路をたどり、件《くだん》の邸宅をめざす。

やがて目的地にやってくると、ベンチに並んで腰をおろした。

二階の角の窓には、やはり人影はない。

小路を吹き抜ける風が、石畳の枯れ葉をからからと鳴らす。

襟巻きを口許までひっぱりあげながら、おれはきりだした。

「このあいだ、レオンは話していたよな。仕事終わりになると、いつもなんとなくこの裏小路に足が向くんだって。それってやっぱり……」

「手廻しオルガンの想いにひっぱられてのことだろうね。レオンはその手のものを視たり聴いたりする性質ではなさそうだけれど、多少の影響は受けているんだろう。商売道具として大切に扱っているうちに、その声なき声を受けとめる器がレオンのなかに育ってきたともいえるかな」

ただの道具ではなく、頼れる相棒。そんな意識が生まれればこそ、自然と心が添うようになったのかもしれない。

「やあ。待たせたね」

やがて店じまいをしたレオンがやってきて、ベンチの端《はし》に腰かけたおれの隣におんぼろのワゴンを横づけした。

「きみのレモネードのおかげで、すっかり身体があたたまったよ。隠し味はすりおろした生姜だろう？　それ以外にもあるのかな？」

打ちあわせておいたとおり、パトリックがさっそくレオンに話しかける。そうして彼の注意を惹いてくれているあいだに、おれはそっと手廻しオルガンに手をふれた。

いったん目を閉じ、あらためて隣をうかがうと、少年の姿はすでにそこにあった。

祈るように二階の窓をみつめる横顔は、レオンとは似ても似つかないものだった。

もっと内気そうで、哀しげで、痩せていた。杖をつかむ骨ばった指から、その足許まで目を移すと、そこにはやはり影がないのだった。

「おれがきみの代わりに確かめてこようか」

意識の焦点を絞るように、胸の内で呼びかける。すると呼応するように、隣からかすかな空気のゆらぎが押しよせてくるのを感じた。

「これでいておれは神学校の生徒でね。司祭見習いみたいなこのなりなら、正面からあの屋敷をたずねていってもさほど怪しまれない。寄付金を募っているとか、ご一家のために祈りを捧げたいとか、なんとか理由をつけてお嬢さんの容態を訊《き》きだすのは、そう難しくないはずだから」

「神学生？」

ほのかに弾んだ声が、おれの脳裡をふるわせる。鼓膜の奥の奥に、直接はたらきかけるような声だった。生身の声を持っているわけではない彼は、きっと前回のやりとりもこのように成りたたせていたのだろう。

「それなら神さまがきみを遣わしてくれたのかな」

予想外の反応に、おれはおもわずくちごもった。

「そういうことは……おれにはよくわからない。だけどきみの力になりたいのは本当だ。きみがこのまま、あの窓を見守るだけでかまわないなら、おれは手をだすつもりはない。それがきみの真の望みだというなら」

もとよりふれあうことなど許されない、硝子窓に隔《へだ》てられたふたつの世界。

それでも少年が心をこめて鳴らした音楽は、両者をたしかにつないでいた。

その残響がひとり取り残されたままでいるさまに、窓の外でおれを案じ続けていた分身の姿をかさねるのは、おれの身勝手さだろうか。そこに骨のきしむようなさみしさを感じるのは。

そのとき路の先から子どもの笑い声があがり、おれはそちらに気をとられた。

ひとりの少女がぱたぱたと、軽やかな足取りでこちらに向かってくる。真紅のオーバーコートに、ぽんぽんと襟許で跳ねる雪玉のような飾りがかわいらしい。

やがて沿道のおれたちに気がついた少女は、はたりと足をとめた。ビスクドールのように愛らしい顔をふちどるのは、ふわふわした金の巻き髪だ。

……金の巻き髪？

「あの子……」

おれはおもわず声を洩《も》らしたが、隣の彼の反応はない。

よくよく見れば、少女の年格好はせいぜい十一、二歳といったところだ。彼が気にかけてきた少女であるはずがない。すっかり元気になった少女が、外出先から屋敷に戻ってきたのかもしれないという期待は、ものの一瞬で消え去った。

完全なる早とちりに、おれは落胆して息をつく。

だが首を垂れたおれのすぐそばで、にわかに空気がざわめいた。

脇腹《わきばら》から肋骨《ろっこつ》を伝いのぼり、じかに心臓をゆさぶるようなふるえだった。

「……どうした？」

「彼女だ」

「え？」

おれはとまどいながら彼の視線を追う。すると路の先からは、少女とそっくりな金髪を結いあげた婦人が、上品な足取りで歩いてくるところだった。足をとめた少女がそちらをふりむき、ぴょんぴょんと跳びはねながら呼びかける。

「母さま。母さま。早く来て！」

いかにもおてんばそうな顔を輝かせて、沿道のワゴンを指さす。

「見て。母さまのおうちのまえでレモネードを売っているわ」

やがて娘に追いついた母親が、呆れた顔でたしなめる。

「レモネードって……あなたさっき午後のお茶をいただいたばかりじゃないの」

困ったようにこちらをうかがった婦人は、だがたちまち息を呑んだ。その視線は古びた手廻しオルガンだけに注がれている。

レオンがとっさに帽子をとり、あたふたと弁解した。

「すいません、奥さん。ここで商売をしてたわけじゃないんです。ご迷惑ならすぐにどかしますから」

「あら……ごめんなさい。そうではないのよ。ただその手廻しオルガンに、見憶えがあるような気がしたものだから」

「まさにその楽器ですよ」

おもむろに告げたのはパトリックだった。

「子ども時代のあなたが、毎夕のおとずれを心待ちにされていた少年の楽器です」

立ちすくんだ婦人のかんばせに、みるまに驚愕が広がってゆく。

「あなた……なぜわたしのことを？」

「この楽器にすぐお気づきになりましたから。こちらの邸宅はあなたのご生家ですね？」

彼女は心をおちつかせるように、仔山羊《キッド》の革手袋につつまれた手を胸に押しあてた。

「——ええ。いまはこうして娘を連れて、ときおり里帰りをしているの」

レオンが事情を呑みこめない顔で、やりとりをうかがっている。それでもふたりの真剣な様子から、黙って見守ることにしたようだ。母親にしがみついた女の子も、興味津々でそれぞれの顔を見比べている。

だがおれとパトリック以外の誰の眼《め》にも、彼の姿は映っていないようだった。健《すこ》やかに美しく成長したかつての少女を、打ちふるえてみつめる少年のまなざしは。

「ああ……やっぱりあの楽器だわ」

そっと指先でオルガンの縁をなでた彼女が、ため息とともにつぶやいた。感極まった瞳が、またたくまに潤《うる》みだす。そして彼女はささやくようにたずねた。

「あの子がここで亡くなったあと、あなたがたの手に渡ったの？」

「！」

おれは息をとめた。喉につかえそうになる問いを、なんとか押しだす。

「彼はここで亡くなったんですか」

「ご存じない？」

「……詳しいことまでは」

手廻しオルガンのかつての持ち主がすでにこの世にないことは、悪い予想のうちのひとつだった。大切な商売道具であるはずの楽器が、なぜ慈善家の手からレオンに譲られたのか、導かれる理由はそう多くはない。だがまさかここで命を落としたとは……。

すかさずパトリックが、もっともらしい説明をしてみせる。

「ぼくたちのお世話になっているかたが、彼の遺品を預かっていらしたんです。生前の彼がしばしばここに足を向けていたらしいと知って……ぼくたちと齢も近いですし、彼の魂をなぐさめるためになにかできることがあればと、たずねてみたんです」

「……そう。それでわざわざいらしたのね」

その仲介者が、慈善活動に従事するカトリック教会の者とでも想像したのだろう。彼女は納得したようにうなずいた。

「もう二十年近くもまえのことよ。わたしは生まれつきひどい腺病質《せんびょうしつ》で、外の風にあたればすぐに熱をだして寝こむような子どもだったの」

いったん体調を崩せば、屋敷どころか自室からでることもままならず、彼女にとっては子ども部屋の窓だけが外の世界とのつながりだった。

「だから彼がたずねてくれるようになってからは、それがなによりの楽しみになったわ。そんな日々がふた月ほど続いたかしら。秋も終わりのころ、肺炎を患《わずら》ったわたしはみるまに衰弱して、寝台に臥《ふ》せたきりになったの」

ついには命も危ぶまれ、両親は娘をニューカッスルの大病院に移す決断をくだした。すべては彼女が高熱で朦朧《もうろう》としているあいだのことで、自分の不在が少年に伝わるように手を打つこともできなかった。

「ようやく峠を越したとき、まっさきに考えたのがあの子のことだった。わたしは気心の知れた使用人に伝言を頼んだのだけれど、ここしばらくは姿をみせていないと報告されたわ。でも使用人は嘘を吐いていたの。真実を知れば、わたしの身体に障《さわ》るかもしれないと用心したのでしょうね。あの子はわたしが殺したようなものだから」

彼女はうつむき、まなざしに翳《かげ》を宿らせた。

「本当のことを知ったのは、年が明けて退院してからしばらく経《た》ったころ。あれだけ毎日のように顔をあわせていた彼だもの、そのうちまた様子を見に来てくれるだろうと、わたしは愚かにも期待していたの」

だがひと月待っても、ふた月待っても、少年は姿をみせなかった。忘れられてもしかたがないと、頭では理解していた。それでもすっかりふさぎこんだ彼女をみかねて、使用人は観念したように打ち明けたのだった。

「待降節《アドベント》を控《ひか》えたとある朝、ここで息絶えた手廻しオルガン弾きの少年が発見されたと。夕方ここまでやってきて、疲れきった身体をしばらく休めているうちに眠りこんで、そのまま凍《こご》えてしまったのではないかって」

その晩はことに冷えこんだというから。

そうつけたした彼女のくちびるが、激しくわなないていた。

彼は待っていたのだろうか。もう一分、あと一分だけと少女が顔をみせるのを祈るように待つうちに、二度と目覚めない死の眠りにとらわれてしまったのだろうか。

「どうしてあの子にお金を渡さなかったのか、ずっと後悔してきたの。音楽を聴かせてお代を得るのが彼の生業だったのに、その境遇を本気で考えもしなかった自分を殴りつけてやりたかった。お金さえあれば、いくらかでもひもじさをしのぐことができたかもしれないのに」

レオンが遠慮がちに口を挟んだ。

「でも奥さん、稼ぎにならないのがわかっていたのに、その子がここに通いつめていたのは、きっとただあなたを元気づけたかったからで――」

「それでもなんでも、明日の命に代えられるものはないわ。わたしの命を楯《たて》にして両親を脅してでも、あの子のためにできることをすればよかった！」

淑女らしく押し殺したささやきが、絶叫のように耳を刺す。

そのときおれの肩先から、むせぶようなふるえが伝わった。

「おれは彼女を苦しめていたのかな。とっくに死んでいたのに。それからもずっと」

まるで雪に凍えるともしびのような、さみしく心許《こころもと》なげな声だった。

「きみは死んでなんかいないさ」

おれは抗《あらが》わずにはいられなかった。たとえ主の命がすでに絶えていようと、きみはこの世に生みだされたときから変わらず、ひたすらに彼女を想い続けていただけだ。

おれはとっさにレオンをふりむいた。

「レオン。ここでそのオルガンを弾いてくれないか。できればすべての曲をひとめぐり」

それでなにかが変わるのか、おれにはわからない。だが姿も視えず、声も届かない彼の想いを乗せる手段は、それしかなかった。それこそが、かつての少年少女をつないでいたものだった。

「わたしからもお願いするわ」

「もちろんお安いご用です！」

レオンは張りきってハンドルに手をかけたが、

「だけどこの楽器、だいぶがたがきてるみたいで、じつはひとつだけ鳴らない曲があるんです。シリンダーには、取りたてておかしなところはないんですけど。ちょうどその曲が頭になってるんで、巻き終わるまでしばらく待って……あれ？」

手短に説明しつつ、ハンドルを廻しだしたとたん、レオンの顔に驚きが広がった。オルガンからは、これまでの不調などまったく感じさせない音が流れ始めたのだ。

「……どうして急に？」

「続けて。どうかそのまま」

すかさず求めた彼女は、すでに涙ぐんでいた。

短い前奏が終わり、明るく伸びやかな旋律が流れだす。

それは誰もが知る、かのジョン・ダウランドの恋歌だった。

さあ、もういちど愛が呼んでいる。ためらうしとやかなきみが、ぼくに悦《よろこ》びを与えるように。みつめ、ささやき、ふれあい、くちづけ、甘い愛に殉じるために……。

ただひたむきな愛が語られる、叶うことのない恋の歌。

つまりはそういうことだ。一途《いちず》な少年はどうしても、この恋の歌だけは他の誰にも、誰に向けても歌わせたくなかったのである。

そのいっぱしの悋気《りんき》を、冷やかしてやろうか。

そんな悪戯心《いたずらごころ》で、おれは隣をふりむく。

だがたったいままで肩を並べていたはずの彼の姿は、もうどこにもなかった。

そこにはただ、哀しく甘い恋の無言歌が、終わらない螺旋《らせん》を描いているばかりだった。

「これでよかったんだよな」

裏小路を去りながらつぶやくと、パトリックがひそやかにうなずいた。

「終わりのない気がかりから、ようやく解き放たれたのだからね。その想いこそが、彼を彼としてこの世につなぎとめていたものだったわけだけれど」

「彼はもうどこにもいないのか？」

「彼を縛っていた想い——呪いがすべて解《ほど》けてしまったからね」

そうしてほころびた波は、音もなく散り散りに消え去ってしまった。

「呪い……か」

けれどそれは終焉《しゅうえん》の安らぎよりも、幸福な憩いだったのかもしれない。少女のために手廻しオルガンを奏《かな》でるほんのひとときだけ、少年は常につきまとう空腹や疲労を忘れて恋に生きることができた。

もとより成就するはずのない、つかのまの夢にただただ留まりたいという切望があったからこそ、その祈りが姿を残すことになったのではなかったか。

歌劇場という匣のなかで、人生のもっとも劇的で華やかな一幕をくりかえし生き続けるオペラの主役たちのように。

とはいえ血と肉に縛られたこの世のおれたちは、それでは生きていけない。

三人を残しておれたちが先に辞したとき、彼女はレオンの現在の住まいや家族についてたずねていた。かつて手をさしのべてやれなかった少年の代わりに、なにか力になれることがないかと考えていたのかもしれない。

レオンがどのような選択をするかはわからないが、人生に前向きな彼のことだ。彼女との出会いは、きっと悪いものにはならないだろう。その強靱《きょうじん》さと柔軟さが、いまのおれにはただただまぶしかった。

おれは古く摩耗《まもう》しきった石畳から、夕空に目を向けた。

「彼の名まえ、訊きそびれたな」

肝心なことを知り損《そこ》ねたのが、いまさらながら悔《く》やまれる。

「でも忘れないだろう？　彼女だって、名も知らなければ言葉をかわしたこともない少年のことをずっと憶えていたのだから。きみにとっても、大切な友だちの記憶をよみがえらせてくれた相手だ」

「そうだな」

彼とめぐりあわなければ、おれが十年ものあいだ忘れたままでいたかけがえのない友人と、再会することもなかっただろう。それが神の導きかどうかなんて、おれにはわからないし知ったことでもない。ただひとつだけたしかなことがある。

おれたちのすぐそばには、儚くも美しい、あまたの残響がまどろんでいる。

いつかこの手にふたたび弓を持つとき、そんな名もなき残響たちに、きっと鎮魂の歌を捧げよう。

まずは久しぶりに、しまいこんだままの楽器を磨いてみようか。

「ちなみに」

パトリックがさりげなくきりだす。

「きみの演奏を待っている者なら、ここにもひとりいるのをお忘れなく」

おれは口の端で笑い、目を伏せた。

「忘れてないさ」

Heavenly Blue Butterfly

1

こんなことわざがある。

禍はひとりではおとずれない《Misfortunes never come singly》。

悪いことはたいてい一度きりでは終わらない――というほどの意味だ。

母が亡くなり、見ず知らずの異母兄によって僻地《へきち》の神学校に送りこまれるという人生の急転直下は、まさにその格言を実感させるものだったわけだが、いまふたたびおれは古き教えを不吉な予感とともに受けとめていた。

告白しよう。

おれはふたりめを視てしまったのだ。

校舎裏の雑木林をうろつく、新たな謎の少年を。

「それは件のきみの友だちの姿が、揺らいでいるだけではないのかい？」

「いや。あれはきっと別口だ。あいつからは、あきらかな敵意を感じるんだ」

午後の授業を終えたおれたちは、廻廊《かいろう》をめぐり歩いて付属図書館に向かっていた。

アマルダやらトラファルガーやら、英国の歴史に残る海戦をひとつ選び、その勝因あるいは敗因について詳しく分析するという課題のために、資料を探しにきたのである。

文学好きのパトリックは、この手の課題になると急にやる気をみせるのだった。きっと臨場感あふれる、海洋小説のような小論ができあがることだろう。

図書館からは見渡せないが、雑木林には幼き日のおれが生みだした〝空想の友だち〟が、いまもひっそりと留まっている。ほのかな残響のような存在である彼は、主《あるじ》に忘れられた同類たちと一体化することで、かろうじてその姿を保っているのだ。

おれにはおれの似姿として映っているが、そもそもが複数の存在の集合体なので、そのうちのひとつの姿がたまたま濃く視えただけなのではないか、とパトリックは指摘しているわけだ。

それはおれにとって禍《わざわい》などではなかったものの、じわじわとおれの姿を追いかけて成長してくるさまが、たいそう心臓に悪かったことに変わりはない。

それに今回こそは、本当の禍かもしれない。

というのも……教室から窓の外をながめたおれと視線がかみあったとたん、その少年はこちらを睨みつけ、ゆっくりと口を動かしてみせたのだ。

――か、え、せ。

「かえせ？」

興味を惹かれた様子で、パトリックがふりむいた。

「きみは誰かから借りっぱなしのものに、心当たりでもあるのかい？」

「それはないが……」

おれがくちごもると、パトリックはまもなく得たり顔になった。ははんと口角をあげ、

「すっかり忘れているだけかもしれない、と」

「ん……そんなところだ」

しぶしぶ同意したとたん、パトリックが噴《ふ》きだす。おれはむっとした。

「笑うなよ。知らぬまに交《か》わした契約を放っておくと大変なことになるかもしれないなんて、もっともらしい講釈を垂れたのはきみのほうだろうが。おかげでこのところは、やることなすこと疑いっぱなしさ」

なにしろ自分があたりまえに信じてきた記憶すら、この世の理に従ううちにゆがめられた結果かもしれないと気がついてしまったのだ。たったいますれ違った誰かが本当にこの世のものかどうか、ふと足をとめて考えたとたんに世界は頼りなく揺らぎだす。

そんなふうに足許のおぼつかない不安が、このところはいつも微細な眩暈《めまい》のようにつきまとっていた。

「そうやっておのれを疑うことから、真の人生が始まるのさ。きみもなかなか順調に、夢と現の境界が溶けてきたようじゃないか」

「他人事《ひとごと》だからって、気楽なものだよな」

パトリックはくつくつと笑っている。混乱するおれをおもしろがっているのだ。なにかと頼りにはなるものの、この変わり者をはたして善き隣人とみなしてよいものかどうか、はなはだ疑問である。

「それで？　いったいどんな様子だったんだい、その少年というのは？」

パトリックがようやくまじめに取りあう気になったようなので、おれはここぞとばかりに伝えた。

「齢は十歳前後だった。栗色《くりいろ》の短い髪に、気の強そうな顔つきで。ありふれた田舎《いなか》の子の格好だったよ。みすぼらしいとまではいかないが、両膝《りょうひざ》に接ぎがあててあって、そこらの農家にいそうな感じだ。ただ肩から斜めに、頭陀袋《ずだぶくろ》を継《つ》ぎ接《は》ぎしたような布の鞄《かばん》をさげていたんだ」

その肩紐《かたひも》をさも大切そうに握りしめているので、なにがしまわれているのかと鞄に目を凝《こ》らしてみると——。

「布のかぶせに隠れた鞄の奥で、なにかがうぞうぞとうごめいていて」

「うぞうぞと?」

「そしてみるまに押しあげられたかぶせの脇から、なにか黒い靄《もや》みたいなものがじわりと滲《し》みだしてきたんだ」

足をとめたパトリックが、黒い瞳をきらめかせる。

「それで? それでいったいなにがでてきたというんだい?」

「あまりに恐ろしくて目をそむけた」

パトリックが顎を落とした。

「肝心なところで!」

「視たらおしまいってことも、あるかもしれないじゃないか。ゴルゴンの首みたいに」

あからさまに落胆されて、おれはばつの悪さを味わいながら弁解する。

「だからといって、いざというときに及び腰になるなんて！」

「……面目ない」

パトリックがなじりたくなるのもわからないではないが、なにしろとっさのことだったのだ。しばらくしておっかなびっくり様子をうかがったときには、すでに少年の姿は消えていた。白状すれば、そのときの心境は安堵《あんど》のほうが勝っていた。

「こうなったからには、是が非でも黒い靄とやらの正体を見極めてやらないと！」

肝心かなめのところをぼやかされたためか、パトリックはむしろやる気をみなぎらせている。おれにとってはありがたい展開だ。

そうこうしているうちに、おれたちは図書館にたどりついた。

資料をみつくろったら、さっそく謎の少年を調べにかかろうということで同意し、ひとまず口をつぐむ。図書館ではもちろん、私語は慎《つつし》まなければならないのだ。

かつん——と館内に一歩、足を踏みいれたとたんに、高い天井に反響した音があちこちから降りそそいできた。

並の聖堂よりもよほど広々とした館内には、長い通路の奥まで数を追いきれないほどの書架が並んでいる。鍵《かぎ》のかかった奥の書庫には、歴史的にも価値のある貴重な文献も保存されていて、それを目的にこの学校をたずねてくる聖職者もいるそうだ。

閲覧のための長机では、すでに幾人かの生徒が本を広げて自習に励んでいる。

おちついてひとりの時間をすごすには最適な環境といいたいところだが、採光の悪さと黴臭《かびくさ》くよどんだ空気のせいで、さほど長居したい気分にならないのが惜《お》しい。

勝手知ったるパトリックに続いて、おれも歴史書の並ぶ書架に向かう。

するとどこからか、耳なじみのある声に呼びとめられた。

「あ。待ってください、先輩！」

ささやき声のしたほうに首をめぐらせると、通りすぎたばかりの書架の裏から、後輩のウィリアム・ファーガソンが顔をのぞかせている。

一学年下のウィルは、以前からパトリックと交流のある希少な生徒のひとりだ。父親のファーガソン氏とももどもこの世ならぬ事象に興味津々で、もはや家族ぐるみのつきあいである。おれもパトリックの友人としてファーガソン邸に招かれ、手尽くしのご馳走を幾度かふるまってもらった。ファーガソン氏が自宅の《驚異の部屋《ヴンダーカンマー》》のために蒐集した珍品のせいで、ひどい目に遭ったこともあるが。

「こっちです、こっち」

そのウィルがせわしなく手招きして、なにか話したそうな様子だ。

おれはパトリックと目配せしあい、そちらに近づいていった。

「どうした。手の届かない本でもあるのか？」

「うわあ。出会い頭にそれですか。これだから背の高い男って嫌なんですよ」

「同感だな」

ぼそりとパトリックも洩らし、おれは声をたてずに笑った。

「冗談だって。なにか用でも？」

「あります。大有りです。あとで先輩たちに報告にいくつもりでいたんですよ」

のんびりしたふるまいが熊《くま》のぬいぐるみめいているウィルだが、今日はいつになく興奮しているようだ。

「ぼく視ちゃったんです。あれは絶対にこの世ならぬものですよ！」

おれはぎくりとした。おもわず身をかがめ、声をひそめる。

「まさかウィル、おまえも怪しい子どもを視たのか？」

「子ども？　違いますよ。蝶《ちょう》です」

「蝶だって？」

「それが普通の蝶じゃないんですよ。昨日の消灯まぎわ、友だちの部屋から自分の部屋に戻ろうとしていたとき、透きとおった瑠璃《るり》色の蝶が一匹、寮棟の廊下をひらひらと飛んでいたんです」

「なんだ。ちょっとばかり変わった蝶が、校舎に迷いこんだだけだろう？」

おれは拍子抜《ひょうしぬ》けした。こんな寒い季節に蝶が飛びまわっているのはたしかにめずらしいが、まったくありえないことでもないだろう。

「肝心なのはここからです。出口を探すように窓に近づいていった蝶が、そのまま硝子に溶けこむみたいに消えちゃったんですよ！　あまりに驚いてしばらくは口がきけなかったんですけど、我にかえってかけつけてみたら、その窓はぴったり閉じていてこれっぽっちの隙間《すきま》もなかったんです」

その描写は、まさにロビンを彷彿とさせるものだった。普段は大鴉の姿をとり、守護霊のごとくパトリックを見守るロビンもまた、硝子板の壁にはばまれることなく部屋の内と外を行き来できる存在なのである。

だがおれはなおも半信半疑だった。

「……大袈裟《おおげさ》だな。蝶なんてそもそもが酔っ払いみたいな動きをするもの、目で追いきれなくなったのを、そんなふうに錯覚しただけじゃないのか？」

「でもでも！　決定的な瞬間を目撃したのは、ぼくだけじゃないんですよ。ちょうどそばにいたライナスも、同じものを視てるんです。しかもライナスには、窓をすり抜けて外に飛んでいったように視えたっていうんですよ」

ライナスといえば、学舎の廻廊に浮かびあがる聖母マリアの姿を目撃して、パトリックに相談してきたことが記憶に新しい。

するとそこまでのやりとりを静観していたパトリックが、

「ぼくの育ったアイルランドには、死者の霊はときとして蝶の姿であらわれるという伝承があるけれどね」

しごくまじめな顔でつぶやいたとたん、すかさずウィルが飛びついた。

「それなんですよ！　じつはですね、日本にも蝶は死者の化身だっていう考えかたがあるらしいんです」

「本当かい？　それは興味深い一致だな」

「だからあの蝶は、亡霊が姿を変えたものなのかもしれません。たまたま迷いこんだだけなのか、ひょっとしたらこの学校に縁があって——」

「なにかの目的のために、校舎をさまよっている可能性もあるか」

いつしかパトリックは、すっかり惹きこまれている。

「その青い蝶を視たのは、昨夜の一度きりかい？」

「残念ながら。あれからできるだけ気をつけてみたんですけど、他の誰かの目にとまって噂が広まっている様子もないみたいです」

「なるほど。ではその蝶について、できるだけ詳しく教えてくれるかい？　大きさはどの程度だった？　翅《はね》のかたちは？　紋の特徴は？」

「そうですね……普通の蝶に比べるとかなり大型でした。片翅がちょうどぼくの手のひらに収まるくらいです。ライナスによれば、長めの尾が揚羽蝶《あげはちょう》に似ていたそうです。でも冷たい焔《ほのお》みたいな光を内から放って、胴の部分まで銀色に輝いている蝶なんて、図鑑にも載っていないって」

ひととおりの情報を入手し終えると、パトリックはごそごそと上衣をまさぐって、パラフィン紙をねじった包みをふたつ取りだした。

「とにもかくにも報告に感謝するよ。こころばかりだが取っておいてくれたまえ。きみとライナスに」

「あ！　チョコレート味のファッジですね？　ぼくこれ大好きです」

「またその蝶に遭遇したら、すぐに教えてくれるかい？」

「もちろんです。この学校に縁のある亡霊なら、まだ近くをうろついているかもしれませんよね。そう考えるとなんだか怖いですけど、あんなきれいな蝶なら何度でも視たいですよ。本当に魂が吸いこまれてしまいそうでした。先輩たちもまのあたりにしたら、絶対に驚きますすよ」

ウィルはうっとりとささやいた。

「ああいうのを天国の空の色というんですね、きっと」


「天上の青《heavenly blue》ね……」

寝台にもぐりこんだおれは、天井をながめながらつぶやいた。

あれから謎の少年とも蝶とも遭遇しないまま、一日が終わろうとしていた。

部屋の窓から雑木林に目を光らせつつ、底冷えのする廊下にたびたび顔をだし、寮の他の階まで様子をうかがいに出向いてもみたが、成果はまるでなし。それなりに気を張っていたためか、横になったとたんに疲労が押しよせてきた。

「昨日の蝶と、今日の子ども。やっぱりつながりがあるんだろうか」

かつてライナスが体験した聖母マリアの顕現と、同時期に広まっていた噂——夜な夜な学寮を徘徊《はいかい》する砂男は、どちらも当時の校内に蔓延《まんえん》していた生徒たちの気分に端を発していた。今回のふたつのできごとにも、なにかしら係わりがあるのかもしれない。

「だとしたらきみの見解は？」

ごそごそと毛布をかぶりながら、パトリックが訊いてくる。

「そうだな……たとえばあの子どもは、あちらがわの世界からやってきた魂の回収人で、肩にさげた鞄には死者の魂が詰めこまれているっていうのは？」

「きみの視た黒い靄は、うごめく魂の群れだったと？」

「ああ。そして回収し損ねた魂のひとつを追って、あいつはここまでやってきた。それがウィルたちの視た青い蝶なんだ。この学校は、敷地全体が一種の結界みたいになっているんだろう？　だから奴は逃げこんだ魂をつかまえることができずに、焦っておれに訴えかけてきたんじゃないか？」

「つまりその少年は、この世における死神の仮の姿というわけかい？」

「修行をかさねて、いつかは立派な青年の姿に成長するのさ」

興が乗って続けるうちに、我ながら馬鹿らしくなって噴きだした。これではまるで児童小説——見習い死神の一代成長記だ。

「呑気《のんき》なものだね。きみの説を採用するなら、きみはすでにその死神少年に目をつけられたことになるんじゃないのかい？　逃した魂の代わりに、きみの命を奪おうとしてくるかもしれないよ？」

「え……」

どきりとしたおれは、おもわず笑いをひっこめる。そんなおれをうかがい、パトリックが暗がりの向こうでしたり顔を浮かべるのがわかった。

「まあ、死神少年の真偽はともかくとして、その不思議な蝶にはぼくもぜひお目にかかりたいものだよ。中南米に生息するモルフォ蝶という種はね、それはそれは美しい青い燐光を放つそうなんだ。まるで生きた宝石のような輝きらしい。天上の青の蝶とは、その神秘の蝶をも凌《しの》ぐものなのかどうか」

「ふうん」

「あまり興味なさそうだね」

「というより昔から苦手なんだよな。蝶とか蛾《が》とか、その手のものが」

「なぜだい？　あんなに美しい生きものなのに」

パトリックはさも意外そうだ。おれは決まり悪さを感じつつ、

「いや……姿かたちはともかく、あの風まかせみたいな飛びかたがさ。遠ざかったつもりでいたら、いきなり鼻先をかすめたりして、びくりとさせられるだろう？　子どものころに夜道を歩いていたら、もさもさした蛾がいきなり顔にへばりついて、ひっくりかえったこともある。あれが決定打だったな」

たちまちくぐもった忍び笑いが洩れてくる。

「きみ、口から蜂蜜《はちみつ》の匂《にお》いでもさせていたんじゃないのかい？」

「人の不幸を喜ぶなよ」

ひとしきり笑ったパトリックは、ふと声音をやわらげた。

「陽に透ける蝶が溶けるように消えるさまなら、ぼくも何度かこの目で視たことがあるんだ。あれは死者の霊だったのかもしれないし、そうではなかったのかもしれない。けれどいつだって音もなくそこにいて、ふわふわとたゆたうように舞ってはどこかに去ってしまう蝶を、かたちの定まらない亡霊と結びつけてとらえるのは、どの土地でも同じなのかもしれないね」

「そういえば日本でも、蝶は死者の化身とみなされているんだったな」

「古代ギリシアでも、蝶は魂や不死の象徴だった。寓意静物画《ヴァニタス》では人生の儚さを託されるものでありながら、イエス・キリストの復活を意味してもいる。つまり蝶は死にながらにして生きている——生と死の境界にあるものを象徴する存在なんだ。おそらくは毎冬、種そのものが死に絶えたかのようでいて、春を迎えるとあの世からよみがえったかのように飛びまわる生態から連想されたのだろうね」

屍《しかばね》めいた蛹《さなぎ》から、まるで花が咲き誇るように蝶が生まれてくるさまも、いかにも生命の復活を感じさせる。

「だからぼくたちがそこに不滅の魂をかさねるのは、きっとごく自然なことなんだ」

「そうとらえているからこそ、亡霊を蝶の姿として視ることもあるわけか」

「そういうことだね」

パトリックが欠伸《あくび》をひとつした。

「ともかく明日もおたがい注意を払うことにしよう。兄さんにも頼んでおくよ。変わった新顔が雑木林にひそんでいないか、できるだけ目を光らせてくれるように」

「ロビンなら、ひとっ飛びで探索できそうなものだけれどな」

「あの雑木林は存外に広いみたいだからね」

「それ……不用意に踏みこむと、わけのわからない領域に連れこまれて、抜けだせなくなる可能性もあるってことか？」

「ふふ。まあ、そんなところかな。だからきみもリップ・ヴァン・ウィンクルにならないよう、用心したほうがいいよ。まだあちらとのつきあいに慣れていないんだから。なまじ感応する力があるだけに性質が悪い」

「重々承知してるさ」

「どうかな。その死神少年だって、そもそもきみがまじめに授業に臨んでさえいれば、係わらずにすんだ相手かもしれないわけだろう？」

「む」

たしかにその点を指摘されると痛い。だがおれが懲《こ》りずに雑木林をうかがっていたのには、おれなりの理由があるのだ。

「挨拶《あいさつ》をしたかったんだよ。おれの幼なじみにさ」

おれの生みだした空想の友だちを、いずれ消えゆく定めであるとしても、できるだけ気にかけてやりたかった。

「それしきのことが、十年も忘れたままでいた罪滅ぼしになるとは思わないけどさ」

どことなく神妙な沈黙をおいて、パトリックは吐息をついた。

「まあ……ほどほどにするんだね。きみがあちらがわをのぞきこむとき、きみもまた相手からのぞかれているかもしれないと忘れずにいることだ」

「だけどいざというときは、きみが助けにかけつけてくれるだろう？」

すかさずかえしたとたん、パトリックの呼吸が聴こえなくなった。

「……ぼくはもう寝る。きみも明日に備えて早く休みたまえ」

「——了解」

おれは毛布をかぶり、ひっそりと笑みをこぼす。

あちらがわとのつきあいにはまだ慣れていないが、新しい友人の扱いはなかなか心得てきたおれなのだった。

2

野菜屑《くず》の浮いたスープに肉片が沈んでいたので、今日は運に恵まれている。

あるいは一日分の幸運を、これで使いきってしまったのかもしれない。

とっさにそんな辛気臭《しんきくさ》いことを考えてしまったせいで、なおさら陰鬱な気分になりながら、おれはパトリックのほうをうかがった。《最後の晩餐《ばんさん》》のように長い食卓は、学年ごとに姓の順に並んで腰かける決まりなので、彼とは席が離れているのだ。すでに昼食をたいらげたらしいパトリックは、高い天井のあちこちに虚ろな視線をさまよわせている。

……怪しすぎる。だがおそらく、件の蝶を探しているのだろう。

昨晩からいままでのところ、青い蝶も死神少年もまだ目撃できていない。パトリックは昼休みをどうすごすつもりだろうかと考えながら、おれはもそもそした黒パンを水っぽい牛乳で胃に流しこみ、出涸《でが》らしの紅茶で味気のない口直しをして、食事を終えた。

一様にものたりない顔の同級生らとともに、ぞろぞろと食堂をあとにすると、

「たったいま、兄さんから知らせがあったよ」

出口で待ちかまえていたパトリックに、腕をつかまれた。

「きみの云うとおりの風貌《ふうぼう》の子どもが、雑木林にあらわれたって。さっそく正体を確かめにいこう！」

「あ……おい、走るなって！」

とっさに呼びとめたとたん、衆目を浴びておれは口をつぐんだ。廊下で走るのも大声をあげるのも、ここでは戒律に違反するのだった。いたたまれなさとうっとうしさをため息

ひとつに溶かしこみ、おれはすでに角の向こうに消えかけているパトリックを早足で追いかける。

校舎の外にでると、運動場に向かう生徒たちの訝しげな視線を感じながら、全力疾走で校舎の裏手に向かう。だらりとした上衣を蹴《け》りあげるのはなかなか難儀で、雑木林に相対するパトリックの姿をようやく認めたときには、すっかり息があがっていた。

ひとまずほっとして足をゆるめたが、なにやら様子がおかしい。パトリックの他には誰もいない草地に、子どもの金切り声が響きわたっているのだ。

「放せ！　放せったら！」

慌ててふたたび足を速めると、木々の幹の向こうに、懸命に手足をばたつかせる少年の姿が見え隠れしている。

昨日の少年だ。肩からあの鞄をさげた少年の襟首を、ロビンが咥《くわ》えて捕獲していた。腕を組んだパトリックが、抵抗する少年を呆れたようにながめやる。

「わめくな。おとなしくするならすぐに放してやるから」

「嘘吐け。なんだこの鳥、あんたの子分かよ」

「兄さんを子分呼ばわりするとは、失礼な子どもだな」

「はあ？　兄さん？　そんなものおれが毛をむしってまるごと食ってや——痛っ！」

「無礼の報《むく》いだ」

おとなげない応酬をまえに、おれは唖然《あぜん》とするしかない。

少年の足許に目を移すと、そこには影がある。

おれは気の抜けた声でつぶやいた。

「……ただの餓鬼だったのか」

「そのようだね」

「なんなんだよ、あんたたち。おれはなにも悪いことなんてしてないからな！」

二対一の劣勢になったためか、少年はうわずった声で咬みついてくる。

おれは利かん気そうなその顔をのぞきこんだ。

「おまえ、昨日もここから校舎の様子をうかがっていただろう。物盗《ものと》りの一味だと疑われてもしかたがないってこと、わかってるのか？」

「お、おれはそんなんじゃない！」

「だったらその鞄になにを隠し持ってるんだ」

少年がただの子どもだとわかったいま、気になるのはあの黒い靄の正体だ。

「盗品か？」

「違う！」

あえて挑発してやると、少年は鞄を守るようにおれたちから遠ざけた。よほど大切なものをしまいこんでいるらしい。

「ならどうして隠す？」

「それは……だってあんたたちに盗られたら、まとめて焼き殺されるかもしれないじゃないか！」

「まとめて？」

「焼き殺される？」

物騒《ぶっそう》な科白をぶつけられて、おれたちはぽかんとする。

そのときだった。みうみうと、奇妙にかぼそい草笛のような音が、折りかさなるフーガの旋律のごとく次々と鳴りだした。

「あ！　おまえら、おとなしくしてろって――」

少年はとっさに鞄を押さえにかかるが、その手が届くまえに、むくむくと浮きあがったかぶせがめくれて、黒い毛玉が顔をだした。

「仔猫《こねこ》じゃないか！　しかも黒猫が……三、四、五匹もいる！」

たちまち歓声をあげたパトリックは、この騒ぎでいっせいに目を覚ましたらしい仔猫に手をのばした。

「おい、勝手にさわるな――」

「うふふ。なんてかわいいんだ」

抗議する少年にはかまわず、パトリックは左右の手につつんだ仔猫に頬ずりして、至福の表情を浮かべている。

「ほら、きみも愛くるしさのご相伴にあずかりたまえ」

「え？　いや、おれはべつに……」

頼んでもいないのに、二匹の仔猫を押しつけられておれはうろたえる。くたくたとしたその生きものは、下手につかんだらつぶれてしまいそうだ。にもかかわらず手足をつっぱらせ、必死で身をくねらせるので、いまにも取り落としそうで気が気ではない。

少年はしばし呆気《あっけ》にとられていたが、パトリックが本気で仔猫をかわいがっているのは伝わったらしい。いくらか警戒を解いた様子で、それでもむすりとしたまま釘《くぎ》をさす。

「あんまりいじくりまわすなよな」

手をのばしてきた少年に、おれはそそくさと仔猫を渡した。

「ひょっとしておまえ、この仔たちの兄弟を捜していたのか?」

学校の敷地に迷いこんだ自分の猫を、かえせと訴えていたのではないか。

だが相手はたちまち口の端をねじまげた。

「馬鹿かよ。こいつらがひとりでこんなところまで出歩けるはずないだろ」

「そうかよ」

おれは憮然《ぶぜん》とした。いちいち憎たらしい餓鬼だ。

「いなくなったのは、こいつらの母親だよ」

五匹の仔猫たちを、彼は慎重に鞄にしまった。ぶっきらぼうな口調とは裏腹に、優しい手つきだった。

名をたずねると、少年はしぶしぶテッドと名乗った。

「こいつら、ついこのあいだ乳離れしたばかりなのに、めちゃくちゃ食うんだ。だからこいつらの母親――ジェマがせっせと餌《えさ》を獲《と》りにでかけてたんだけど、近所の鼠《ねずみ》を狩りつくしてからはだんだん遠出をするようになってさ」

ジェマは美しい琥珀《こはく》色の瞳をした、艶やかな毛並みの黒猫だという。狩人《かりゅうど》としての腕も抜群で、野兎《のうさぎ》をひとりで仕留めてくることもあるのだが、聖カスバート校の裏手に広がる荒れ野からこの雑木林に飛びこむ姿を見かけたきり、家に帰ってこなくなった。それが五日まえのことだという。今日は水曜なので、先の金曜を境に姿を消したわけだ。

おれはテッドにたずねた。

「それで雑木林を抜けて校内をうろついているところを、おれたちに捕まったと考えたのか？　まさか焼き殺されたとでも？」

「だって昔の教会は、黒猫は魔女の手先だからって火炙《ひあぶ》りにしたんだろう？」

「どんな迷信だよ」

たまらず噴きだすと、テッドはたちまち顔を赤くした。

「わ、わかんないだろ。ばあちゃんがおれに教えてくれたんだ。でっぷり肥ってふんぞりかえった牧師や神父なんて、いつの時代もろくなもんじゃないって」

「そのとおり」

なぜか熱をこめて同意したのは、パトリックだった。

「聖職者なんてものは今も昔も、偽善者と独裁者と奇人と変態の陳列棚だ」

「あんた……神父さまになりたくてこの学校にいるんじゃないのかよ」

「ふん。そうやって決めつけるところが、いかにも子どもの浅はかさだな」

「はあ？」

放っておくとややこしいことになりそうなので、おれはとっさに割りこんだ。

「ともかく、おまえが知りたいのは母猫の行方だろう？　だけどここ数日、校内で黒猫をつかまえたなんていう話は聞いてないぞ」

それどころか、猫が敷地を移動していたという噂もない。まだまだ幼い初級生たちの目にでもとまったら、ひと騒ぎあってもおかしくなさそうなものである。

「雑木林の小動物を狙ったか、残飯の匂いを嗅《か》ぎつけて厨房《ちゅうぼう》をのぞいたにしろ、とっくにここを離れているんじゃないのか？」

貧しい内容とはいえ、日々の食卓には肉や魚も供される。その厨房まわりで餌を漁《あさ》っていたら、速攻でつまみだされたことだろう。

「だったらなんで戻ってこないんだよ。誰かに無理やり閉じこめられたりしないかぎり、ジェマがこいつらをおいていなくなるなんてこと、あるわけがないんだ」

強気の声がふいにかすれ、テッドは口をつぐんでうつむいた。

懸命に虚勢を張ってはいたが、育ちざかりの仔猫たちを残されて、ひとり不安に耐えていたのかもしれない。

そんな心境を察してしまえば、適当にあしらうのは気がとがめる。それはパトリックも同様のようだった。おれたちはひそかに視線をかわし、うなずきあった。

「そういうことなら、ぼくたちで彼女を捜してみるよ」

テッドが勢いよく顔をあげた。

「本当か？」

「できるだけのことはしよう。ここで明日の昼にまた会えるかい？」

「約束だからな。絶対に破るなよ」

テッドが偉そうに念を押し、パトリックはロビンに目をやった。

「兄さん。雑木林の外までこの子を送ってあげてくれるかい？」

「うわ。ついてくるなって！」

くるりと旋回したロビンに追いたてられるように、テッドが背を向けて走りだす。がさがさと落ち葉を踏みしだく足音が、しだいに遠ざかり、聴こえなくなった。

「結局、怪異でもなんでもなかったってことか」

おれはいささかの気まずさを感じながら、

「騒ぎたてててすまなかったな。しかも面倒なことになったし」

「ときにはこんなこともあるさ」

ここぞとばかりにからかわれそうなものだったが、パトリックの声音はやわらかい。

「それにきみのおかげで、いち早く仔猫たちの窮状を知ることができたのだから、むしろお手柄《てがら》というものだよ」

ああ……そうか。パトリックはきっと、五匹の仔猫たちを放っておけないのだ。ただ猫好きだからというだけではない。おそらくは母親と四歳で生き別れた彼自身の姿を、残された仔猫たちにかさねているのだ。

となればおれとしても、パトリックのためにジェマを捜しだしてやりたい。

「それで——約束したはいいが、なにか策はあるのか？」

猶予は丸一日あるとはいえ、自由に動ける時間はかぎられている。

「とりあえず、各学年の知りあいに訊いてまわってみるつもりだよ。寮棟のどこかの部屋で、誰かが隠れて飼っているのかもしれない」

「仔猫ならともかく、母猫をそうやすやすと飼い慣らせるものかな」

歩くのもおぼつかない仔猫なら、クローゼットや抽斗《ひきだし》にしまっておくこともできるかもしれないが、成猫を閉じこめておくのは難しそうだ。特にジェマは、一刻も早く仔猫たちのところに戻りたがっているはずだ。なおさら隙をついて逃げだそうとするだろう。夜の寮棟で啼《な》き声をあげられたら、それだけでもお手あげだ。となると、めったに近づく者のいないような物置小屋や、地下室などが怪しいだろうか。

首をひねりながら、ふたりして歩きだしたときだった。

「あ……いた」

パトリックが唐突につぶやき、足をとめた。

「ジェマか？　どこに？」

「違う。蝶だよ」

パトリックの視線は地表ではなく、空を向いていた。

つられてその先を追ったとたん、耳からすべての音が消え去った。

瑠璃の光を孕《はら》んだ左右の翅が、澄んだ純音の波をまとってひるがえり、舞いあがるごとに光の残響をたなびかせながら、風とたわむれの二重奏を描いてゆく。

その輝く幻の音の軌跡を、息をするのも忘れてみつめることしかできない。

ようやく葉擦れの音が耳に戻ってきたのは、一部始終を見届けてからしばらく経ってからだった。おれは我にかえり、渇ききった舌をなんとか動かした。

「……いまの視たか？」

「寮棟の窓に吸いこまれたようだったけれど」

「だけどあの窓……ずっと閉まったままだよな」

雑木林に沿うように草地の空を泳ぎ、やがて蝶が飛びこんでいったのは寮棟の最上階の窓のひとつだった。だがこの季節だ。窓はもちろん閉めきられている。

パトリックがくるりと踵《きびす》をかえした。

「午後の授業まではまだある。寮棟に戻ろう」

出遅れたおれは、慌ててパトリックに並んだ。

「どうするつもりだ」

「もちろんあの部屋をたずねてみるのさ。いまなら住人から話を聞けるかもしれない」

「いましがた、窓をすり抜けて舞いこんできた蝶がいませんでしたかって？　だけどあれは、誰にでも視えるものとはかぎらないんじゃないか？」

「たぶんね。けれどあの蝶は、他のどこでもないあの窓をめざしていたようだった。だとしたら部屋の主と、なにかしらの因縁があるかもしれないだろう？　話をしてみる価値は充分にあるよ」

たしかにもっともな理由だ。

「だけどいいのか？　相手は上級生だぞ」

あの階にあるのは、最上級生に与えられた一人部屋ばかりのはずだ。

するとパトリックがふりむき、挑戦的に眉を跳ねあげた。

「臆する理由があるかい？」

もちろん――そんなものはないに決まっているのだった。


パトリックが目的の扉を叩《たた》くと、すぐに応えがあった。

部屋の主は在室していたようだ。もしも不在なら、のちほど出直さねばならないところだったので助かった。

通路の壁に掲げられた名札によれば、ユージン・カートライトというらしい。

遠慮がちに入室すると、ユージンは机に向かって本を広げていた。級友がたずねてきたつもりでいたのか、ふりむいた顔にとまどいが浮かぶ。端整な風貌に、煙るような薄灰の髪と瞳があいまって、物静かな印象の生徒だった。

「きみたちは？」

「突然すみません。ぼくは五学年のパトリック・ハーンといいます。こちらは――」

「同級のオーランド・レディントンです」

パトリックに続いて名乗りつつ、さりげなく室内に目を走らせる。おれたちの二人部屋よりもいくらか手狭とはいえ、調度一式が減っただけむしろ広々と感じる。

そのどこにも蝶の姿はなかった。この世ならぬ光の残滓《ざんし》も感じられない。

代わりにかすかな匂いが、鼻先をかすめた。食べものや飲みものの残り香ではなさそうだが、決して不快というわけでもなく、どこかなじみのあるような……。

「それで――ぼくになにか用かな？」

ユージンがおだやかに問う。怪訝《けげん》そうではあるが、下級生だからと邪険に追い払うつもりはないようだ。

「じつはついさっき、ぼくたちふたりで裏の草地を散歩していたとき、とてもめずらしい蝶を発見したんです。夢中で追いかけていくと、この部屋に飛びこんでいったので、いてもたってもいられなくなって押しかけてしまいました」

「めずらしい蝶？」

ユージンは首をかしげつつ、肩越しに窓を見遣った。

「あの窓は今朝から閉めきったままだから、どちらか隣の部屋と勘違いしているんじゃないかい？」

「それならここ数日ではどうですか？　蝶が迷いこんできたり、姿をはっきりと目で追えなくても、部屋のどこかでなにかが息づいているように感じたことは？」

「蝶がこの部屋を住《す》み処《か》にしているというのかい？　それはないよ。ご覧のとおり、蝶が餌にするような花を飾っているわけでもないし、そもそもこんな季節に蝶が飛びまわっているものなのかな」

なかば予想してはいたが、そのまっとうな受け答えからして、ユージンはあの蝶を視ていないだけでなく、存在を察してすらいないようだ。

やはり蝶がこの部屋に消えたのは、ただの偶然ではないか。そう考えながらあらためて部屋を見渡すと、ちょうど扉の陰《かげ》に隠れていたあるものが目にとまった。

「先輩は絵を描かれるんですか？」

壁際のクローゼットの脇に、たたんだイーゼルがたてかけられている。

そしてようやくおれは気がついた。この部屋にかすかに漂うのは画材の匂いだ。

母の社交生活につきあって、おれもさまざまな分野の芸術家と接してきたが、画家たちがよくこんな匂いをさせていたものだ。

「ほんの手慰みさ。息抜きにときどき筆をとるくらいで、この一年くらいはそんな機会も減っていたから、もう処分しようかと考えていたところだよ」

「どうしてです？」

「え？」

意表をつかれた相手の顔で、おれは我にかえる。

失敗した。これではまるで詰問のようだと、ぎこちなく弁解する。

「いえ……その、こんなふうにわざわざイーゼルを学寮に持ちこむほどだったのに、捨ててしまおうだなんて、なにかよほどの理由があったのかと……」

いたたまれず、うつむけた顔にパトリックの視線を感じる。

やがて気まずい沈黙を押しのけるように、ユージンが微笑した。

「本当にたいした理由はないんだよ。ぼくも今年で最終学年だから、気晴らしばかりしているわけにもいかなくてね。将来のことも考えなければならないし、正直なところ画材代も馬鹿にならないから」

よどみのない語りで、はぐらかされたように感じるのは、おれの身勝手な期待ゆえなのだろうか。好きだった絵を手放そうとしているユージンにもまた、よんどころない事情があるはずだと、おれの姿を映す鏡にしたがっているだけなのかもしれない。

もっとも相応の理由があったところで、彼が顔をあわせたばかりの下級生にそれを打ち明ける理由もないのだが。

そのときふと、ユージンがつぶやいた。

「そういえば……ついこのあいだ、久しぶりに描いたのが蝶の絵だったな。ひょっとしたらきみたちの捜しているその蝶をどこかで見かけて、知らず知らずのうちに刺激されたのかもしれない」

パトリックが飛びつくように訴える。

「その絵を見せてもらえませんか?」

「いや……ほんの走り描きだから、とても披露できるような代物では……」

「お願いします。どんな使い走りでもしますから。厨房から夕食のパンを掠《かす》め取《と》ってきてもかまいません!」

その異様な熱心さにユージンはしばし呆気にとられていたが、やがておかしそうに笑いながら腰をあげた。

「後輩にそんなことを頼みはしないよ。ただし出来に期待はしないでくれるね?」

ユージンはクローゼットから革製の画帖《がじょう》を取りだし、結んであったリボンを解いた。革の縁はあちこちが浅く擦りきれていて、長く使いこまれてきたようだった。

そこに挟まれていた紙の束《たば》から、ユージンは一枚を抜いてさしだす。パトリックが受けとったそれを、おれは横からのぞきこみ、目をみはった。

「これは……」

「うん。まさにあの蝶だね」

下の翅の先が優雅な燕尾服《テールコート》のような、伸びやかな姿はさきほどの蝶とそっくりだ。

野に咲く雛菊《ひなぎく》のような、素朴な一輪の花にひっそりと翅を休めたその蝶は、黒の鉛筆で描かれただけで、彩色はほどこされていない。だが不思議と、孤高に澄んだ瑠璃色こそがふさわしいと感じる。

「先輩がこの絵を描いたのは、いつのことですか?」

「このあいだの土曜日だよ。最近はめっきり寒くなって、半休に外出をしない生徒も増えたせいか、あの日は寮が騒がしくてね。でもぼくは静かにすごしたい気分だったから、医務室の裏手まで足をのばすことにしたんだ。手ぶらというのもおちつかないから、久しぶりに画材をかかえてね。知っているかな? そこに校医のロレンス先生が世話をしている、薬草園があるんだけれど」

わかります、とパトリックがうなずく。

そういえばおれも編入当初、パトリックに案内してもらったことがある。

教室ひとつほどの広さの土地に、地味な雑草めいた草木が幾種類も植えられていた。まさに中世の修道院のようだなと苦笑したが、その香草で淹《い》れた茶は頭痛や腹痛のような不調にはたいそう効くのだという。パトリックも低学年のころは、症状にあわせた特製の薬湯に、ずいぶん助けられたそうだ。

そのロレンス先生については、顔を知っているという程度だ。おれはまだ一度も医務室の世話になっていないので、面と向かって話したことはない。

「校舎の外壁沿いに、雨晒《あまざら》しで古びた長《なが》椅《い》子《す》がおかれていてね。そこからぼんやり薬草園をながめているうちに、ふと気が向いたんだ。でもこの絵はあくまで、空想の蝶を描いたつもりでいたんだよ。もしも——」

なにかを伝えかけたところで、ユージンは言葉を呑みこむ。

その先をひきとるように、パトリックがささやいた。

「もしも死者の魂が蝶に姿を変えたとしたら、どのような色かたちをしているのだろうかと想像しながら？」

そのとたん、ユージンの顔色が変わった。パトリックをみつめかえす瞳に、畏《おそ》れに似た色が浮かぶ。

「どうしてそれを……」

「そんなふうに感じただけです」

動揺するユージンをなだめるように、パトリックは声音をゆるめた。

「死者の魂が蝶の姿であらわれるという言い伝えをあなたも知っていて、親しいどなたかのことを想いながら、この絵を描かれたんじゃないかって」

ユージンはしばらく言葉をなくしたままだった。

やがて目を伏せ、ため息のようにうなずく。

「大切な友だちを、亡くしたんだ。もうすぐ一年になるなと考えていたら、その伝承が頭に浮かんでね。そうしたらいつのまにか手が動いていた」

「揚羽蝶に似ているようですが」

ユージンはあいまいに首をかしげた。

「そうなのかな。ぼくは蝶には詳しくないからよくわからないけれど、彼にふさわしい姿を探すように線をかさねていたら、自然とこうなっていたんだ」

「色を塗るつもりはなかったんですか？」

「そうだね。瑠璃色の絵具《えのぐ》なんて、それこそ値が張るだろうし」

「瑠璃色？」

「翅は透きとおるような瑠璃色を想定していたんだ。まるで天上の青のような」

おれとパトリックは、そろって息を呑む。

「その手の顔料には砕《くだ》いた鉱石が含まれているものだけれど、どれだけ高価なラピスラズリでも、天国の空の色を再現するのは難しいんじゃないかな。だからこのままでいいのさ」

たしかになまじの色が乗せられていないことで、むしろこの蝶の神々しさはきわだって感じられるのかもしれない。両腕が欠け落ちていたがために、どの彫像よりもこの世ならぬ女神らしさを獲得したミロス島のヴィーナスのように。

「もともと誰の目にふれるでもないものだしね。それなのにいつしか没頭していて、気がついたときにはすっかり陽が暮れかかっていた。けれどもしもきみたちの捜している蝶とやらに影響されたのだとしたら、ぼくもずいぶん単純なものだな」

苦笑するユージンに、パトリックがたずねる。

「そのとき近くで、なにか変わったことはありませんでしたか？」

「ご期待に添えなくて悪いけれど、やっぱり蝶を目にした憶えは――」

「そうではなくて、蝶以外の生きものとか、他の誰かがそばにいたとか」

「さあ……誰かといっても、そもそも生徒はあまり近づかない界隈《かいわい》だし、ロレンス先生が薬草園でなにか作業をしていたくらいかな。しばらく隅《すみ》のほうにしゃがみこんでいたから、球根でも植えていたのかもしれないね」

「そうですか」

めぼしい情報が得られなかったためだろうか、つぶやいたきり黙りこんだパトリックの表情は、こころなしか沈んでいるようだ。やがて気を取りなおしたように顔をあげると、意外なことを頼みこんだ。

「さしつかえなければ、明日までこの絵を貸してもらえますか」

「これを？」

「ちょっと確かめたいことがあって。大勢の目に晒したりもしませんし、大切に扱うとお約束します」

「どうしてもというなら、かまわないけれど」

「ありがとうございます。助かります」

慎重な手つきで絵を巻きとるパトリックを、ユージンは興味深そうにながめやる。

「噂には聞いていたけれど、きみはおもしろい子だね」

「きっとろくでもない噂でしょう」

「そんなことはないよ」

ユージンの浮かべた微笑は、なぜかさみしげだった。

なんとなく詳細を訊きそびれたおれたちが、礼を述べて部屋を辞そうとしたとき、

「変わったことといえば」

ふとユージンがつぶやいた。

「ここ数日、夜更けに猫が鳴いているような気がして目が覚めることがあるんだ。それも窓の外からじゃなくて、廊下に面した壁のほうからでね」

ユージンは肩をすくめた。

「でも猫が寮棟に忍びこんでいるなんていう噂はないし、それこそぼくの気のせいだろうけれど」


「おしまいに猫の話が飛びだしたのには驚いたな」

寮棟の階段をおりていると、昼休みの終わりを知らせる鐘が鳴りだした。

教室まで急いだほうがよさそうだが、おれは訊かずにはいられなかった。

「壁から猫の鳴き声が聴こえるなんて、それこそポーの『黒猫』みたいだけど……きみもただの気のせいですませるつもりはないんだろう？」

不思議な蝶を追いかけていたら、姿を消した黒猫の気配にたどりついた。

そこにはきっと、なんらかのつながりがあるにちがいなかった。

「……そうだね」

おれにはまだ見通せないその全貌《ぜんぼう》も、パトリックはすでにつかんでいるのかもしれない。だが期待とは裏腹に、なぜか彼の表情は冴えなかった。

パトリックは足許に目を落としたまま、

「オーランド。午後の授業が終わったら、ぼくは医務室に行くよ」

おれは驚き、パトリックの横顔をうかがった。

「急にどうした？　気分でも悪いのか？」

「そうじゃないよ」

パトリックは否定したが、顔色が優れないのは変わらない。

「ロレンス先生に、薬草園のかたすみを掘りかえす許可をもらうんだ」

「掘りかえす？　掘りかえして、どうするんだ？」

「先生が埋葬した遺骸《いがい》を回収するんだよ。テッドや仔猫たちのもとに、ジェマをかえしてやらなければならないからね」

「え？」

階段に足をかけたまま、おれは動けなくなった。

「まさか……だってそんな……」

こみあげた混乱が喉につかえて、言葉にならない。

数段先で足をとめたパトリックが、こちらをふりあおぐ。

「雑木林を抜けてこの学校までたどりついたとき、彼女はおそらく瀕死《ひんし》の身だったんだ。理由は想像するしかないけれど、仔猫たちのために危険な獲物を狙って、反撃された傷が深かったのかもしれない。あるいはもっと他の、性質の悪いものに襲われたとも考えられるけれど」

あの林に潜んでいるなにかが、ジェマを狩ろうとしたのだろうか。

「命を落としたばかりの猫が雑木林にいたら、兄さんが教えてくれたはずだ。だから必死に逃げこんできたこの敷地のどこかで、息絶えたのだと思う」

それを発見したロレンス先生が、騒ぎにならないよう薬草園のかたすみに埋めた——というのがパトリックの導きだした結論だった。

「ロレンス先生にはぼくもこれまでたびたび世話になってきたけれど、この学校の教官ではもっともまともな部類だからね。迷い猫の亡骸《なきがら》とはいえ、雑木林に放り投げてすませるには忍びなかったんじゃないかな」

「ユージンは知らぬまに、その埋葬の場に立ち会っていたわけか」

「はからずも死者を想い、その魂を具象化しながらね」

「具象化……あの蝶の絵を描いていたことか？」

「それこそが猫の魂の拠りどころとなったのさ」

「拠りどころ？」

とまどうおれに、パトリックが説明する。

「肉体を離れた剝《む》きだしの魂は、本来ならこの世に長く留まってはいられないはずのものなんだ。でもジェマには、この世に執着する理由があっただろう？」

「仔猫たちか」

「そう。しばらくはみずからの亡骸をこの世との接点にしていたのを、その器が埋められて漂いだしたところに、描かれたばかりの魂の器が格好の宿り先となったんだ」

死者を想い、その魂をかたちにした蝶の絵こそが、無防備な魂をこの世につなぎとめるよすがとなった。

「それならおれたちが視た青い蝶は、ジェマの魂だったのか」

「魂に決まったかたちはないから、ぼくたちには器をそのままなぞった蝶の姿に視えたんだ。でも蝶は鳴かない生きものだから、仔猫たちを恋しがるジェマの訴えが、ユージンにはそのまま猫の鳴き声として届いたんだろう」

「それで夜に猫の鳴き声が……」

声がしていたのは壁からではなく、クローゼットにしまわれた画帖からだったのか。

「ユージンは自分でもそうと意識しないままにあちらがわのものをとらえたり、かたちにできる感性の持ち主なんだ。今回の蝶については、さまざまな条件が合致した偶然の結果だろうけれど、すごい才能だよ。きみと似ているかもね」

パトリックはするりと絵を開き、蝶の翅を指先でなぞった。

「いまはちょっと警戒しているのかな。さっきは仔猫たちが近くまでやってきたのを察知して、探しにでてきたのかもしれない」

「そのまま追っていくことはできなかったのか?」

「いまの彼女は、この拠りどころを長く離れては存在できないだろうからね。加えてあの雑木林が壁になっているんだ。血肉のあるときならまだしも、剝きだしの魂ひとつであちらがわの領域に乗りこんでいくのがどれだけ危険か、本能的に理解しているんだよ。力の弱いものは喰われる世界だから、無防備な魂にとってはひとたまりもない」

もしもジェマに致命傷を与えたものがそこにいるなら、なおさら恐れずにはいられないだろうか。

「家に帰りたくても、帰れないわけか」

おれはぎこちなく足をおろし、パトリックに並んだ。

そのままふたりで黙々と廊下を歩き、学舎に向かう。

下級生らしい二人組が、笑い声をあげながらおれたちを追い抜いていった。

「あいつに教えてやらないといけないな」

変わり果てたジェマの姿に、テッドはどんな顔をするだろう。生意気な奴だが、猫たちにかける愛情に偽りはない。彼の衝撃を想像するといたたまれなくなる。

「テッドとは、ぼくが話をつけてくるよ。だからきみはつきあわなくていい」

「どうして?　ここまできて投げだしたりはしないさ」

「彼は納得しないかもしれない。怒って、ぼくたちがジェマを殺したと疑って、嫌な気分を味わうことになるかもしれないよ」

「だったらなおさら、ふたりで相手をしたほうがいいだろう」

「でも……」

どうにも様子がおかしい。パトリックはなぜこうもかたくなに、ひとりで始末をつけようとするのだ。

「さっきからどうしたんだ？　きみに任せなきゃならない理由があるのか？」

もどかしさのあまり、問いつめる口調になる。

するとパトリックは、おずおずとささやいた。

「だってきみも同じだろう。出先での事故で……母君が亡くなったのは」

おれはおもわず足をとめた。

あらゆる意味で不意打ちをくらった心地だった。

正直なところ、おれは母の事故死を連想しはしなかった。

にもかかわらずパトリックがおれの心境を気遣ったこと。自然とそうしてしまうほどに、パトリックが残された仔猫たちに心を添わせているだろうこと。

そんななにもかもが、たまらなくおれの胸をつまらせた。

「……平気だよ」

おれはパトリックの頭に手をのせ、くしゃりと髪をかきまぜた。

「あんまり子ども扱いするなよな」

「そ——そっちこそ！」

「ほら。急がないと授業が始まるぞ」

パトリックの抗議を笑って受け流し、おれは走りだす。

決してパトリックに追いつかれないように。

この顔をのぞきこまれることのないように。


「わたしが発見したときには、すでに手のほどこしようがなくてね」

ロレンス先生は気の毒そうにため息をついた。

午後の授業を終え、おれたちは医務室をおとずれていた。

学舎から離れた医務室は、ひとけもなくひっそりとしている。

体調を崩した生徒のためだろう、壁際に寝台が並んでいるがいまは空いており、先生は快《こころよ》くおれたちを迎えてくれた。

齢は三十代の終わりくらいか。中背でおだやかな物腰の校医に、教官にありがちな威圧感はなかった。淡い榛《はしばみ》色の髪と瞳が、どこか野にたたずむ樹木を想わせる。

医務室にパトリックが顔をだしたのは、久しぶりのことらしい。近況報告から、本題をきりだすふたりのやりとりを、おれは一歩さがって見守ることにした。

パトリックは青い蝶のくだりのみを省略し、猫の飼い主が学校までやってきたこと、猫が姿を消したのと相前後して、ロレンス先生が敷地になにかを埋めていたらしいことなどからひとつの結論にたどりついた旨を説明する。

するとロレンス先生は驚きつつも、すぐに状況を理解してくれた。

「野犬にでも襲われたのか、腹をざっくり裂かれていて瀕死の状態だったんだ。命からがら逃げこんできたところで力尽きたのかと思うと、不憫《ふびん》でね。裏の林では臭《にお》いを嗅ぎつけた獣に食い荒らされてしまうかもしれないし、生徒たちの目にふれて騒ぎになるのもよくないと、薬草園のかたわらに埋めることにしたのだが……そうか、飼い主がわざわざここまで捜しに……。ではむしろ悪いことをしてしまったかな」

パトリックは静かにかぶりをふった。

「それも先生の心遣いだったと知れば、きっと納得してくれるでしょう。でもできることなら、亡骸を飼い主にかえしてやりたいのですが、かまいませんか？」

ロレンス先生は快諾した。

「ぜひそうしてやってくれるかい？　その子とはまた会う約束をしているのだね？」

「はい。明日の昼食のあとに」

「では空き箱かなにかに納めて渡せるよう、それまでに用意をしておこう」

おれはそこで口を挟んだ。

「埋めた場所さえ教えてもらえれば、あとはおれたちでなんとかしますが」

もとよりそのつもりで、庭道具を貸してほしいと頼みにきたのだ。

だがロレンス先生は、やんわりとこちらの申し出をしりぞけた。

「それはじつに褒むべき姿勢だが、きみたちにはこれから自習が待っているだろう。学生の本分をおろそかにさせるわけにはいかないよ」

「はあ……」

それを持ちだされると逆らいにくい。ここは素直に任せ、明日また受け取りにくるということで話はまとまった。

するとロレンス先生が、あらためておれに目を向けた。

「ところできみは、この秋からの編入生だね。名はなんといったかな？」

「オーランド……レディントンです」

「レディントン君か。これまでに他の寄宿学校で学んだ経験は？」

「ありません」

「それではなにかと苦労があるだろうね」

そう問いかける声音に、特に含みは感じられなかった。おれのいわくありげな境遇についてほのめかしているわけではなく、あくまで校医としておれの心身を気遣ってくれているようだ。

「もう慣れました。来たばかりのころはとまどいましたが、同室のパトリックがあれこれ教えてくれたので」

おれが目線で隣をしめすと、

「なるほど。それはすばらしいことだね」

先生は微笑し、続いていたずらっぽくパトリックの顔をのぞきこんだ。

「きみもまた、善き友を得ることになったようだね。どうりでこのところは、めっきり顔をださなくなったわけだ」

「たまたま体調を崩さなかっただけです」

もそもそと答えるパトリックを、先生はほほえましげにながめやる。

「それもまた、新たな隣人のおかげかもしれないね。どのようなときにも、友を愛すれば苦難のときの兄弟が生まれるものだ」

「……箴言《しんげん》、でしたか」

おれがつぶやくと、先生はにこやかにうなずいた。

「十七章十七節。わたしの特に愛する教えのひとつだよ」

さりげなく聖書の文句を繰りだしてくるあたり、やはりこの学校の教官である。それでも不思議と、おれは普段のような反発を感じなかった。

「きみたちがこれからもおたがいを支えあい、高めあう存在として尊い友情を築いてゆくことを祈っているよ。だがなにか本当に助けが必要なときは、いつでも遠慮せずにわたしを頼りなさい。かならず力になると誓おう」

3

それは美しい黒猫だった。

新聞紙を敷きつめた紙箱に、冷たく横たわっていても、かつてのしなやかな姿の名残りが感じられる。

ロレンス先生はできるだけ、亡骸の汚れを拭《ぬぐ》おうとしてくれたらしい。幸いにもむごたらしい傷のないジェマの顔は、つかのまの夢にまどろんでいるようですらあった。

テッドは受け取った箱をみつめたまま、身動きひとつしなかった。

ひたすら広がる沈黙を、朽ち葉のざわめきだけが満たし、凍えさせていく。

そこにふつりと、かぼそい声が爪をたてた。戻ってきた母親の匂いにすがりつくかのように、仔猫たちの啼き声がほころびた沈黙に次々とひびを走らせる。

「こんなことに……」

テッドの肩が小刻みにふるえだした。

「こんなことになるなら、小遣いをはたいてでもこいつらの餌を調達すればよかった。おれのパンやソーセージを食わせてやることだってできたんだ」

「ジェマは充分きみに感謝しているさ」

パトリックがなぐさめたとたん、テッドが顔をあげて吠《ほ》えた。

「なんでそんなことがわかるんだよ！」

「信じられないかい？」

「あたりまえだ」

「それなら彼女に訊いてみるといい」

パトリックは説明を省き、手にしていたユージンの絵をするすると広げてみせた。そこにあるのは、借り受けたときと変わらない蝶の姿だ。

「さあ、迎えがきたよ」

やさしくパトリックが呼びかける。

「きみの子どもたちと、飼い主のもとにおかえり」

すると鉛筆で描かれた線に、かすかなさざなみが走った。その波紋が乱れて溶けたほんの一瞬ののち、あの青い蝶が舞いあがった。蝶は鱗粉《りんぷん》のような光を注ぎながら、黒猫の骸《むくろ》に吸いこまれていく。

そしてあたかも蛹の背が割れて、世にも美しい蝶が生まれるように、光に透けた黒猫がふわりと飛びあがった。

「……ジェマ？」

テッドが呆然とつぶやく。ジェマはのびやかな背を弓なりに反《そ》らせると、音もなく宙を蹴ってテッドの肩に移り、頬に頬をすりよせるしぐさをした。

テッドはふるえる手を肩にのばす。そっと毛並みをさぐるような指先は、ジェマの姿をすり抜けたが、それでもテッドはそこに息づくなにかを感じたのかもしれない。

「本当にジェマなのか？」

「そうさ。けれどこの世の血肉を失ってしまったいまは、ただそばで見守ることしかできない。だからこれからは、きみがこの仔たちの母親になるんだ。ジェマの代わりに、この仔たちが独《ひと》りだちするまで育ててやるんだよ。それこそがジェマがきみに望んでいることだ。わかるだろう？」

信じがたい、それでも信じずにはいられないいくつもの現実が押しよせて、テッドの瞳が揺れる。

ジェマがいまも自分のそばにいること。それでも決して息を吹きかえしはしないこと。

ジェマの心残り。託された願い。課された責任。

千々《ちぢ》に乱れる心が、少年に弱音を叫ばせる。

「だけど！　おれひとりでこいつらを育てるなんて、できっこない。家の手伝いも、学校だって毎日さぼるわけにはいかないし、こいつらがもっと動きまわるようになったら連れて歩くこともできないのに、目を離した隙に蛇に襲われたり、でかい鼠にやられちまうことだってあるんだ」

「それなら助け手を派遣しよう。しばらくのあいだ、力を貸してあげてくれるかい？」

パトリックが声を投げた先には、葉の落ちた横枝にとまったロビンの姿がある。

「あんたの鴉？」

「師匠と呼びたまえ。なんせぼくの子守を経験済みなのだから、仔猫の世話くらいなんてことはないさ」

ロビンは枝を離れ、テッドの肩にひらりと着地した。双肩に黒猫と大鴉を従えた少年というのは、なかなか現実離れした光景だ。

「うわ。この鴉、透けてる！」

ようやくロビンがただの鳥ではないと悟ったのか、テッドが身をのけぞらせる。

「あんた……悪魔と契約でもしてるのか？」

顔をひきつらせたテッドにおずおずと問われたとたん、パトリックはおかしそうに声をたてて笑った。

「それならなおさら安心だろう？　黒猫といえば昔から、悪魔の眷族《けんぞく》と評判じゃないか」

「……ふうん」

テッドが胡乱《うろん》げな面持ちで考えこむ。

またも雲行きが怪しくなりそうなので、おれはとっさに話をそらした。

「なあ。いまのジェマは、テッドについて雑木林を抜けられるのか？」

「うん。本来の器がそばにあるし、兄さんの護《まも》りもあるからね」

するとテッドが顔をあげ、ごまかしを許さない瞳でひたとパトリックをみつめた。

「それならジェマはいつ……いつまでおれたちのそばにいられるんだ？」

「きみになら子どもたちを任せても大丈夫だと、信じられるまでかな。だからきみは一日も早く、彼女を安心させてあげなくてはならない」

「だけどそうしたら、ジェマは消えちまうんだろう？」

「いいや。そのほうが、より早く戻ってこられるのさ」

パトリックがまなざしをやわらげる。

「こんなことわざを知っているかい？　猫には九つの命がある《A cat has nine lives》。猫は太古の昔から特別な生きもので、何度もこの世に生まれ変わってくるものなんだ」

「……それ、うちのばあちゃんから教わったことがある」

パトリックは満足そうにうなずいた。

「そうだろうとも。ジェマの今生《こんじょう》が幾度めだったのかは知る由もないけれど、よりにもよって九度めということはないだろう。きっとあと何回かはよみがえってくるさ」

自信たっぷりに請けあってやると、テッドもようやくかすかな笑みをみせた。

「わかった。生まれ変わったジェマに叱《しか》られないように、おれがんばるよ」

「その意気だ。なにか用があるときは兄さんに伝言を託すといい。きみはこの雑木林にはあまり近づかないほうがいい。迷子になるかもしれないからね」

「は！　そんなことあるわけないだろ。ばーか」

憎々しく吐《は》き捨《す》てると、テッドは身をひるがえした。去りぎわにその目の縁が赤らんでいたようだったのは、気のせいかどうか。

とにもかくにもこれで一件落着だ。おれは深々と息をついた。

「最後の最後までかわいげのない奴だったな」

「きっと兄さんが躾《しつ》けなおしてくれるよ。礼儀知らずには容赦ないからね」

「……そうなのか」

今後の言動には気をつけよう……とひそかに肝に銘じつつ、おれはパトリックと並んで歩きだした。

「ところでさっきの言い伝えは、本当のことなのか？」

「猫に九生あり？」

「シェイクスピアの戯曲にも、たしかそんな科白がでてきたよな。猫の王よ、九つあるというおぬしの命のたったひとつだけを所望したい――とかなんとか」

「『ロミオとジュリエット』だね。猫の優れた身体能力は並外れた生命力を感じさせるものだし、猟犬や牧羊犬と違ってふらりと姿をくらませて、どこかで野垂れ死んでしまったのだろうと諦《あきら》めたころに、ひょっこり戻ってくることもままあるからね」

「まさかそれで生まれ変わり説が？」

「かもね。でも信じたっていいだろう？」

パトリックが共犯者めいた瞳をこちらに向ける。

「それに実際のところ、猫はあちらがわに近い存在なんだよ。ほら、よく在らぬところをみつめたまま、ずっと動かずにいることがあるだろう」

「……なにかがいるんだろうな」

「もちろんいるのさ」

「つまりこのところのおれは、だんだん猫に近づいているってことか」

「ご不満かい？」

おれはふっと笑みをこぼした。

「――いや。むしろなかなか愉快な気分だよ」

それに考えてみると、パトリックは出会ったときから猫めいていた。

まるで悪魔の遣いのような、ちいさくていたずら好きの黒猫。

「きみ、いまなにか失礼なことを考えなかったかい？」

気がつくと、猫のように鋭いパトリックが、上目遣いにこちらをうかがっている。

「とんでもない。ただ遅ればせながら気がついただけさ」

どうやらおれも、黒猫が好きだったらしいと。

罪を喰らうもの

The Sin-Eater

1

今年もまた紫の季節がやってきた。

待降節《アドベント》第一主日——つまり教会暦における新年をむかえ、これから降誕祭《クリスマス》までの約四週間は、典礼の祭服や祭壇布などがそろって紫色に替えられるのだ。

悔《く》い改《あらた》めをしめす紫が祭色とされるのは、四旬節《レント》と待降節のみ。

おれは熱心な信徒ではまったくないが、子どものころは母親に連れられて日曜のミサに列席していたので、冷え冷えとした聖堂のあちこちに菫色《すみれいろ》が咲き始めると、いよいよ年末が近づいてきたなと実感する。

本来は主イエスの過去と未来の降臨に想いを馳《は》せ、節制につとめる期節だが、ほとんどの子どもにとってはクリスマスの贈りものを心待ちにする日々だろう。望みの品をもらえるよう、一年でもっとも行儀よくふるまう時期かもしれない。

おれもかつては、そんな子どものひとりだった。

歌劇場の公演はシーズンまっさかりなので、母はたいてい多忙を極めていたが、それでも毎年忘れずにプレゼントを用意してくれた。普段あまりかまってやれないことを、埋めあわせるつもりもあったのかもしれない。

母親らしいことをしてやれる機会を、母自身が楽しんでいるのがわかったので、こちらも相応の心がまえで喜んでみせたものだった。無邪気な子どもといえども、それなりに気を遣うものなのである。

熊のぬいぐるみ。蒸気機関車の模型。特装版『ダルタニアン物語』全巻。

去年の懐中時計は、母からの最後のクリスマス・プレゼントとなった。

そして今年のおれには、贈りものはおろか帰る家すらない。

先日、レディントン家の家令から小切手が送られてきて、必要な用はこれで足すようにとのことだった。それですべてを察しないほどの馬鹿ではないとみなされていることを、喜ぶべきか否か。

もっとも帰省を求められたところで願いさげだったし、向こうがそのつもりならこちらはこちらで休暇を満喫してやるまでだ。

どうやらパトリックのほうも、ダブリンに戻るつもりはないらしい。

パトリックが身を寄せているのは、保護者である大叔母サラ・ブレナンの屋敷だ。彼女は敬虔なカトリック教徒で、いずれパトリックを聖職者にするつもりでこの学校に入学させたという。

そんな大叔母との関係は、当然ながらあまりうまくいっておらず、顔をあわせてもぎくしゃくしたやりとりに鬱然《うつぜん》とした気分を味わうだけだから……というのが、帰省をためらうパトリックの本音らしかった。

いまのところ、後輩のウィルから正餐《せいさん》の招待を受けているので、年内にそろってファーガソン邸にお邪魔する予定だ。あとはニューカッスルや、どこかの港町あたりまで日帰りの小旅行をしてみるのもいいかもしれない。

そんなささやかな計画を、あれこれ練り始めていた矢先のことだった。

昼食の席で、パトリックが教官から書簡を受け取っているのを目にしたおれは、食堂をでたところでたずねた。

「電報か？」

生徒宛《あ》てに届いた郵便物は、その日の夕食時に手渡される決まりになっている。それがあえてこの時間ということは、急ぎの連絡だろうと踏んだのだが、はたしてパトリックはうなずいた。

「そうらしい」

「ダブリンから？」

「うん。大叔母さまからだ」

「次の休暇は帰省するように、伝えてきたんじゃないのか？」

時期からしてもっとも考えられる用件だ。休暇まではまだ半月以上あるので、わざわざ電報を打つほど急を要する知らせでもない気はするが。

「どうかな。きっとたいした用件ではないよ」

パトリックは興味がなさそうに、封も切らないまま薄い封筒を上衣にねじこんだ。

返信はともかく、確認だけでもすぐにしたほうがよいのではと思ったが、あまり他家の事情に踏みこむのもためらわれて、おれは口をつぐむ。

「なんだか外が騒がしいね」

ふいにつぶやいたパトリックにつられて廻廊の先に顔を向けると、たしかに正面玄関のほうから妙にざわついた空気が流れてくる。運動場のにぎやかさとは異なる、どこか浮き足だったざわめきだ。めずらしい来客でもあったのだろうか。

「行ってみよう」

わずらわしい電報から心をそらせたかったのか、あるいは単純な好奇心か、すたすたと歩きだしたパトリックにおれも続いた。

玄関口にたどりつくと、石段を降りた先の車寄せに馬車が停《と》まっていた。なんの変哲もない四輪箱馬車《ブルーム》だが、それを遠巻きにした生徒たちのささやきを耳が拾いあげたとたん、おれはどきりとした。

いま巡査が……。

……礼拝堂でまた誰か……。

校長先生が……警察を呼んで……。

「警察だって？」

「あっちだ！」

とたんに走りだしたパトリックを追いかけ、校舎の右手に向かう。そこから校舎沿いに裏にまわれば雑木林に面した寮棟だが、芝生の広場を横切って並木の散歩道を進んでいくと、ゆるやかな弧《こ》を描いて門まで続く小路の先に、石造りの礼拝堂が見えてきた。

聖カスバート校の敷地には、日々の典礼をおこなう聖カスバート礼拝堂以外にも、いくつかの礼拝堂が点在している。

開校以来の寄進によって増築された大小の礼拝堂で、生徒たちはいつでも心安らかに神と向かいあうことができるのだ——と得意げに語ったのは、編入時にかたちばかりの面談をしたテイト校長だ。

つまりは非常に恵まれた環境だと伝えたかったようだが、おれはさして興味もなかったので、気晴らしに散歩道をぶらつきはしても、堂内をのぞいたことは一度もなかった。たしか寄進者の守護聖人にちなんで、聖ヨハネ礼拝堂と呼ばれていたはずだ。

その礼拝堂の入口に、なぜか人だかりができている。

パトリックは足をゆるめ、弾んだ息を整えながらつぶやいた。

「あの礼拝堂は、一年まえから閉鎖されているはずだけれど」

それは初耳だった。

「一年もずっと？　老朽化かなにかでか？」

外観はさほど古びているようでもないが、もしも改修が必要なら、資金が必要な額に達するまで手をつけられないということもあるかもしれない。

だが戻ってきたのは、思いもよらない理由だった。

「生徒がひとり死んだんだよ」

おれはおもわず足をとめていた。数歩先からパトリックがふりむく。

「ちょうど去年のこの時期だった。頭から血を流して、側廊のそばに倒れていたんだ。夜にギャラリーから転落したらしい」

「らしい？」

「遺体が発見されたのは、翌朝のことだからね」

「それってつまり……」

わずかな沈黙をおいて、パトリックがうなずいた。

「そう。正確な死の状況は誰にもわからない。事故か、自殺か、殺されたのか。真相は神のみぞ知るというやつさ。だから不慮の事故ということで処理されたんだ」

「そんな」

おれは眉をひそめずにはいられなかった。

「正式な捜査はされなかったのか？　そんなふうにうやむやにされたら、遺族だって納得しないだろうに」

聖カスバート校の生徒の多くは、それなりの家柄《いえがら》の子息だ。なかには爵位貴族の跡継ぎもいるという。大切な息子を預けている学校での不祥事に、明解な説明を求める保護者もいそうなものだ。

「もちろんされたよ。ダラム警察が呼ばれて、監察医による検死もされた。でもあからさまな他殺の痕跡は、認められなかったんだ。たとえば首を絞められた跡だとか、激しく揉《も》みあったような着衣の乱れもなかった。かといってギャラリーの手摺《てすり》が崩落していたというような、事故と断定できるほどの手がかりもなかったわけだけれど」

他殺の証拠もなく、事故とみなす決め手もないとしたら、むしろ……。

そんなおれの考えを読んだように、パトリックが声をおとした。

「しばらくはあれこれと噂が飛びかっていたよ。死ぬまえの彼が思いつめた様子だったとか、そんなことはなかったとか。でも警察が生徒たちから聴き取りをすることは許されなかったし、結局のところ不幸な事故とみなすのが得策だったんだ。死者にとっても、遺族にとっても、学校にとっても、警察にとっても、他の生徒にとってもね」

「…………」

カトリックにおいて、自殺は口にすることすら憚《はばか》られる大罪だ。

人の命は神に与えられたものであるからにして、それを奪うことができるのも神のみであるべきである。だから神のために命を落とす殉教はむしろ大歓迎で、過去の殉教者たちが聖人として祀《まつ》りあげられているのは、そうした考えかたに拠るわけだ。

おれとしては反発をおぼえずにいられないが、みずから命を絶つよりは誰かに殺されたほうがまだましで、純粋に死者を悼むことのできる事故死こそが、もっとも望ましい結末になるのだろうことは理解できた。

「そんないきさつから、あの礼拝堂はしばらく閉鎖すると通達されたんだ。次なる事故を未然に防ぐという名目でね。そのときに鍵をかけられたまま、改修もされていないはずだけれど、特に苦情もなかったんじゃないかな」

「わざわざいわくつきの礼拝堂で、神と向きあう気にもならないだろうしな」

故人と親しくしていた生徒なら、あの礼拝堂でこそ鎮魂の祈りを捧げたいと望むかもしれない。だが事故死ではなく、自殺や他殺かもしれないという疑いを拭いきれないとなれば、むしろ心は乱れて祈るどころではなさそうだ。

その礼拝堂で、今度はなにがあったというのだろうか。

不穏な予感をおぼえつつ、おれたちは芝生を踏みしめ、生徒たちの群がるポーチに近づいていった。いくつもの頭越しに、扉口からなんとか屋内をのぞくと、礼拝堂は教室をふたつ連ねたほどの奥行きだった。

伝統に従って、東向きの奥に内陣がしつらえられている。身廊の左右には質素な長椅子が並び、側廊の円柱列《アーケード》に支えられたギャラリーが三方から内陣に臨んでいた。ギャラリーにあがるには、扉を抜けてすぐの狭い階段を昇り降りするしかないようだった。

ギャラリーの高い窓には、洗礼者ヨハネの生涯がステンドグラスに描かれ、埃《ほこり》っぽい石壁に色とりどりの淡い光を投げかけている。

そして内陣にもっとも近い側廊のかたわらに、白い敷布《しきふ》のようなものに覆《おお》われたなにかと、そばにしゃがみこんだ人影と、それを見守る校医のロレンス先生の姿があった。

「奥にいるの、巡査だよな？」

するとパトリックが、おれの袖をひっぱった。

「ウィルがいる。なにがあったのか訊いてみよう」

ひしめく肩をかきわけて、先にやってきていたらしいウィルのほうに向かうと、

「あ。やっぱり先輩たちも来ましたね」

ふりむいたウィルの隣には、同級生ライナス・トンプソンの姿もあった。控えめに会釈をかえしたその顔は、やや蒼ざめているようだ。

「これはいったいなんの騒ぎだい？」

「礼拝堂で死体がみつかったんですよ。しかもギャラリーからの転落死らしいんです」

おれは素手で心臓をつかまれた心地になった。

いったいどういう状況なのだ。過去の自殺をなぞるように新たな生徒が……いや、それとも同じ場所でふたたび事故がおきたと考えるべきなのか。

パトリックが声をひそめる。

「……どの学年の生徒が？」

「生徒じゃありません。それどころか学校の関係者でもないみたいで、先生たちも事務長も、そのおじいさんが何者なのかさっぱりわからないそうなんですよ」

「死者はご老人だったのかい？」

この学校には教職員のみならず、もろもろの雑役《ざつえき》に従事する者なども寝泊まりしているはずだが、そうした雇用の責任者である事務長にも心当たりがないとなると、無断で侵入した余所者《よそもの》なのだろうか。

「物盗りか、宿無しが一夜の寝床を求めて潜りこんだとか？」

おれがささやくと、パトリックが続けた。

「もしくは生徒の身内という可能性もあるね」

そういえばかつて生徒の母親が深夜の寮棟に忍びこみ、息子を探しだそうとして大騒ぎになったとパトリックが教えてくれたことがある。

いずれにしても、不可解なことに変わりはない。閉鎖されていたはずの礼拝堂で、なぜよりにもよって一年まえの悲劇を再現するような死にかたをしたのか。

「発見したのは、ぼくたちの同級生だったんです」

ウィルが集めた情報をつなぎあわせると、おおむね次のようになる。

今日はフランス語の授業で詩を暗唱する試験があり、その生徒は不安のためか早朝から目を覚ましていた。起床の鐘が鳴るころにはすでに身支度もすませていたので、庭の小路を散歩しながらミサまでの時間をつぶしていると、礼拝堂の扉が閉じきっていないことに気がついた。

知らぬまに封鎖が解かれていたのかもしれない、それなら試験の練習にうってつけだと屋内をうかがうと、しんと静まりかえった身廊の奥——向かって左の長椅子の列の向こうに、仰臥《ぎょうが》する人影のようなものが見えた。

とたんに去年の事件が脳裡をよぎり、ぞくりとふるえが走った。

だが使命感からか好奇心からか、気がつくと足は奥に向かって動きだしていた。やがて遠目には制服の上衣に見えたものが、膝丈の黒いフロックコートだとわかった。冷たい床に横たわる男が、すでに息をしていないことも。

その土気色の死に顔を目にしたとたん、生徒は我にかえり、あわてふためいて教職棟まで知らせに走った。

賢明な判断だったが、必死で状況を訴えているところに、他の学年の生徒たちも居あわせていたのがいけなかった。神学生といえど好奇心旺盛な少年である。もはや内密に処理できる状況ではなかった。

報告を受けたテイト校長は町まで遣いをやり、かけつけたダラム警察がさきほど捜査を始めたところらしい。

「ともかく死者の正体をつきとめないことには始まらないので、警察は生徒に確認させたらどうかと提案しているみたいですよ。ええと、なんだったかな。面……面……」

おれはすぐにぴんときた。

「面割りか？」

「そうそう、それです！　でも先生たちはそんなのとんでもないって大反対して、なんだかもめているとか」

「だろうな」

そんなことになれば、もはや授業どころではないだろう。年少の生徒たちなど、遺体と対面したとたんに卒倒するのではないか。

するとにわかに背後がばたついた。

「ここでなにをしているのだね？」

「さあさあ。そこをどきなさい」

誰かが「まずい。校長先生だ」とみなの内心を代弁し、黒衣の群れがわらわらと左右に割れる。おれたちも話を中断し、急いでそれにならう。

数人の教官と巡査がせわしなく石段をのぼり、礼拝堂の扉口にたどりついたところで、ひときわ恰幅《かっぷく》のよいテイト校長がこちらをふりむいた。

「生徒諸君。わたしはきみたちがひとり残らず英知ある者であることを期待している」

念を押すように告げ、校長は扉の向こうに消えた。

ぱたんと扉が閉ざされて、気まずい沈黙が広がる。やがて生徒たちは、肩をすくめあうようにして散っていった。

「英知ある者ね……」

おれは白々《しらじら》とした気分でひとりごちた。ありがたい説教でたびたび取りあげられるせいで、不本意ながら覚えてしまった箴言だ。英知ある人は沈黙を守る。悪口を言い歩く者は秘密をもらす。しかし誠実な人は事を秘めておく。

おとなしく従うのもおもしろくないが、これ以上ここにいても収穫はなさそうだ。それでも立ち去りがたそうなパトリックを、おれはうかがった。

「どうする？」

「その第一発見者からなら、より詳しい話を聞けるだろうか」

「それは難しいかもしれませんよ。あれこれ言いふらさないよう、先生からきつく口どめされているみたいでしたから」

ウィルの指摘に、パトリックが肩を落とす。

するとライナスが、遠慮がちに口をきった。

「あの……ぼく、その子が特に親しい友だちだけにこっそり打ち明けているのを、たまたま聴いてしまったんですけど」

ライナスは左右をうかがい、いっそう声をおとす。

「どうやら死んでいた男の顔が、ただの転落死とは思えないようなありさまだったらしいんです。ひどく苦しげにゆがんでいて、なにかとてつもない恐怖を味わったあげくに命を落としたように感じられたとか」

ライナスはこくりと唾を呑みこんだ。

「まるで世にもおぞましい悪魔の姿を、まのあたりにしたかのようだったと」

2

いわくつきの礼拝堂で発見された、年老いた男の亡骸。

その噂はまたたくまに広まり、午後の教室はいつになく浮ついていた。

だが授業をすべて終えても、教官から特に説明はなされなかった。事件についてなにか通達があるとすれば、生徒たちが一堂に会する機会——食堂での夕食か、就寝まえの礼拝においてだろうか。

教官が教室を去ると、おれは教本をそろえてパトリックの席に向かった。彼は目が悪いため、黒板の真正面の席についているのだ。

「パトリック」

声をかけるが、パトリックは鉛筆を手にしたまま、なにを書きつけるでもなくぼんやりしている。おれは指の関節で、こつこつと机を鳴らした。

「ずいぶん勉強熱心だな。もう授業は終わったぞ」

「え？　ああ……うん」

パトリックが目をまたたかせる。だがその表情は、いかにも心ここにあらずという様子だ。どこか顔色が優れないようにも見受けられる。

「どうした？　気分でも悪いのか？」

「なんともないよ」

だがいまひとつ反応が鈍い。やはり礼拝堂の死体のことが気にかかっているのかもしれない。二人部屋に戻ったら詳しい話ができるだろうか。そう考えながら、のろのろと筆記具をかたづけるパトリックを待っていると、

「パトリック・ハーンはいるか」

教室の扉付近で鋭い声があがった。

威圧的な声音に、すわ教官からの呼びだしかと身がまえる。だがふりむいた先にいたのは、出入口をふさぐように教室をうかがう長身の生徒だった。黒髪に黒い瞳の、射すくめるような強いまなざしが印象的な偉丈夫だ。

教室に残っていた生徒たちが、ちらとパトリックのほうを見遣る。

それを追いかけた来訪者の視線が、パトリックまでたどりついた。

「ハーンだな。話がある」

にこりともせずに言い放つ。その斬《き》りつけるような声音に、不覚にも気圧《けお》された。おれは眉をひそめ、パトリックに耳打ちする。

「知りあいか？」

「……顔は知っているという程度だよ。最上級生だ」

「そうらしいな」

他所《よそ》の教室まで出向いてきて、まるで物怖《ものお》じしない態度は、あきらかに下級生に対するものだ。

持ちものをまとめたパトリックが、待ちかまえる上級生のほうに向かっていく。おれはなんとなく放っておけないものを感じ、相対するふたりを教室からうかがった。

「ぼくになにかご用ですか」

「おまえに頼みがある。今夜、消灯のあとに顔を貸せ。寮監が見廻りを終えたらすぐに、寮棟を脱けだせるように準備をしておくんだ」

「なぜですか？」

「ここでは話せない」

おれは唖然とした。こんな馬鹿な頼みごとがあるだろうか？　相手が上級生だからか、パトリックが文句もつけずに黙ったままでいるのも、らしくない。おれは傍観していられず、パトリックの隣に肩を並べた。

「いきなりずいぶんな要求ですね。後輩に戒律破りを強要しておいて、理由の説明もなしですか。この学校では、こんなふうに有無をいわせず上級生の命令に従わせるのが、常識なんですか？」

「――っ！」

相手はたちまち気色《けしき》ばんだものの、ぎりぎりで踏みとどまるようにうつむいた。

「命じてなどいない。ただ……他の誰にも頼めないことなんだ。それも今夜でなければ手遅れになる。だからどうしても承諾が欲しいだけだ。説明はあとでする」

するとおもむろにパトリックがたずねた。

「それは今朝みつかった死体と、関係のあることですか？」

とたんに相手の頬がこわばり、おれも息をとめた。

「……そうだ」

かろうじて肯定したきり、その口はかたく結ばれて動かない。

どうやらただならぬ事情がありそうだ。しかもここでは口にできないような理由で、他の誰でもないパトリックにしか頼めないこととはいったい……。

おれは息をひそめ、向かいあうふたりをうかがった。

やがてパトリックが、根負けしたように息をついた。

「わかりました。では詳しいことは寮棟でうかがいます。三階のいっとう奥にあるぼくの部屋で十五分後に。こちらの条件は——」

パトリックは目線でおれをしめした。

「彼の同席を認めること。それでかまいませんか？」

「——ああ、承知した」

彼は低くこたえると、すぐに身をひるがえして、足早に立ち去った。

「礼もなしか」

一貫して身勝手な態度に、おれはますます不信感をつのらせる。

「よかったのか？　身許不明男《ジョン・ドウ》の死体にからんだ頼みごとなんて」

「気が乗らないなら、きみは席を外してくれてかまわないよ」

「そんなことできるはずがないだろう」

「なぜだい？」

「なぜって……当然だろう？　なにか厄介な企《たくら》みごとに、きみを巻きこもうとしているのかもしれないじゃないか」

非難がましい口調になったせいか、パトリックは目を伏せた。いつになくわずらわしげなしぐさだった。

「ぼくにしか頼めないことというのが、気になったんだ」

「怪異がらみの相談かもしれないってことか？　礼拝堂の死体もそれに原因があると？」

「わからない。でも第一発見者の証言もあるし、いまの彼のふるまいも気にかかる。いくら下級生相手でも、普段ならもっと礼儀をわきまえているはずだから」

「ふうん」

「ぼくたちも急ごう。お茶の一杯でも淹れてあげたら、いくらかおちつくだろう」

おれは不本意ながら、オイルランプで湯を沸かし、紅茶の用意をした。

茶葉はここの紅茶の不味《まず》さに閉口して、ダラムの雑貨店で買い求めたものだ。

「どうぞ。食堂でだされるものよりは、ましな味のはずですよ」

「ああ……わざわざすまない」

その最上級生――ハロルド・キングスレイは、こちらがもてなすかまえをみせたことで虚をつかれたようにしおらしくなった。

パトリックが見抜いたように、あの喧嘩腰《けんかごし》は余裕のなさのあらわれだったらしい。たしかに上級生でありながら後輩のパトリックに助けを求めてきた時点で、そうとう追いつめられた心境だったといえるかもしれない。

だからといって同情する気にもなれなかったが、ハロルドに椅子を譲ったおれは、寝台の隅からなりゆきを見守ることにした。

「――それで、ぼくに頼みたいことというのは？」

パトリックがうながすと、ハロルドは意を決したようにきりだした。

「おまえにまつわる妙な噂を耳に挟んだんだ。おまえは死者の身体にふれると、その声を聴くことができるというのは本当か？」

とんでもない噂に、おれは目を丸くする。

だがパトリックはわずかに眉をあげただけで、

「だとしたら？　あなたはぼくになにを望むんです？」

「――その力を貸してほしい。礼拝堂で死んでいた男の霊を呼びだしてほしいんだ。礼拝堂に忍びこむ手だては、おれがなんとかする」

「死者の身許に心当たりでもあるんですか？」

「そうじゃない。おれが本当に知りたいのは、アンソニー・ミルフォードの死の真相だ」

憶えのない名が飛びだしてとまどうが、パトリックの表情にやはり動きはない。

「去年あの礼拝堂で亡くなった生徒……そういえばあなたの同級生でしたね」

「つきあいがあったのか？」

「つきあいといえるほどのものは。ただ何度か、ふたりきりで話をしたことがあります。

とても優しい先輩でした」

「……そうか」

　こみあげる追想で息をつまらせたように、ハロルドは目を伏せた。

「あなたにとっては、ただの同級生というだけではなかったようですね」

「親友だった。そのつもりでいたのは、おれだけだったのかもしれないが」

　絞りだすように、ハロルドが語り始める。

「……あんなことになるしばらくまえから、アンソニーがときおりひどくふさぎこんでいたのには気がついていたんだ。この一年のあいだ、ずっと忘れられなかった。不幸な事故だと納得しようとすればするほど、自殺だったのかもしれないという疑いが頭から離れなくなる。だがおれにはその理由がどうしてもわからない。考えれば考えるほど、泥沼に足をとられて沈みこんでいくようだった。自分がどんな真実を望んでいるのかもわからないまま、夜更けに寮棟を脱けだして、礼拝堂の周りをうろついたりもした」

　ここにきてようやく、おれはいくらか心を動かされていた。亡き友の死を呑みくだせずにいるハロルドの、並々ならぬ想いを感じたのだ。

　おれの脳裡に、この夏の母の死がよぎった。

　母はオペラ座の楽屋口から外にでたところを、暴走した馬車に撥《は》ねられた。

　それがもし、夜の街路にふらりと踏みだして事故に遭ったのだとしたら、たちくらみのせいか、それともあえて身を投げだしたのか、そんなはずはないと思いつつも、どこかで自殺の疑いを拭いきれずに心乱されたことだろう。

「もっと早くに、おまえの力を借りようとしたこともある。降霊会でもなんでも、あいつをこの世に呼び戻して言葉をかわすことができるのならとな。だがどうしても踏んぎりがつかなかった」

ハロルドの頬が苦しげにゆがむ。自嘲と呼ぶには、痛々しすぎる表情だった。

「おれは恐れていたんだ。あいつに責められることも、責められないことも。笑うがいいさ。おれは腑抜《ふぬ》けの臆病者《おくびょうもの》だ」

悔悟にまみれたハロルドのまなざしが、にわかに鋭さを帯びる。

「だがもうためらってなどいられない。アンソニーが命を落としたその場所で、得体の知れない男が同じような死にかたをするなんて、絶対におかしい」

たしかに、なにか裏があると勘繰らずにいられない状況ではある。

人知れずこの学校に忍びこんだとおぼしき謎の老人が、よりにもよって閉鎖されていたはずの礼拝堂で死んでいたのだ。ギャラリーには盗む価値のあるもの――聖像や銀の燭台《しょくだい》などが安置されているわけでもなく、なぜわざわざ二階にあがったのかも解《げ》せない。

となればおのずと、アンソニーの死が事故というのも疑わしくなってくる。

「ふたりの死には、きっとなんらかのつながりがある。だがテイト校長は、警察にこれ以上の捜査を求めるつもりはないらしい。むしろ学校の評判を守るために、事件を揉《も》み消す方向で動くはずだ。だからおれが自力でなんとかするしかないんだ。いまならあの男の死たのです。

「ミルフォード先輩の真相に、そこからたどりつけるかもしれないと？」

「もしもアンソニーが誰かに殺されたのだとしたら……そいつが罪も問われずに生き続けているのだとしたら、おれは黙っているつもりはない」

ハロルドの瞳には、暗い決意の焔《ほむら》が宿っているようだった。

「そして家族でもなければ、親友でもなかったかもしれないあなたが、怒りの裁きをくだすのですか？　神に代わって？」

まるであざけるような声音だった。一瞬にしてハロルドの顔色が変わる。

おれはおもわず腰を浮かせていた。憤りにふるえたハロルドが、パトリックにつかみかかるのではないかと危惧《きぐ》したのだ。

そんなハロルドを、パトリックは動じるどころか、挑むようにみつめかえしている。

おれはとまどわずにいられなかった。パトリックはなぜ、あえてハロルドをいたぶるような真似《まね》をするのだろう。

「それにわかっていますか？　ミルフォード先輩があなたになにも明かさなかったということは、明かしたくないような秘密があったかもしれないんですよ？　それを暴くことは故人の望みに反するかもしれないし、あなたの望まない彼の姿を知ることになるかもしれません」

「おれの望みなどどうでもいい」

ハロルドは指の骨が白く浮きだすほどに、きつく拳《こぶし》を握りこんだ。

「おれは絶対に、アンソニーの真実から目をそむけたりはしない。もしも人知れず苦しんでいた秘密があるなら、それを知ったうえであいつの魂のために祈りたい。そうすることが、おれの贖罪《しょくざい》になると考えているわけでもない。ただ……ただおれはあいつを理解したいんだ。たとえあいつがそれを望まなくても。それこそがおれの望みだ。それを浅ましい妄執《もうしゅう》と呼ぶなら呼べばいい」

斬りつけるようなまなざしを、パトリックはまっすぐに受けとめる。

長い長い沈黙のあと、

「あなたの心意気はわかりました」

パトリックは目を伏せ、疲れたようにささやいた。

「でもあいにくですが、ぼくは死者の魂を自在に呼びだしたり、交信したりすることなんてできません。たしかにそうしたものを視たり聴いたりすることはありますが、あちらがわの存在は、こちらの都合で簡単に操れるようなものではないんですよ。係わるだけで命がけということだってある。ぼくについて、どんな荒唐無稽《こうとうむけい》な噂が広まっているかは知りませんが」

淡々とした口調はその真実味を伝えていたが、ハロルドは喰いさがる。

「死んでまもない遺体が、そこにあってもだめなのか？　警察は遺体を生徒たちに確認させたがっているが、おそらく学校側は許可しない。あの男は明日の朝にもダラムの警察署に移されるはずだ。だから今夜が残された唯一の機会になる。わずかな手がかりでも得られるなら、どんなことでも試したいんだ」

なおもすがりつかれて、パトリックは考えこむ。そしてふと目をあげると、

「ミルフォード先輩がただの事故死ではなかったと仮定して、その死に係わりのありそうな人物がいまこの学校内にいますか？　特に近しい存在だったとか、敵意を持っていたとか、事件前後の言動におかしなところがあったとか」

ハロルドの瞳がかすかな狼狽に揺れる。だがやがてためらいをふりきるように、

「おれの知るかぎり、すぐに挙げられるのは三人だ」

「生徒ですか？　それとも教官？」

「どちらもだ。おれと同級のウォルター・クレイトンに、ユージン・カートライト。それに校医のロレンス先生だ」

意外なことに、あとのふたりとはおれも面識があった。

先日パトリックと季節はずれの蝶を追いかけていて、たどりついた部屋の主がユージンだった。青い蝶の正体はユージンの描いた絵を依《よ》り代《しろ》にした母猫の魂で、その亡骸を薬草園に埋葬したのがロレンス先生である。

ウォルター・クレイトンは事件当時、学寮の二人部屋でアンソニーと起居をともにしていた同級生だという。

「事件の夜のアンソニーについて、偽りの証言ができたのはウォルターだけだ。消灯時に

同じように寝床について以降のことは知らない、アンソニーが部屋を脱けだしたことにもまったく気がつかなかったと語っていたが、それが真実かどうかはわからない」

その年の秋から同室になったふたりは、特に問題をおこすこともなく、関係は良好そうだったらしい。

「ロレンス先生には、アンソニーが昔からよく世話になっていたんだ。入学したてのころのあいつはひどく病弱で、頻繁に医務室で休んでいたから」

学年があがるにつれて丈夫になり、しだいにそうした機会は減ったが、ロレンス先生のことはずいぶん信頼していて、特に体調が悪くないときでもしばしば医務室に顔をだしていたそうだ。

「アンソニーは内気で人見知りな性格だったが、心を開いた相手とは深くつきあう傾向があった。そうした相手のもうひとりがユージンだ。初級生のころから親しくて、しばしばユージンが描く絵のモデルを務めるような仲だった。ユージンは絵を趣味にしているんだが、その腕はかなりのものなんだ」

そのときおれは気がついた。ユージンはあの蝶の絵について、亡き友人の魂をかたちにしようと試みたのだと語っていた。彼の死からもうすぐ一年になるとも。

おれはすかさずパトリックに顔を向けた。

「それならあの絵は――」

「うん。彼を想って描かれたものだったのだろうね」

その絵が仔猫たちに逢いたいと望む母猫の霊を呼びこんだ結果こそ、ユージンにとってもアンソニーが忘れられない存在であることを証明しているといえるかもしれない。

「どうした?」

ハロルドが怪訝そうにおれたちをうかがい、パトリックが説明した。

「ついこのあいだ、偶然にもカートライト先輩の絵を目にする機会があったんです。ただ鉛筆を走らせただけの蝶でしたが、まるで命を持って動きだすかのようでした」

「そうなんだ」

ハロルドがため息とともに同意する。

「なにげない素描でもはっとするような表情をとらえていて、おれも何度も驚かされたものだ。ああいうのを才能っていうんだろうな。おれはそっちの方面はてんでだめだから、正直うらやましいよ。アンソニーも繊細な奴だったから、おたがいにわかりあえるものがあったのかもしれない。あんなことになるしばらくまえも、ユージンはアンソニーの肖像画を手がけているようだったが、庭にでたふたりが絵を描く手をとめたまま話しこんでいるようなときがあって……。絵につきあうのを口実に、おれには隠していた悩みごとでも打ち明けていたんじゃないかと、つい考えてしまうんだ」

「それを直接たずねるわけにはいかないんですか?」

ハロルドは居心地悪そうに肩をすくめた。

「おれはユージンとはさほど親しくない……というよりおそらく嫌われているから、告白は期待できそうにない。芸術家肌のユージンからすれば、おれは無神経でがさつな人間だろうからな。あいつも大人だからあからさまに態度にだすことはないが、視線にそういう含みを感じるんだ」

おれはたまらず身じろぎした。同級生ならではの対抗心もあるのだろう、赤裸々《せきらら》な実情がいたたまれない。

するとおもむろにパトリックが問いかけた。

「あなたは《罪喰い》という儀式を知っていますか」

「罪……喰い？」

とまどうハロルドの顔を、パトリックは昏い瞳でのぞきこむ。

「死者の罪を、他者が取りこむことで浄化してやる儀式です。横たえた亡骸の胸にパンの切れ端《きれはし》をのせ、そこに罪を移して食べるんです。ほら、こんなふうに——」

つとパトリックが腕を持ちあげ、指先に不可視のパンをつまんだ。それを二度、三度と宙になすりつけながら、厳《おごそ》かに唱えてみせる。

「罪を汝《なんじ》から離し、我に与えよ」

そうしてパンに浸《し》みこんだ罪をわずかたりとも滴《したた》らせまいとするかのように、ゆっくりと指先を口許まで近づけ、くちびるの隙間に押しこみ、こくりと呑みくだす。

よどみないそのしぐさから、おれは目を離すことができなかった。

ハロルドもまた、一部始終を凝視したまま声をなくしている。

「こうやって罪を移して、浄化してやるんです。そのとき罪喰い人《sin-eater》には、死者の犯した罪の記憶が移るともいわれています」

「……そんな馬鹿な」

我にかえったハロルドが、ぎこちなく笑おうとする。

「とっくに廃《すた》れた、邪教の風習かなにかだろう?」

「いちおうキリスト教の儀式ではあるようですよ」

たしかにパンをちぎって食べるという手順は、聖体拝領を彷彿とさせる。身になじんだその方法をなぞっているからこそ、なおさら冒瀆《ぼうとく》的に感じられるのだ。キリストの血と肉を取りこむように死者の罪を移すという行為に、なんともいえないおぞましさをおぼえずにはいられない。

「だとしても異端に決まっている。告解もなしに罪の穢《けが》れを清めるなんてこと、できるはずがない」

「同感です」

パトリックはおちつきはらって続ける。

「そもそもぼくは、死のまぎわに悔い改めたくらいで罪が赦《ゆる》されること自体に懐疑的ですが。ともかくぼくがここの付属図書館で調べたかぎり、そうした儀式についてふれた文献はみつかりませんでした。存在するとしたら、ヴァチカン図書館の裏蔵書あたりかもしれませんね。ただ――」

パトリックは声をひそめた。

「スコットランドには、こんな言い伝えがあります。この儀式をするとき、罪喰い人の役はかならず死者と面識のない者——たとえば見ず知らずの旅人などに頼まなくてはならないというんです。というのも罪喰い人が故人に対して邪念を懐《いだ》いていると、取りこんだ罪がその汚れた心に結びついて、清めることができないからだそうです。あるとき、ひそかに死者を憎んでいた男が、その素姓を隠したまま儀式に臨んだといいますが……」

「……その男はどうなったんだ？」

「ほどなく気がふれて、海に身を投げたそうです。しかも巨大な十字架にみずからの四肢をくくりつけた姿で、荒海の底に沈んでいったとか」

パトリックが語り終えたのちも、おれは身動きができなかった。

激しい雷がまなうらで幾度もまたたき、荒波に翻弄《ほんろう》される狂気の男の姿を照らしだす。

「まさか……その儀式をおれたちにやれというのか？」

「謎の死者がどんないきさつであのような死を迎えたのか、尋常でない理由があるとしたら、その過去を覗き見ることができるかもしれませんよ？」

顔をこわばらせたハロルドが、無言のまま喉を上下させた。

「だがただの迷信をなぞったところで、本当にそんなことができるとは……」

「そうかもしれません。でもなにかとんでもないことがおきるかもしれない。誰にもわからず、疑いを捨てきれないなら、試してみる価値はありますよ。謎の死者についてなんらかのうしろめたさのある人物なら、禍がおのれの身にふりかかるかもしれないと躊躇《ちゅうちょ》するかもしれません。そのあたりはあなたの説得のしかたにかかっていますが」

「おれの提案に激しく動揺したり、かたくなに拒絶する人物が怪しいと？」

「そういうことです」

もしも一連の事件に関与しておらず、アンソニーの死の真相を知りたいと願うのなら、むしろ多少の危険は冒しても儀式に参加したいと望むだろうか。

「やるかやらないかはあなたの自由ですし、かたちばかりの死者儀礼にすぎないと思うなら、なにも恐れることはないはずです。死体にふれたパンを食べるのは少々気味が悪いでしょうが、どろどろに腐っているならともかく、幸いにもこの季節の礼拝堂は冷えきっていますから、ろくに死臭もしないのでは？」

想像するだけで気分が悪くなりそうなことを、パトリックは平然と言ってのける。亡き友のために、ハロルドがどれだけのことを為《な》せるのか、覚悟のほどを問うような口調だった。

歯を喰いしばり、苦しげに逡巡《しゅんじゅん》するハロルドの額には、冷や汗が浮かんでいる。

「……ロレンス先生は無理だ。どう考えても同意を取りつけられるはずがない。だがあとのふたりなら、なんとか誘いだせるかもしれない」

「あなたがそのつもりなら、ぼくもつきあいますよ。どんな結果になるか、興味がありますからね。教官に知られたときの責任はとれませんが」

興味があるからつきあうとは、まるで神経を逆なでするような発言だ。現にパトリックは、めったにめぐりあえない儀式の機会をおもしろがってすらいるようだ。

「わかっている。すべての責任はおれが負う」

「儀式に必要なパンの調達は、あなたに任せます。時間はそちらの都合でかまいません」

「では今夜――消灯後の十時半に聖ヨハネ礼拝堂で。鍵は先におれが開けておく」

「そうしてください」

ハロルドは立ちあがり、扉に向かった。

その背中に、パトリックが声を投げる。

「怖気づいたときは早めに教えてください。ぼくも貴重な睡眠時間を無駄にしたくはありませんから」

とたんにハロルドの肩がこわばる。だが彼はこちらをふりむきはせず、叩きつけるように扉を閉めて立ち去った。

ぽつんと残された椅子を、おれは所在なく見遣る。

「あれでよかったのか?」

「なにがだい?」

パトリックは身をひねって机のカップを取りあげると、冷めきった紅茶を口に含んだ。その視線は、両手につつんだカップに落とされたままだ。

「とぼけるなよ。あんな怪しげな儀式を薦《すす》めるなんて、らしくないじゃないか」

「そうかな。ぼくはいつもこんなふうだよ。この世の怪には目がなくて、どんなことにも首を突っこまずにはいられない」

「だけど――」

言葉にできないもどかしさが、喉につかえて息をつまらせる。

「ともかくきみは、なにも知らぬふりさえしてくれたらそれでいい。もしもぼくの不在が寮監に発覚したら、ぐっすり寝ていて気づかなかったとごまかしておけばいい」

「待てよ。きみひとりで出向くつもりなのか？」

「もしも教官にみつかって、素行の悪さを異母兄どのに報告されたら困るだろう？」

「そんなこと、おれが気にするはずがないじゃないか」

パトリックだって、とっくに承知しているはずだ。にもかかわらず、なぜあえておれを除《の》け者《もの》にしようとするのだろう。

こみあげる不安を押しつぶすように、おれは宣言した。

「きみがそのつもりならおれもついていく。とめても無駄だからな」

「……好きにしたまえ」

パトリックが投げやりにつぶやく。

その視線は最後まで、おれとかみあわないままだった。

3

蒼い光に満たされた夜の礼拝堂は、海に沈んだ古代の遺跡のようだった。

頼りなく揺れる手燭《てしょく》の焔が、五人の魂のともしびそのもののようで、おれは息をひそめずにはいられなかった。

「死者の罪を……」

「……移して呑みこむ?」

ハロルドに呼びだされたユージンとウォルターの声がそろって慄《おのの》いているのは、寒さのためか、おぞましさのためか、それとも恐怖に裏打ちされた焦燥のためだろうか。

ここにきて《罪喰い》の儀式に協力することを求められたふたりは、どのような理由であれ動揺を隠せずにいるようだった。

広がる沈黙に白い息だけが浮かび、すぐにほどけて暗がりに溶けてゆく。光の届かないその闇に、得体の知れないなにかがわだかまっているような気がして、おれは足許に目をおとした。

そこには古い敷布に覆われた遺体が横たわっている。北のギャラリーの奥から身を投げたら、ちょうどこのあたりで発見されるだろうという位置だ。昨日の昼までここに遺体がなかったことは、通りがかりに外から窓をうかがった庭師が確認しているという。

扉がいつから開いていたかはわからないが、ハロルドによれば事務棟の受付の壁に校舎の鍵がずらりとかかっているので、その気になれば誰でも窓口から腕をのばして鍵を持ちだせるらしい。彼も事務員の目を盗み、よく似た鍵とすり替えてきたそうだ。

やがておずおずときりだしたのは、ユージン・カートライトのほうだった。

「どういうことだい？　ぼくたちはきみが……アンソニーの死についてどうしても話したいことがあるというから、こんな時間だというのに部屋を脱けだしてきたんだ。なのにそんな怪しげな儀式に手を貸せだなんて」

ウォルターも我にかえったように抗議する。

「そうさ。礼拝堂の鍵を盗んで、そのうえ死者を弄《もてあそ》ぶような真似をするなんて、先生たちに知れたらただですむはずがない。きみはどうかしているよ」

「おれはいたって正気だ。おまえたちも、この男とアンソニーの死がまったくの無関係だとは考えていないだろう？」

「それは……」

中背のウォルターは、気圧されたようにあとずさった。整ってはいるが、どこかかたくなさを感じさせる顔つきを、淡い榛色の髪と瞳がいくらかやわらげている。長めの前髪に隠れたその目許を、おれはひそかにうかがった。

「だけど校長先生は、一夜のねぐらを求めた宿無しが凍《こご》え死《し》んだとおっしゃっていた」

それが生徒一同に伝えられたのは、夜の礼拝においてだった。

男は老いと飢えで衰弱しながらも神の家をめざし、神は慈悲深くも安らかな死を与えられたのだろう……という美談もどきにしたてあげたのは、さすがというべきか。

礼拝のさなかに疑義を挟む勇気のある者はなく、なんともいえないもどかしさを孕んだまま、今夜の祈りは謎の死者に捧げられたのだった。

「それはでたらめだ。おまえたちが来るまえにおれもひととおり調べてみたが、この老人は頭蓋骨《ずがいこつ》が派手に陥没したうえに首の骨が折れていた」

あけすけな表現におれはぎくりとする。

「ただの凍え死にで、こんな損傷を負うわけがない。ギャラリーから誤って転落でもしないかぎりはな。あるいはみずから飛び降りたか、誰かに突き落とされたか」

ふたりの顔があからさまにこわばった。

「そうだ。アンソニーのときと、状況はまったく同じなんだ。しかもこの男の懐をくまなくさぐってみたら、ファージング硬貨一枚すらでてこなかった。警察が財布や、名の刻印された懐中時計やハンカチーフのたぐいを押収したわけでもないらしいのにだ。おそらく身許が割れそうな品を、ことごとく抜き去った何者かがいたんだ」

絶句するふたりをさらに追いつめるように、ハロルドはたたみかける。

「だからおれはどうしても、この男の素姓をつきとめたい。アンソニーの死の真相に迫れる唯一の手がかりが、この男なんだ。おまえたちも、アンソニーのために力を貸してくれるだろう？　それともこの男の罪を取りこんで、気がふれることが怖いのか？　だがこの男に対して疾《やま》しいところがないなら、恐れることなどなにもないはずだ。そうだろう?」

猛禽《もうきん》のような眼光を突きつけるハロルドと、不安げなふたりの視線が交錯する。

「……まるで魔女狩りだね。つまりきみはぼくたちがこの男の死——ひいてはアンソニーの死とも係わりがあるかもしれないと疑っているわけだ」

ユージンが冷ややかに指摘し、隣のウォルターが息を呑む。

そんなふたりに探るまなざしを向けたまま、ハロルドは口の端をゆがめた。

「とんでもない。それにもちろん、信仰が許さないというなら拒否してくれていい」

「かまわないよ。それできみの気がすむのならね」

「ぼくもやるよ」

ウォルターも負けじと応じた。

声こそ荒らげてはいないが、同級生だからこそのひりひりするようなやりとりが、そばで見守るおれの膚にも刺さるようだった。ふたりの態度は、虚勢を張っているだけのようにも受け取れなくもない。だが長いつきあいのハロルドには、その真意が読み取れているのだろうか。

「決まったな。ならさっそく始めよう。ハーン、手順の指示を」

ゆらりとまなざしをあげたパトリックが、おもむろに遺体の頭の向こうにまわり、腰をおろした。

「では遺体をかこんで、それぞれ座ってください。灯《あか》りは床に。キングスレイ先輩は敷布を腰のあたりまでめくってください」

おれたちは遺体の左右にぎこちなくひざまずいた。頭に近いほうからハロルドとおれ、その向かいにウォルターとユージンという並びだ。

ハロルドが腕をのばし、死体を隠す敷布に手をかける。そして隠されていた死者の顔があらわになったとたん、残る四人はそろって息をとめた。

裂けんばかりにみはられたまま凍りついた、濁《にご》りきった双眼。百年の砂嵐《すなあらし》にさらされたかのようにひび割れ、乾涸《ひから》びた土気色の膚。その膚が張りついた頰骨《ほおぼね》は、不可視の竜巻を吸いこんだように、醜くひしゃげている。

「これはひどい……」

ユージンが呆然とつぶやき、ウォルターはこみあげる吐《は》き気《け》をこらえるように、手の甲を口許に押しつけている。そんなふたりに視線を注ぎながら、ハロルドがささやく。

「とてもまともな最期だったとは思えないだろう？」

たしかに眠りにつくような、安らかな死にざまではなさそうだ。なにか尋常ではない、肉体の苦痛以上の恐怖を味わったのではないか。それこそ悪霊に取り殺されたとでもいうような……。

するとふいにハロルドが呼びかけた。

「ユージン？　どうした？　まさか知った顔なのか？」

死者を凝視していたユージンが、びくりと肩をふるわせる。

「いや……わからない。誰かに似ているような気もしたのだけれど、これほどまでに齢をかさねた知りあいは、ぼくにはいないから」

はぐらかそうとしているのかどうか、ユージンの声音はひどく頼りない。

ウォルターのほうはすでに顔から目をそらし、死者の身につけた服を気味悪そうにうかがっている。

天鵞絨の襟つきの黒いフロックコート。臙脂《えんじ》の絹のクラヴァット。シャツの貝釦《ボタン》はひとつも欠けることなくそろっている。とても宿無しの身なりとは思えなかった。

その釦をパトリックがひとつ、ふたつと外していく。胸まではだけさせたところで目をあげると、

「パンの用意はありますか」

「ああ。これで足りるか?」

ハロルドはハンカチーフにつつんだパンの切れ端を取りだし、パトリックに手渡した。夕食にだされたものを、食べずに隠しておいたのだろう。

「充分です」

パトリックはざっくりと五つに割ったパンの欠片を、すべて死者の胸に並べた。

「まずはぼくがやってみせます。順にそのやりかたにならってください」

おちついた声で告げると、パンのひとつを取りあげ、

「罪を汝から離し、我に与えよ」

おごそかに唱えながら、死者の胸をひと撫《な》でする。そして目をつむり、その欠片を口に迎えると、ためらうことなく呑みこんだ。細い喉がごくりと上下に動く。ステンドグラスに透けた月光が、その首筋をいっそう蒼ざめさせていた。

誰ひとり、身じろぎひとつしなかった。

静寂が耳をふさぎ、どくりどくりと内から打ちつける鼓動の反響に吐き気すらおぼえたとき、ようやくパトリックが瞼《まぶた》を持ちあげた。

凪《な》いだその瞳には、映りこんだ焔が静かにゆらめいているだけだ。

「——これでおしまいです。次はどなたが？」

「おれだ」

ハロルドが率先して名乗りをあげた。

パトリックの身に異変がないことにほっとするまもなく、ハロルドがパンのひとつを手にする。そのままパトリックのしめした手本を慎重になぞり、意を決したようにパンを口に投げこんでからしばらく待っても、彼の様子に変化はなかった。

黙って首を横にふってみせるハロルドの横顔ににじむのは安堵と、わずかな落胆だろうか。もしも死者の罪の記憶が移ることがあるなら、自分が犠牲になってもそれを得たいという期待と覚悟が、ハロルドにはあったのかもしれない。

「次はぼくがやるよ」

続いて手をあげたのは、ウォルターだった。

ぎこちなく膝を進め、死者の胸にのばした腕はかすかにふるえていた。それはハロルドのようには心の準備ができていないためか、それとも疾しさからくる怯えを押し隠そうとしているためか。

「つ……罪を汝から離し……我に与えよ」

たどたどしく唱えて、死者の膚にパンの欠片をすべらせる。

そのときおれは奇妙な感覚にとらわれた。ほんの一瞬、目がかすみ、パンの欠片が灰をまぶしたかのように黒ずんだ気がしたのだ。

「え？」

だがおれが声を洩らしたとき、パンはすでにウォルターの口に消えていた。おれは息をつめてウォルターをうかがうが、その様子におかしなところはなかった。

揺れるともしびのせいで、影がよぎっただけか。

そう考えて肩の力を抜きかけると、

「あ……あ……」

どこからか、ひきつれたような声が耳をかすめた。

「……そんな……いやだ……」

それはまさに、ウォルターの口から流れでていた。いつしか虚空に投じられていた榛色の瞳はがくがくとわななないて、すでにこの世のなにをも映してはいないようだった。

「ウォルター？」

隣のユージンがおそるおそる肩に手をのばすが、ウォルターはそれを撥ねのける勢いで頭をかかえた。こわばった十本の指が、激しく髪をかきむしる。

「ぼくは……ぼくはユダだ」

「なんだって？」

ハロルドが訊きかえしたとたん、ウォルターが絶叫した。

「うわああ――っ！」

残る四人がそろって腰を浮かせるなか、ウォルターは身をのけぞらせると、ふつりと糸が切れたように崩れ落ちた。その背を、ユージンがあわやというところで支える。

「危ない！」

「しっかりしろ！」

すかさずハロルドが遺体の反対にまわりこみ、ユージンに手を貸してウォルターを床に横たわらせた。力を失ったウォルターの身体は、くったりとしたまま動かない。

「ハロルド。まさかウォルターは――」

「いや。息はしている。気を失っただけだ」

「でもなぜ急にこんなふうに……。たったいま呑みこんだパンのせいなのか？　死者の罪が、本当に流れこんだとでも？」

「ハーン。どうなんだ」

ハロルドがパトリックをふりかえる。

「おい。聞いているのか！」

ハロルドが声を張りあげるが、パトリックは凍りついたように動かない。業を煮やしたハロルドが、たまらずその胸座《むなぐら》をつかみ、力任せにゆさぶろうとしたときだった。

床の焔がいっせいに揺れ、膚を斬るような風が身廊を吹き抜ける。

とっさに身をすくめると、鋭いひと声が礼拝堂にこだました。

「きみたち！」

はっとして礼拝堂の入口をふりかえる。そこには流れこむ夜気を背にしたロレンス先生の姿があった。先生は身廊をまっすぐにかけつけてくると、

「こんな時間に光が洩れているので、まさかと思って見廻りに来てみたが……。きみたちは最上級生だろう。下級生まで巻きこんで、いったいなにをしているのだね」

医務室ではおだやかだったロレンス先生も、さすがに険《けわ》しい顔で問いただす。

ハロルドが腰をあげ、ロレンス先生の正面に進みでた。

「協力して死体を調べようとしていたんです。おれが呼びかけて、あとの四人を誘いだしました。一年まえにここでおきたことと、関係があるかもしれないからと」

先生は口をつぐんだ。死んだアンソニーの同級生が三人そろっていることで、ハロルドの発言の意味するところを悟ったのだろう。

「だがこのありさまはいったい……クレイトン君になにがあった？　いましがたの悲鳴は彼のものだったのでは？」

ロレンス先生の視線が、咎《とが》めるように遺体の周辺をさまよう。おれはいつのまにか死者の胸から転がり落ちていたパンを、靴先でとっさに蹴り飛ばした。

「ウォルターは……死体を見慣れなかったせいでしょう。途中で耐えられなくなったように、気分が悪いと訴えたんです」

「無理もなかろう」

ロレンス先生はひとまず追及をやめ、ウォルターのそばにひざまずいた。脈をとり、まぶたを持ちあげて瞳に光をあて、瞳孔《どうこう》をうかがう。

「意識をなくしたときに、頭を打ったりは？」

ユージンが不安げな声でこたえる。

「それはないはずです。とっさにぼくが支えましたから」

だが額に手をあて、幾度か呼びかけても、ウォルターの反応はなかった。

ユージンがなにかを訴えたそうに口を開きかけるのを、ハロルドが目顔でとめる。

ロレンス先生は厳しい表情のまま、ウォルターの身体をかかえあげた。

「ひとまず医務室に運んで、今晩はわたしが様子をみよう。異存はないだろうね？」

おれたちは黙ってうなずくしかなかった。

先生の指示で速やかに遺体の着衣を整え、敷布で覆うと、追いたてられるように礼拝堂をあとにする。

「さあ、きみたちはただちに部屋に戻りたまえ。今夜のことはわたしひとりの胸に納めておこう」

「お咎めなしというわけですか」

意外なほど寛大な処遇だったが、ハロルドの声には反発がにじんでいた。

「それでなにもなかったことにするわけですか。この男の死も、アンソニーの死も」

「……これでも精一杯、きみたちの心情を汲《く》んでいるつもりだがね。学校の姿勢には不満もあるだろうが、事を荒だてないのは世の悪意からきみたち生徒を守るためでもあるのだよ。今後はくれぐれも、このような浅慮な行動はつつしむように」

「本当にあなたがたがすべての生徒を守り導いてくださっていたら、ここでアンソニーが死ぬようなこともなかったでしょうね」

「――――！」

にわかにロレンス先生の顔がこわばった。苦しげに目許をゆがめた彼は、深いため息とともに首を横にふると、それ以上の言い争いは許さずに歩きだした。

遠ざかるその背を追い、おれたちも押し黙ったまま校舎に向かう。

寮棟を脱けだしたときの廊下の窓からふたたび忍びこみ、息をひそめて階段をのぼっていくと、別れぎわになってようやくハロルドが足をとめた。

「おまえたち、もしもウォルターのことでロレンス先生になにか訊かれても、よけいなことはしゃべるなよ。いいな」

パトリックが無言を貫《つらぬ》いているので、おれは代わりに訴えた。

「だけどもしもこのまま――」

「話は明日だ、レディントン。寮監に悟られるまえに、おまえたちも早く寝ろ」

ハロルドはおれの懸念を払いのけ、とめるまもなく上階に姿を消した。

パトリックもまた、自分の部屋をめざして廊下を歩いていく。

取り残されたおれの肩に、ユージンが手をかけた。

「ハロルドはきみたちを庇《かば》おうとしているんだよ」

「……それはわかりますが」

「きみたちはこれ以上、この件に係わらないほうがいい。特にアンソニーと親しかったわけでもないのだし、きみに至っては会ったこともない相手だろう」

「いまさら手遅れですよ。クレイトン先輩があんな状態に陥ったというのに」

「あれは癲癇《てんかん》の発作のようなものだったんじゃないかな。緊張が高まると、突然あのような症状がでるというだろう?」

「その手の持病があったんですか?」

「それは……ぼくの知るかぎりはないけれど。隠していたのかもしれないし、ただの一時的な錯乱だったのかもしれない。きっとすぐに目を覚ますよ」

ユージンはほほえんでみせたが、その声音はひどく頼りなげで、もっともらしい理由に懸命にすがりつこうとしているようだった。

部屋に戻ると、パトリックはすでに着替えを始めていた。

黙々と制服を脱ぎ、クローゼットにかけながら、こちらをふりむきもしない。

懐中時計をさぐると、すでに十一時半近くになっていた。おれはできるかぎり声をひそめてたずねる。

「いったいあれはどういうことなんだ」

「……なにがだい？」

「決まってるだろう。ウォルター・クレイトンの身になにがおきたのかだよ」

「わからない」

「あんな、呪文ともいえないような文句を唱えただけで、本当に死者の罪が移ったっていうのか？」

「わからない」

「それに自分のことをユダだなんて。あの男と面識があるようでもなかったのに、いったいなにが彼をあんなに動揺させたんだ？　もしもあのまま他人の罪に魂をからめとられてしまうなんてことになったら――」

「わからない！　わからないよ！　こんなことを期待していたわけじゃないんだ！」

叩きつけるような剣幕に、おれは息を呑んでたちすくむ。

しくじった。

たまらない後悔がこみあげ、おれは自分に舌打ちしたい気分だった。

これではおれの不安をパトリックに押しつけて、早くそれを取り除けと迫っているようなものだ。この状況の責任なら、危険をともなうかもしれないパトリックの提案を、本気でとめなかったおれにもある。

パトリックは黙りこくったまま寝台にもぐりこみ、壁を向いて毛布をかぶった。

おれの声も、今夜のできごとも、なにもかもを締めだすように。

いまさら声をかけることもできず、おれはいつにない後味の悪さをひきずったまま、床につくしかなかった。


まんじりともせぬまま夜は更け、おれはいつしかうとうとしていたようだが、ふと頰に風のようなものを感じて目を開いた。

「……ロビン？」

月明かりのさす窓辺で、ほのかに光る大鴉がはたはたと翼を広げている。床には窓枠が檻のような線を落としているが、はばたく大鴉の影はない。

「しばらくだな。どうした？　パトリックに会いにきたのか？」

おれはパトリックの寝台に目をやったが、そこにはごわついた毛布がわだかまっているだけだった。

「こんな時間に……手洗いか？」

だが口にしたときにはすでに、そうではないという確信があった。

仔猫たちの世話をしているはずのロビンがここにいて、おそらくはあえてパトリックの不在をおれに気づかせた理由を考えるのなら。

「まさかひとりで礼拝堂に？」

そういえば礼拝堂から立ち去るとき、ハロルドは入口に鍵をかけなかったし、ロレンス先生もそこまで気がまわらなかったのか、施錠については言及しなかった。

おれは毛布を撥ねあげた。パトリックの机からは、案の定ランプが消えている。代わりにあるものが目についた。午後の授業で使ったばかりの教本に、ぞんざいに押しこまれているもの。

それは見憶えのある封筒だった。ダブリンからの電報だ。

昼に受け取ったときは封も切らずにしまいこんでいたが、内容を確認したのだろうか。もしもクリスマス休暇の帰省を求める連絡なら、おれにはかまわずそちらを優先するよう伝えるつもりでいたのだが、どんな用件だったのかたずねるのをいまのいままですっかり忘れていた。

あのあとの死体騒ぎで、それどころではなくなったためだ。

パトリックのふるまいも、あれからどこかおかしくなったのだ。

一年まえの生徒の死を彷彿とさせる、謎の男の死。その生徒はパトリックとも顔見知りだったというから、動揺するのも当然かもしれないと納得したのだが……そういえば昼休みにウィルから事件の詳細を訊きだしていたときは、いつものパトリックだった。それが午後の授業を終えたあとから、心ここにあらずという様子になったのだ。

そのあいだにこそ、心境が変化した決定的な理由があったのだとしたら。

寝台から足をおろすと、床の冷たさが踵《かかと》の骨に刺さるようだった。おれは息をひそめてパトリックの机に近づき、教本からそろそろと封筒をひっぱりだした。封はすでに切ってある。ロビンをうかがうが、とめるそぶりはなかった。

「悪い。あとで謝るから」

ここにいないパトリックにひとこと断り、おれは封筒から薄紙を取りだした。

父チャールズ　北インド洋上にて　マラリアのため死す

「……あいつ」

そっけない単語のひとつひとつが、銃声の鋭さでおれを撃ち抜いた。

痛むはずのない鼓膜をかばうように、おれはとっさに片耳を押さえる。うねる耳鳴りが遠ざかるのを、歯を喰いしばってやりすごした。

「どうしてこんな大事なこと……」

考えるよりも先に身体が動いていた。

ふるえる手でなんとか両足に革靴を履かせ、クローゼットの上衣をじかに羽織《はお》り、目についた襟巻きをひっつかんで部屋を飛びだす。

寮監に勘づかれようが、知ったことではなかった。

予想どおり、開いていた一階の廊下の窓から寮を脱けだすと、校舎に沿って正面に向かい、礼拝堂をめざした。いっそう冷えた夜気が、肺に刺さって涙がにじむ。まだらな月光に照らされた小路を、まろぶように走り抜け、扉にぶつかる勢いで礼拝堂に飛びこんだ。

白い息の向こうに、ぽつんとひとつきりの人影が浮かびあがる。

「パトリック！」

小柄で華奢《きゃしゃ》で、かたくなな肩がこちらをふりむいた。

「オーランド……なぜここに？」

ぼんやりとした問いかけに、いらだちに似たなにかがこみあげる。

足音も荒く、パトリックの腰かける最前列までかけつけると、

「黙って行方をくらませたりするからだ」

息も絶え絶えのまま、咬みつくようにまくしたてた。

「いつも好き勝手にひっぱりまわすくせに、こんなときにかぎってひとりで動こうとするなんて、いったいなにを考えてるんだ！」

パトリックは目を伏せた。

「こんなときだからこそだよ。ぼくにはあの儀式をハロルド・キングスレイに教えた責任がある。だからひとりでなんとかしなければならないんだ」

「きみが肉親を亡くしたばかりでもか?」

そう問いかけたとたん、パトリックの睫毛《まつげ》がかすかにふるえた。

「……きみ宛ての電報に、勝手にさわったのは謝る。だけどきみの様子がおかしいことくらい、とっくに気がついていたさ」

おれは自分のうしろめたさを押しのけ、勢いのままに訴えた。

「隠すつもりならちゃんと隠しきれ。それができないくらいなら最初から伝えろ。無駄に心配させるな」

黒い瞳がゆっくりとみはられる。声もなく、まばたきも忘れたその顔は、ひどくいとけなく映った。

「心配……していたのかい?」

「あたりまえだろう。したら悪いのか」

パトリックが目をまたたかせ、我にかえったようにかぶりをふった。

「そうじゃない。そうじゃないんだ。ただ——」

呆然としたまなざしに、いまにも砕《くだ》け散《ち》りそうな脆さがのぞく。パトリックはその顔を隠すようにうつむけ、吐息のようにささやいた。

「考えてもみないことだったから」

それはパトリックが、おれの心境をまるでおもんぱからなかったことか。それともおれがこうして必死になってかけつけるほどに、パトリックの身を案じたことか。あるいはそのどちらもか。おれはあえて追及しないでやった。

「それだけいつもの余裕を欠いていたってことだよ。違うか？」

「……ごめん」

「いいさ。おれだって、もっと本気できみをとめるべきだった。それができるのはおれだけだったんだから」

おれはようやく息をつき、パトリックの隣に腰かけた。

「なんでもかんでも打ち明けてほしいわけじゃない。だけど知らなきゃ助けになれないことだってある。調子が万全じゃないときに支えてやるのがおれの……そばにいる友だちの役目だろう？」

パトリックはかすかにうなずいた。その細い首に、おれは手にしたままだった襟巻きをかけてやる。

「これでも巻いておけよ。多少はましだろう」

「……ありがとう」

「風邪を感染《うつ》されたりしたらたまらないからな」

「気をつけるよ」

ほのかな苦笑が、かすかにふれた肩から伝わってくる。

おれの襟巻きに顔をうずめたパトリックは、やがて訥々《とつとつ》と語りだした。

「混乱していたんだ。父の死を、自分がどう感じているのかもよくわからなくて、うまく説明できる気がしなかった。きみからお悔《く》やみの言葉なんて聞いたら、わけもなく反発してしまいそうで……。そんなふうに考えだした時点で、ぼくはすでにおかしくなっていたのかな」

「その気持ちを、そのまま正直に白状すればよかったんだよ。いまさら恥ずかしがるようなことでもないだろう？　おれなんて、弱みを全部きみに握られているんだぞ。母のことも、レディントンの家のことも」

「そうだね。きみが楽器をさわることを恐れる気持ちが、いま実感できた気がするよ」

「あれだけ偉そうに講釈を垂れておいて、ようやくか」

呆れた声で非難してやると、パトリックはちいさく笑った。

その様子にいくらか胸をなでおろしながら、おれは考える。

ひとりでいることに慣れきっていたはずのパトリックは、おれの無理解でまたもひとりきりになることを恐れ、知らず心からおれを締めだそうとしたのかもしれない。

だからきっとロビンはおれを呼びにきたのだ。心の扉に鍵をかけ、閉じこもる以外の道もあるのだと、愛する弟に教えてやるために。ロビンだけでは決して埋められない孤独がそこにあることを、彼は知っていたのだ。

ほのかなぬくもりにすがるように、パトリックは襟巻きに両手を添える。

「父とは数度しか会ったことがなくて、それも七歳のときが最後なんだ。なにを話したのかもよく覚えていないし、顔だって写真がなければ忘れてしまっていただろう。ただ父がぼくを持て余していたことは、はっきりとわかるんだ。父は母との結婚を後悔していた。だから五七年に離婚法が成立するなり、ふたりの結婚には法律上の不備があったと難癖《なんくせ》をつけて、一方的に母を離縁した。その一点において、ぼくは確実に父を憎んでいる」

揺るぎない断定が、おれの胸の底に鈍色《にびいろ》の錨《いかり》をおろす。

すでにひたすらの反芻《はんすう》を経たのだろうその告白は、色褪《いろあ》せた綴《つづ》れ織《お》りの情景を語るようなひそやかな声音だった。

おれは両親に顧みられることのなかった七歳のパトリックを想い、それからの長い長い十年をも想った。

胸の痛みをこらえ、次の言葉が紡がれるのを待ち受ける。

「涙なんて一滴もこぼれない。悲しみもない。でもなにも感じないわけじゃない」

心の声に耳をすますように、パトリックは静かに首をかたむけた。

「かといって、あっけない父の死を喜んでいるわけでもない。悲しくないのが悲しい……うん、それが一番近いかな。ただ終わった。終わってしまった。それが辛《つら》いわけでもなくて……終わったまま、ぼくが死ぬまでずっと続いていくことを考えたら、急にたまらなくなった。父の死すら悼《いた》まないぼくは、誰に悼まれることもなく死んでいくんじゃないかとね」

他の誰が悼まなくても、おれはパトリックを悼むだろう。

それが偽らざる気持ちだったが、いまそれを伝えるのはふさわしくない気がして、おれは口を閉ざしたままでいた。パトリックの耳に、安い慰めのように聴こえてしまうだろうことが嫌だった。

「ぼくはアンソニー・ミルフォードが羨《うらや》ましかった。彼はみんなに愛されて、みんなが彼の死を悼んでいる。だからハロルド・キングスレイがぼくに協力を求めてきたとき、試してみたくなったんだ。ハロルドが親友のためにどれだけのことをやってのけるのか、なにを懸《か》けられるのか」

「それできみのほうが打ちのめされてたら、ざまあないだろう」

「……そうだね」

吐息のように、パトリックはつぶやいた。

「まさかあんな結果になるとは……いや、たしかにぼくはなにかとんでもないことがおきることを望んでいた。こうやって知らず知らず、あちらがわの領域に取りこまれていくものなんだろうな」

襟巻きをつかんだままの指先に、いっそう力をこめる。

「ぼくがあちらがわのものと係わることをやめないのはね、オーランド。ちゃんと正面から見据えてさえいれば、取りこまれずにすむはずだからだ。ぼくが真に恐れているのは、知らぬまに自分を見失うことだ。そこにあるものに目を閉じ、耳をふさいでいるうちに、いつのまにか深淵《しんえん》に堕《お》ちていることが怖い。だからぼくは視る。そこに人間の手に負えないものがあるとわかると、むしろ安心する。人間なんて取るに足らないものだと、信じられるから。そんな人間ごときに煩《わずら》わされるのは、馬鹿馬鹿しいことだと思えるから。ぼくは誰よりも自由になれるから」

その自由はあたかも阿片《あへん》に酔いながら、屋根の縁を歩くような危うさを孕んでいる。死と狂気と紙一重のその味わいを、おれもまた楽しんでいる自覚はあった。

「ぼくはもうずっと、頭がいかれているのかもしれないよ」

「おれも似たようなものさ」

そうささやきかえし、おれは続けた。

「だからなんでもきみの好きにすればいいし、やめさせるつもりもない。ただし気をつけろ。特に近しい相手を亡くしてすぐは、誰にとっても危ういものだ。そう忠告してきたのはきみだろう?」

「そのとおりだよ。これからはあまり偉そうな顔はできないな」

「ぜひそうしてもらいたいね」

おれたちはそろって、白い苦笑を吐きだした。

そして足許に横たわる遺体に目を向けると、

「それで——まさかもう一度きみだけで《罪喰い》を試してみるつもりだったんじゃないだろうな」

「さすがにそこまで捨て鉢ではないよ。きみもあれを視たのだろう?」

「ああ。一瞬だけど、パンの欠片が灰に染まったような気がした」

「ぼくにはそれが黒い靄みたいにまとわりついたまま、ウォルター・クレイトンの体内に取りこまれていったように視えた」

「見届けたくない光景だな……」

おれよりもパトリックのほうが、はっきりと異変を感じとっていたようだ。

「あのとき、取り乱したウォルターが口走ってたよな。自分はユダだって。あれはやっぱり〝イスカリオテのユダ〟のことだろうか」

「普通に考えるならそうだろうね」

聖書にはユダという名の人物がちらほら登場するし、新約『ユダの手紙』を著したユダもいる。だがその存在の重要度において、十二使徒のひとりであったカリオテ出身のユダに勝る者はいないだろう。

「救い主を裏切った者。売ってはならないものを金で売った者。彼が首をくくって死んだ地には草一本生《は》えはせず、未来永劫《えいごう》その魂は救われることがない者」

パトリックが淡々と連ねるユダの姿が、蒼ざめた礼拝堂をますます凍えさせていくようだった。

おれは両手で腕をさすりながら、

「つまりウォルターは、死者に対する許されない裏切りを告白したことになるのか?」

「かもしれない。ただじかにこの男の命を奪ったのだとしたら、それをユダと称するのはそぐわない気もするけれど」

「たしかにな」

おれは同意しつつ、肺の底によどんだ息を吐きだした。

「いずれにしろ、ウォルターにはなにかうしろめたいことがあったみたいだな。彼がああなったのが、この男の罪を喰った結果かどうかはともかく」

とはいえあの異変が、過度の緊張がもたらした錯乱だったとは欠片も信じていなかったし、それはパトリックも同様のようだった。

「ぼくは《罪喰い》の儀式をこんなふうにとらえていたんだ。魂の去った肉体に残っているのは、罪そのものというわけではなく、肉体に染《し》みついた悪念の残響のようなもので、死者の知人――つまり死者がかつて発していた波の癖に慣れている者は、それを具体的な記憶として読み取りやすいということなんじゃないかって」

「それならやっぱりウォルターは、この男を知っていたわけか？　だとしたらなかなかの演技力だな」

ウォルターは遺体のありさまに怯えてはいたが、男と面識があったことに対する驚きのようなものは感じられなかった。

「そのことなんだけれど、きみはこの男の身なりから妙な印象を受けなかったかい？」

「身なり？　いや……そこまでの余裕はなかったな。とても宿無しとは思えない、上等な服装だとは感じたが」

「あらためて確認してみる気は？」

「もちろんあるさ」

ここまできて怖気づいてはいられない。

おれたちは遺体のかたわらに、肩を並べてしゃがみこんだ。パトリックが敷布をめくると、まず目にとまるのはやはり死者の異様な形相だ。おれはその死に顔からなんとか視線を剝《は》がし、首から先を観察する。

素材から縫製から、すべてにおいて上質という印象はそのままだ。青味を帯びた灰色《スティールグレイ》の下衣には擦りきれもなく、ヒールが高めのなめらかな革靴は蝶結《ちょうむす》びの飾りつきだ。めだつ皺《しわ》や破れのような、誰かと激しく揉みあった痕跡も見受けられなかった。

「いかにも流行に敏感な洒落《しゃれ》者って感じだな。ロンドンやパリの繁華街を、よくこの手の格好の若造が闊《かっ》歩《ぽ》して……」

おれはそこではたと口をつぐんだ。

「そう。皺だらけの老爺《ろうや》が身につける服にしては、不自然なほどに若々しいんだ。にもかかわらず寸法はぴったりで、借りものを着こんだようでもない」

すかさず肩幅や袖口《そでぐち》に目をやると、たしかにそのとおりだった。

「まるでこの男の魂が肉体から離れたとたん、みるまに乾涸びて年老いた姿に変化したとでも考えずにいられないようなありさまなんだ」

「……え？」

「ときどきいるんだよ。この世ならぬものをその身に寄生させることで、妖《あや》しい美しさを保っているような人間が」

不吉なささやき声が、悪夢のようなお伽噺《とぎばなし》の行く末を、否応なく予感させる。

「宿主は往々にして、その尋常ならざる魅力でもって世を渡っていく。けれどそのじつ、取り憑いたものにじわじわと精気を吸われ、心を支配されて堕ちていくんだ」

「だとしたら、この男の姿は——」

「事故か自殺か他殺でか、ここで死を迎えたとたんにまやかしの力が消え失《う》せて、魂を蝕《むしば》まれ続けた者の成れの果ての姿があらわになったのかもしれない」

「…………」

おれは視界の端で男の顔をとらえる。そこから美貌《びぼう》の若者のかんばせを再生させようとしてみたが、どうしてもうまくいかなかった。

あまりのことに頭が追いつかないが、どこかで腑《ふ》に落ちるものを感じてもいた。男の死に顔には、それだけの禍々《まがまが》しさが貼りついていたのだ。

「だとしたら……ウォルターは自分でも気がつかないうちに、知人と対面していた可能性があるんだな」

「そしてパンの欠片から記憶を読んだだけでなく、死者にひそんでいた邪悪なものも取りこんでしまったのかもしれない」

おれはどきりとした。

「あのときの……影みたいなものか？」

「あとは朽ちるだけの肉体に、もはや用はないだろうからね。そこに近づいたウォルターの罪の匂いに惹かれて、漂いだしたのかもしれない」

「それならいまはウォルターに取り憑いているのか？　彼が意識を失ったのは、そのせいだと？」

「わからない。すでにどこかに行方をくらませたのかもしれないし、あるいはより魅力的な宿主を求めて、校内をうろついているかもしれない」

罪を秘めた、孤独な魂を餌食《えじき》にするために。

邪悪な黒い影が、音もなく生徒たちの懐《ふところ》に忍びこむさまを想像したとたん、背に冷たいものが走った。

いつどこで、誰が狙われるかわからないということは、濁った魂の匂いに惹かれておれが標的に定められる可能性もあるわけだ。あるいは肉親を失ったばかりで、まさに隙だらけのパトリックの魂が、格好の獲物として目をつけられることも。

おれは我知らずつぶやいていた。

「身を慎んで、目を覚ましていなさい……」

あなたがたの敵である悪魔が、ほえたける獅子のように、誰かを喰い尽くそうと探しまわっています。

おれはとっさにかぶりをふり、不吉な聖句を払い落とした。

「なにかおれたちにできることはないのか？」

「いまは明日を待つことだけだね。ウォルター・クレイトンの証言が、重要な手がかりになるはずだ」

「もしも彼が目を覚まさなかったら?」

「そうならないことを祈ろう」

腰をあげたパトリックに続いて、おれも身廊を歩きだす。

そしてふと、足をとめて北のギャラリーに目を向けた。内陣に面した奥の席をなだらかな曲線でかこむ木製の手摺は、胸までの高さがあり、よほど身を乗りださないかぎり転落などするはずもない造りだった。

きん——と鋭い耳鳴りが、稲妻のように脳髄《のうずい》をつらぬく。

それは奇怪で滑稽《こっけい》な悲劇の、耳障《みみざわ》りな序曲のようだった。

4

翌日の正午をまわっても、ウォルターの意識は戻らないままだった。

昼食を終えるなりかけつけた医務室で、おれたちは悪い予想が現実となりつつあることを受け容《い》れるしかなかった。

「呼吸も脈拍も安定しているが、呼びかけてもまったく反応がないのだよ」

窓際の寝台に横たわるウォルターを、ロレンス先生は気遣わしげにみつめる。

ウォルターは深い眠りについているようだった。身じろぎひとつしないので、まるで息をひきとったばかりの遺体のようですらあったが、目を凝らしてみるとかすかに胸が上下していて、顔色も決して悪くはない。

一晩で窶《やつ》れてもいなければ、妖魔《ようま》に取り憑かれて悶《もだ》え苦しんでいる様子もなく、表情をなくしたウォルターのかんばせは、昨夜の錯乱ぶりこそが夢であったかのようなおだやかさだった。

他の寝台は空いていて、医務室にはおれたち三人しかいない。昨夜の件をきりだすには格好の機会だった。それでも声をおとして、パトリックがたずねる。

「このまま目を覚まさずにいると、どうなりますか?」

「そうだね……いまのところなんとか水を含ませてはいるが、しだいに衰弱が進んで、命にまで危険が及ぶかもしれない。しばらく様子をみて芳しい変化がなければ、保護者にも連絡をして、町の病院に移すことになるだろうが……」

「一般の病院で治療できるような症状ではないかもしれないと?」

そう問いかけたパトリックを、ロレンス先生は意外そうにみつめると、

「そういえばきみは、人間の脳と精神のありようについて関心を持っていたね」

言葉を選ぶように語りだした。

「心と肉体のつながりというのはつくづく不思議なもので、心の平安を守るために認めがたい現実のほうを意識から締めだすこともあるそうだ」

「クレイトン先輩は現実と向かいあうことを拒《こば》んでいるために、目を覚まさないでいるということですか？」

「実際にそのような症例が報告されていてね。去年からの心の負荷が、昨夜のことで限界に達したのかもしれない。ミルフォード君の死を、同じ部屋で暮らしていたクレイトン君は、より身近に感じていただろうから」

ロレンス先生は痛ましげにため息をつく。

「ミルフォード先輩が亡くなってから、なにか相談はありましたか？」

「いいや。彼はもともとめったに医務室に顔をださない生徒で、個人的な悩みを打ち明けにきたこともないんだ。誰にも頼らず、自分の魂と向かいあうのも立派な心がけではあるが、このような結果になるなら積極的に手をさしのべるべきだったかもしれない」

そうささやきながら、目隠しのカーテンに手をかける。昏睡《こんすい》しているとはいえ、当人の耳に届くところでする会話ではないと思ったのだろう。

「ミルフォード先輩のほうはどうでしたか？　特に下級生のころは身体が弱くて、よく医務室ですごしていたと聞きましたが」

「そうだね。他の先生がたに対するよりは、心を開いてくれていたかもしれない」

「告解を受けたことは？」

カーテンをひく手がとまる。その頰がわずかにこわばったように感じたのは、気のせいだろうか。おれたちをふりむき、先生はおだやかに告げた。

「たとえあったとしても、きみたちに話すわけにはいかないよ。わかるだろう?」

信徒から罪の告白を受けた聖職者は、決してそれを他言してはならないのだ。

だがパトリックは喰いさがった。

「それが彼の死につながるような告白であってもですか?」

「……どういうことだね?」

「ぼくは知りたいんです。ミルフォード先輩には、みずから命を絶ったほうがましなほどの苦しみがあったのかどうか」

「やめなさい。めったなことを口にするものではないよ」

「それなら誰かに命を奪われてもおかしくないような理由があったのですか? ぼくには先輩の死が、ただの事故だったとはとても——」

「やめるんだ! そのような罪など、彼は決して犯していない!」

我慢の限界を超えたように声を荒らげる。それでもすぐに激情をなだめ、

「口をつつしみなさい。安易な憶測で死者を貶《おとし》めるのは、許されないことだ」

厳しいまなざしでたしなめるのを、パトリックはなおも睨むようにみつめかえしていたが、やがてふいと顔をそむけた。

「……そうですね。すみませんでした」

そうつぶやくなり身をひるがえし、つかつかと扉に向かっていく。

置き去りにされたおれは、なにかとりなすべきか迷ったが、

「またうかがいます」

結局はかるく頭をさげただけで、パトリックに続いた。

冷え冷えとした廊下を歩きながら、

「どう感じた？」

「なにか隠していることがありそうだね。アンソニーが殺された疑いをぼくが口にしたとたん、先生は怒って否定した。彼にそんな咎などないことを強調するように。だけどたとえ当人に咎がなくても、命を狙われることはあるだろう？」

「たとえば？」

「誰かが悪事に手を染めるのを、偶然にも目撃してしまったとしたら？」

「ああ……なるほど。口封じか」

「にもかかわらず、あれだけの剣幕でアンソニーの罪を否定したのが、むしろひっかかるんだ」

「つまりアンソニーの罪を知りながら、あえて口をつぐんでいるのかもしれないってことか？　アンソニーの名誉のために？　彼はもうこの世にいないにもかかわらず？」

「聴罪司祭の責務は、告解した者が世を去ったのちも継続するからね。先生はこれまでもそうやって、大勢の生徒の罪を喰らってきたのかもしれないよ」

昨夜の儀式が脳裡をよぎり、にわかに胸がざわつく。

「告解に耳をかたむけ、腹に収めて、ともに贖罪の祈りを捧げる。それこそまさに罪喰いといえる行為だよ。知りたくもない他人の罪を受けとめ、墓まで持っていくのは、いったいどんな気分なんだろうね」

おれは想像した。

犯した罪が声に乗せられたことで、昏く凝《こご》った悪念のわだかまりがさざめく波となり、聴く者の魂に浸みこんで、眠っていたはずの悪心を呼び覚ましてゆくさまを。

沈黙していた音叉が鳴りだすように、罪が伝わり、響きあい、増殖してゆくさまを。

それはたしかに、おぞましい《罪喰い》の伝承そのものだ。

知ってしまったことを、なかったことにはできない。

罪を喰い続け、なおかつ罪に喰われないままでいるのは、きっと至難の業だ。

外出もろくにできない神学生の罪など、ほとんどはたかが知れたものだろう。だがそれが当人の死を招くほどの大罪だったとしたら、ロレンス先生はいったいなにを感じ、なにを祈ったのだろう。誰に頼まれたためでもなく、傷つき命果てた迷い猫を埋葬してやった彼は。

「なにはともあれ、ぼくにはウォルターの命を危険にさらした責任がある。解決の糸口をみつけるためにも、まずは一連の事件の真相をつかまないと」

「それは違うな」

「え？」

意外そうなパトリックのまなざしを、おれは正面からとらえた。

「責任があるのはおれたちにだろう」

「あ……」

動きをとめたパトリックが、声をなくしたまま目許をゆがませる。そしてとっさに顔をうつむけると、かすかにうなずいた。

「……ごめん」

「ほら、時間に余裕はないんだろう？　なにから始める？」

励ましをこめてうながしてやると、パトリックはすぐに表情をあらためた。

「アンソニーとウォルターの身辺について、できるだけ詳しく知りたい。それぞれの性格や、交友関係や、アンソニーの死のまぎわになにか変わったことはなかったか。ひととおり洗いだしてみないと」

「とりあえずハロルドとユージンから話を聞いてみるか」

「そうだね。上級生の自習を邪魔するのはさすがに気がひけるから、今夜の礼拝のあとにでもふたりの部屋をまわるのが順当だろうけれど……腰をすえた話をするには慌《あわ》ただしいかもしれないな」

「だったら分担するのは？　おれたちそれぞれひとりで相手の部屋をたずねて、つかんだ情報を報告しあうんだ」

「それはいいね。向こうもそのほうが気を許しやすいだろう」

「了解。割り当てはどうする？」

「ぼくはハロルドを受け持つよ。きみはユージンを。絵にまつわる話題から、アンソニーの為人《ひととなり》まで踏みこんでみてほしい。そちらの方面なら、きみのほうが会話も弾みやすそうだからね」

「努力はする。そっちはあんまり挑発してやるなよ？」

「あんまり信用ならないな」

気のない口調に苦笑していると、パトリックがふいに声をおとした。

「きみこそ用心したほうがいい。憶えているかい？　昨日の《罪喰い》の儀式は、途中でとりやめになった。もしもユージンの順までまわっていたら、ウォルターと同じことがおきた可能性もある」

「そういえば……」

すっかり失念していたが、ユージンは死んだ男にどこか見憶えがあるようだった。あの男に取り憑いたもののせいで容貌が様変わりしていたのだとしたら、ユージンはやはり男と面識があったのかもしれない。それはユージンが、彼やアンソニーの死と係わっていることを意味するのだろうか。儀式に挑む順を決めるとき、みずから名乗りをあげなかったのはユージンだけだ。

おれはたまらず両腕に手をやる。ここはひどく冷えてたまらない。

だがいくら腕をさすってみても、寒気はいや増していくばかりだった。

ユージンの部屋をたずねると、彼は黙っておれを円卓の椅子にうながした。

たしかに用件は訊くまでもないという状況だろう。

「ちょうどお茶を淹れるところだったんだ」

おれが遠慮するまもなく、ユージンは抽斗から二客の茶器を取りだした。

燐寸《マッチ》でランプに火をつけ、湯を沸かし始める。いかにもここで長く生活している者らしい、慣れた手つきだ。

「ぼくは昔から寝つきの悪い性質でね。気がたっている夜は、ロレンス先生に処方してもらった薬草茶を飲む習慣なんだ。今夜は効くといいのだけれど」

「昨日は休めませんでしたか？」

「あんなことがあってはね」

できそこないの笑みのように、ユージンはかすかに頬をゆがませた。

「きみはどう？」

「似たようなものです」

夜に二度も礼拝堂に出向いたために身体はすっかり冷えきり、ようやくうとうとしかけたときにはすでに空が白み始めていた。

「ハロルドから聞いたけれど、ウォルターはまだ目を覚ましていないそうだね」

「そのようです」

夜の礼拝のあと、偶然すれちがったロレンス先生に目で問いかけたところ、黙って首を横にふりかえされただけだった。いまのところ悪い変化がないだけでも、よしとするべきだろうか。

「どうぞ。口にあうかな」

「いただきます」

円卓のカップに注がれたのは、淡い琥珀《こはく》色のお茶だった。

口に含むとほのかに甘く、のどかな陽だまりを彷彿とさせる、優しい香りが広がる。

「……美味いですね。飲みやすいし、なんだかほっとします」

「カモマイルとリンデンの花を混ぜたものだそうだ。かるい頭痛にも効くから、重宝しているよ。阿片《アヘン》チンキは依存性があって、あまり身体によくないそうだからね」

ユージンも席につき、円卓に片肘《かたひじ》をかけながらお茶を味わう。

「パトリック・ハーンのほうは、今夜は？」

「いまごろはキングスレイ先輩の部屋に出向いているかと」

カップから立ち昇る湯気の向こうで、ユージンが目をすがめた。

「なるほど。事情聴取は効率的にというわけかい」

「おれたちは……クレイトン先輩の一刻も早い回復を望んでいます。そのためにいまできるのは、ふたつの事件と彼とのつながりをつきとめることだけです。だからミルフォード先輩ともクレイトン先輩とも長いつきあいの、あなたがた頼りなんです。あなただって礼拝堂での彼の様子は、ただごとではないと感じたでしょう？」

ユージンはまっすぐにおれをみつめた。

「──ぼくはユダだ」

おもむろに吐きだされたひとことが、一瞬にしておれの息をとめさせる。

そのさまを存分に見届けたユージンが、ゆるやかに口の端をあげた。

「ウォルターはそう口走っていたね」

おれはようやくにして、ユージン・カートライトが温厚で繊細なだけの上級生ではないことを悟りつつあった。

「……なぜ彼があんなことを叫んだのか、心当たりはありませんか？」

「さあ。ウォルターとはそれほど親しくないから」

「そうなんですか？」

「とりたてて不仲というわけではないよ。同級生とはかれこれ五年も顔をつきあわせているわけだからね、誰ともそれなりに気心は知れている。そんな級友のひとりというところだよ」

ユージンはおちついた口調で続ける。

「三年次だったかな、寮の四人部屋で同室になったときはいっしょにカードで遊んだりもしたけれど、ひとりで静かに本を読んでいるようなことも多かったね。まじめでつきあいやすい相手だけれど、ある種の遠慮のようなものもどこかにあったのかもしれない。彼は奨学金を得て入学してきた生徒だから」

それは知らなかった。たしかに奨学生ともなると、学校生活に対する意識がおのずと異なってきそうなものだ。

「アンソニーのほうは大貴族の御曹司だけれど、同室になったふたりは案外うまくやっているようだった。読書家のウォルターから、好きな本についていろいろ教えてもらうのが楽しいと、アンソニーが話してくれたことがある。おとなしい性格同士で相性が良かったのかな。休日にふたりでダラムの書店に出向いたこともあるそうだよ」

「ミルフォード先輩が亡くなったあとは、どんな様子でしたか」

「そうだね……悲しんでいるというよりも、呆然としているようだったかな。以来いっそう無口になって、ひとりでいることも増えたね。ぼんやり宙をみつめたまま、授業や礼拝が終わったことに気がつかないでいるようなときもあった。体調が優れないならロレンス先生に診《み》てもらったらと勧めたこともあるのだけれど、生返事をしただけだったからそのままここまでやりすごしてきたのかもしれない。一時期はこころない噂が流れたりして、気の毒だったね」

眉をひそめるユージンの語りように、特に含むところはなさそうだった。

「噂というのは？」

「くだらないものだよ。同室のウォルターが人知れずアンソニーをいびって自殺まで追いこんだとか、そんな根拠のないでまかせばかりさ」

さすがにウォルターが、アンソニーを突き落として殺したという中傷はなかったのか。それともあえてユージンが口にしていないだけか。

「ミルフォード先輩が、他の誰かからひどい扱いを受けていた可能性は？」

「ないよ。断言してもいい。アンソニーは誰からも好かれていた。恵まれた境遇を羨む者はいたかもしれないけれど、本人に驕《おご》ったところがまるでないんだから、つきあいが長くなればなるほど嫌うことなんてできないさ」

「それなら同級生たちも、みな彼の死を悼んでいたわけですね」

「もちろんさ」

死の状況に謎が残ったことで、しばらくはぎこちない雰囲気が続いたが、やがてあれは不幸な事故だったのだと、生徒それぞれが自分を納得させたようだという。

「ただウォルターにとっては、そう簡単に割りきれるものではなかったのかもしれない。たとえ事故であったとしても、そばにいた自分の言動が多少なりとも影響したのではないかと考えてしまうものだろう？」

その苦悩に、おれは共感しないわけにはいかなかった。

あの夜――もしもおれが歌劇場に残ったままでいたら、母は事故に遭わずにすんだかもしれない。いくら考えたところでどうしようもないもうひとつの現実を、くりかえし想像せずにはいられない苦しみなら、いまも完全には消えていなかった。

おそらくはユージンもまた、アンソニーの死に囚《とら》われたままでいたのだろう。

「あの蝶の絵は、ミルフォード先輩の魂を描かれたものだったんですね」

ユージンは沈黙を保ったまま、手許のカップに目を落としている。

「この一年、あなたが絵から離れがちになったというのは、彼が亡くなったことに原因がありますか？」

不躾《ぶしつけ》な質問をしている自覚はあった。だがここに踏みこむかどうかが分岐点になるはずだという直感を、無視することはできなかった。

「じつは……おれは絵ではなく楽器をやるんですが、このところはまったく手をつけていないんです。もう何年も、楽器にさわらない日などほとんどなかったのに」

興味を惹かれたように、ユージンが目をあげる。

その視線を逃すまいと、おれはすかさず続けた。

「おれはこの夏に親が死んで、後見人になった親族の意向でこの学校に送られました。なにもかもとまどうことばかりで、こうして普通に息をして、毎日を生きていられることが不思議なくらいなんです」

「そういえば……学年末の休暇に大きな楽器を担いでやってきた生徒がいたと、居残り組の子らが噂していたけれど、あれはきみだったのか」

おれは苦笑いを浮かべるしかなかった。

「目敏《めざと》いな。チェロですよ」

「でも新学期が始まってから、チェロの音色は一度も聴いたことがないね」

「そういうことです」

「……なるほど」

ユージンはふたたびカップに目を向けた。言葉を探すように、訥々と口にする。

「あれからはなにを描こうとしても……たった一本の線をひくにしても、こうじゃないという嫌悪感がこみあげてきて、手が動かなくなってね。これは技術の問題ではなくという意味だけれど」

「わかるつもりです」

「そんなふうにらくがきをいくつも描き散らしては放りだしているうちに、描こうという気分になることすらまれになった。あの蝶は本当に久しぶりに、無心になって描けたものなんだ」

その告白はおそらく偽りではないだろうと、おれは感じた。自分のなかでなにかが決定的に変わり、決して取り戻せないものというのはあるのだ。

「ミルフォード先輩が亡くなるまえに、彼の肖像画を描いていたそうですね」

ユージンはため息のようにうなずいた。

「結局あれも、描きかけのままになってしまったな。もう彼がいないのに、手を加える気にはどうしてもなれなくてね」

「絵のモデルは、あなたのほうから依頼を？」

「そうだね。いつも快くつきあってくれたものだった。まとまった時間が取れるのは週末くらいだから、せっかくの半休をつぶしてしまうことになるだろう？　だからこちらとしても気がひけるのだけれど、ぼくが風景やなにかを描いているそばで、本を読んだりしていることも多かった」

町にでかけるよりも、学校でのんびりすごすのを好んでいたという。

「でもあの絵——ぼくが放棄した最後の肖像画だけは、アンソニーのほうから描いてくれないかと頼みこんできたんだ。謝礼を払うから、完成した絵を貰《もら》い受《う》けたいって。ぼくは喜んで承知したよ。もちろん謝礼なんてなしでね」

「絵を欲しがったのには、なにか理由が？」

「誰かにあげるつもりだったみたいだよ」

「その相手は？」

「そこまでは。ご両親かもしれないね」

さらりとかえす口ぶりに不自然さはない。だがユージンはその相手について知っているか、あるいは見当がついているのではないかという気もした。

「家族との関係は良好だったんですか？」

「悪くはなかったはずだよ。ぼくは何度か彼と同室になったのだけれど、ときおり一族の写真を取りだしてはながめていたから。なにかの記念で集まったのか、本邸の正面に親族が豆粒のように勢ぞろいした写真でね。裏に細かい文字が——それぞれの名と、アッシュとかアンバーとかレッドとか、愛称まで書きつけてあって、ずいぶん大切にしていたよ。もう一枚、幼いころからかわいがってもらったという、若い庭師夫婦の写真も持っていたな。子ども時代は、留守がちのご両親よりも身近な存在だったようだ。亡くなるしばらくまえに、それらの写真をなくしてしまったと落胆していたから、よほど心の支えにしていたのかもしれない」

ユージンは追想にふけるように、遠いまなざしになる。

「アンソニーは昔から植物を愛していてね。その庭師に教わったという知識を、あれこれ披露してくれたものだった。そんなところも、ロレンス先生を慕《した》っていた理由のひとつかもしれない」

頻繁に医務室に顔をだしていたアンソニーは、その裏に広がる薬草園で、しばしば先生の作業を手伝ってもいたらしい。

「ぼくもたまにそこで絵を描いたり、収穫に手を貸したり。華やかな花でなくても、魅力的な題材はたくさんあるからね。そういえば春先に、ぼくが薬草園で美しい蝶をつかまえたことがあった。ぼくはそれを細部まで描きとめたくて、深い考えもなしに標本にしようかと口走ったんだ。するとアンソニーは、驚くほど強く反対した。そんなことをするなんてかわいそうだ、蝶は自由に飛んでいるからこそ美しいんだってね」

「自由に……」

おれはふと思った。もしも同じ状況にでくわしたら、パトリックも同じことを口にするかもしれない。

「それにこうも語っていたな。蝶は死者が姿を変えたものかもしれないから、手をださずに見守ったほうがいいと」

「件の伝承ですね」

かすかにユージンがうなずく。

「アンソニーから、そう教わったんだ。あの世から戻ってきてでも、会いたい誰かがいるのかもしれない。だから安易に邪魔をしてはだめだとね。ただの迷信として流すにはずいぶんとまじめな口調だったから、なんだか忘れがたくて」

なるほど。実際にそのようなやりとりがあったからこそ、ユージンは亡き友の魂を蝶に託した絵を描く気になったのだろう。そもそもユージンが薬草園まで出向いたのも、アンソニーを偲《しの》ぶつもりだったのかもしれない。

晩秋の冷たい風にさらされながら、ユージンは季節はずれの蝶が——アンソニーの魂がおとずれるのを、心のどこかで切望していたのだろうか。

侘しい光景がにわかに胸に迫り、おれは話題を移した。

「そのミルフォード家というのは——」

「知らないのかい？　ミルフォードといえば、かなりの資産家としても名の知れた子爵の家柄だよ。アンソニーは現当主の嫡男だったんだ」

「それならいずれは聖職者ではなく、爵位を継ぐはずだった？」

「ああ」

　とっさに蝶の自由を守ろうとしたアンソニーは、大貴族の御曹司というおのれの境遇に息苦しさを感じていたのだろうか。

「でも名家の生まれを鼻にかけたところなんて、まるでなくてね。平凡な中流階級出身のぼくとも、こだわりなくつきあってくれた。休暇のあいだも、よくふたりですごしたものだったよ」

「領地に帰省は？」

「まれに学年末に顔をだすくらいだったね。本邸はウェールズにある遠方組だから、たいていはここにいた。この学校ではさほどめずらしくもないことだけれど、帰ったところで父君は政治家として多忙を極めていたし、病弱の母君は大陸の保養地ですごされることが多くて、会いたい相手に会えないのなら意味がないからとね」

　おれは遠慮がちにたずねた。

「それは……夫婦関係が破綻《はたん》していたということですか？」

「そういうわけでもなかったんじゃないかな。去年の夏に弟が生まれたそうだから。初めての兄弟だから、なんだか不思議な感じがすると話していたよ」

　かつてのおだやかなやりとりを懐かしむユージンが、ふと動きをとめた。

「そういえばあのとき……」

「なんです？」

「いや……それが弟の誕生について、アンソニーが洩らしていたんだ。これでもし自分の身になにかあっても、子爵家は安泰だというようなことを」

おれはおもわず目をみはる。

「それはいったい……」

「命の危険を感じているとか、そういう物騒な意味あいを含んでいたわけではないと思うんだ。自分が嫡子であることに対して、アンソニーはしばしば複雑な感情を吐露していたものだから。自分という存在に価値があるのは、唯一の跡継ぎだからにすぎないというようなことをね」

自分の身になにかあっても……という発言には裏があったのかどうか。いまとなっては深読みしたくもなるが、言葉どおりに受け取ってもその心境は理解できた。

「それが彼の悩みだったんでしょうか。歴史ある家柄だからこそ、尊い血をつなぐ跡継ぎとしての価値がもっとも重要視されるという皮肉が」

「悩みというよりは、向きあって受け容れようと努力していたんじゃないかな。神は乗り越えられない困難を決して与えはしない——それがアンソニーの信条だったから。日々の暮らしの糧を得るのに苦労することのない自分の境遇は、とても恵まれていると語ってもいたしね」

「では他になにか、相談を受けるようなことがありませんでしたか?」

ハロルドによれば、亡くなるまえのアンソニーはときおりひどくふさいだ様子だったという。

「キングスレイ先輩が言っていたんです。アンソニーには悩みがあるようだった、それを絵のモデルを務めることにかこつけて、あなたに打ち明けていたんじゃないかって。絵を描く手をとめたあなたと、深刻な顔でなにかを話しこんでいた様子だったと」

「ハロルドがそんなことを？」

ユージンの声にかすかな動揺がにじむ。

「悩みごとの心当たりなら、むしろ彼のほうにこそあるんじゃないかな」

「というと？」

「アンソニーは新入生のころから、ずっとハロルドに憧れていたんだよ。ハロルドは自分にはないものを持っているってね。健康で、見栄えのする偉丈夫で、度胸があって、勉強も運動も学年で一、二の成績で。きみと似ているかもしれないね」

いろいろと心外すぎる発言に、おもわず顔をしかめる。

「おれは勉強はからきしですよ」

「編入したばかりで、ここの授業に慣れていないだけだろう？　きみはずいぶん頭が切れそうだ」

「あまり褒められている気はしませんが」

おれがよほど苦々しい表情をしていたのだろうか、ユージンはおもしろがるように片眉をあげた。

「ハロルドが苦手かい？」

「……苦手というか、出会いの印象が最悪だったんです。偉そうで、押しが強くて、いまの状況を招いたそもそものきっかけも、彼がパトリックに持ちこんできた頼みごとにあるわけですし」

ほとんどやつあたりだということはわかっていた。ハロルドにふりまわされたせいで、パトリックこそが傷口を広げる結果になったのが、たまらなく腹だたしいのだ。

それはもちろん、おれ自身の後悔の裏がえしでもある。

心の均衡を欠きつつあったパトリックの様子にとまどい、判断を誤ろうとしている彼の内面に踏みこむことを躊躇した。

パトリックがおれの無理解を恐れたように、おれもまたつかんだ腕をふり払われることを恐れたのだ。

いつのまにか、おたがいにそんな存在となっていた。

どうでもいい相手なら、なにを感じることもなかっただろうに。

「きみがハロルドに似ているのは、他人の意見に流されないところさ。自分なりの正しさを持っていて、なりふりかまわずそれをなしとげる度胸もある。その証拠に、きみは変わり者と評判のパトリック・ハーンと行動をともにしているじゃないか」

居心地の悪さをおぼえつつ、おれは肩をすくめる。

「おれはただ、自分のやりたいようにしているだけです」

「ほらね」

ユージンの頬を、愉快そうな笑みがかすめる。

「低学年……特に新入生のころ、アンソニーは身体が弱くて、よく医務室で休んでいたんだ。体調が悪くても、怪我人《けがにん》というわけではないから、外見からその苦しさは伝わりにくいだろう？　だからその特別扱いを、面と向かって非難する生徒たちもいてね」

慣れない集団生活に誰もが我慢を強《し》いられているなかで、アンソニーだけが必要以上に甘やかされているように感じたのだろうという。

「そのときにハロルドが率先して、アンソニーを庇ったんだ。そんなにアンソニーが羨ましいなら、極寒のウェア河にでも飛びこんで高熱をだせば、すぐに医務室で休ませてもらえるだろう、なんなら自分が手を貸してやるってね」

あのハロルドなら、ためらいなくやってのけそうなことだ。普通なら同級生からの反感を恐れそうなものだが、そんなことは気にもかけなかったにちがいない。

「ハロルドという名には、導き手という意味があるだろう？　彼自身もそれを意識して、名に恥じないふるまいをしようと努力してきたそうだ。その一件があってからというもの、ハロルドはずっと学年の中心的な存在だし、いまでは下級生からも頼れる先輩として慕われているようだよ」

爵位こそないものの、キングスレイ家は地主階級《ジェントリ》として広大な領地を治めており、ハロルドはいずれ当主の座を継ぐ身だという。

「だからアンソニーについても、前向きに生きるように励ましていたよ。自分が跡継ぎにふさわしくないと感じるなら、ふさわしくあろうと努力すればいい。病弱なのも気の持ちようだからしゃんとしろとね」

「乱暴ですね」

ユージンが苦笑する。

「でもその叱咤《しった》が特効薬になったのか、日を経るごとにアンソニーが丈夫になっていったこともまた事実なんだよ」

つまりアンソニーにとってのハロルドは、その名のままにかけがえのない導き手だったのだろうか。

「だから悩みごとの相談なら、キングスレイ先輩こそ受けているはずだと?」

「そうだね」

「ですが彼のほうは、あなたを羨ましがっていましたよ」

「ハロルドがぼくを？　まさか」

「あなたとミルフォード先輩は繊細な感性の持ち主だから、わかりあえるものがあるようだったと。あなたの絵の才能を称賛していましたし、ミルフォード先輩もあなたには心を許しているようだったとも」

ユージンはしばらく半信半疑の顔で黙りこんでいたが、

「……たしかにそういうところはあったかもしれないね。憧れている相手には嫌われたくないものだとしたら、ぼくはより気安い存在だったはずだから。でもハロルドが想像するような、深刻な打ち明け話なんてなかったよ。ぼくたちの様子を、ハロルドがどこからうかがっていたかは知らないけれど」

そうつけ加えたユージンの声音には、一方的な勘繰りを非難するような響きがある。

おれは攻める方向を替えることにした。

「ところでお願いがあるのですが、さしつかえなければ、描きかけのままになっているという、ミルフォード先輩の肖像画を見せていただけませんか？」

「それは……」

ユージンがためらうのは、予想のうちだった。

「おれは彼と会ったこともなければ、言葉をかわしたこともありません。だからこそ個人的な感情に左右されずに、彼の印象をとらえることができる。それが事件の核心に迫る手がかりにつながるかもしれません。誰しもつきあう相手には、自分の心を透かした異なる顔を読み取っているものでしょう？」

もっともらしく語るおれを、ユージンがまじまじとながめている。そしてふいに表情をゆるめると、

「きみには負けるよ」

苦笑しながら席をたち、壁際のクローゼットに足を向けた。

「ハーンがきみを相棒にした理由がわかる気がするな」

おれはユージンの背を目で追う。

「……なぜですか?」

「内気で、他学年の生徒との交流はあまりなかったアンソニーだけれど、ハーンについてはなぜだか興味があったみたいでね。ハーンはとても魅力的な世界を視ているのかもしれない、と語ったことがあるんだ。それを共有してあげられる友だちがいたら、もっと楽に生きられるだろうにともね」

「パトリックが妙なものを視たり聴いたりすることを、信じていたんですか?」

「彼がそう感じていることは、信じていたようだね。きみもそうなのだろう?」

おれはあいまいにうなずいた。

「ぼくたちはみなそれぞれ、この世界を違う姿で受けとめている。そんな考えかたをアンソニーは気にいっていたんだよ。そもそもはロレンス先生の話がきっかけでね、先生には世界が変わった色に見えているそうなんだ。医学的には、色覚に異常があるということになるのかな。女親の家系から受け継がれる症状で、赤と緑の区別がつきにくいらしい」

「赤と緑が……ですか」

おれは柊《ひいらぎ》の葉とその実を思い浮かべる。あの鮮やかな対照があいまいに感じられる世界というのを、とっさにはうまく想像することができなかった。

「ぼくも絵を描くものだから、ずっと印象に残っていてね。これはアンソニーがこっそり教えてくれたのだけれど、ロレンス先生は医学生だった青年時代に、自分と似た眼を持つ女性と恋に落ちたことがあるそうだ。彼女が人知れず悩んでいたその症状をわかちあい、呪いではなく恩寵《おんちょう》だととらえなおすことができた。というのも青と緑の差異については、ふたりはむしろ人並み以上に鋭敏に感知することができたというんだ」

その発見は、きっと彼女の人生を変えたことだろう。

「ですが先生が妻帯せずに、この学校にいるということは……」

「先生は若かりしころに、取りかえしのつかない過ちをおかしたことがあるそうだ」

「それを悔いて聖職に?」

「憶測にすぎないけれど」

ユージンは肩をすくめると、

「これだよ。出来はひどいものだけれど」

開いた画帖ごとこちらにさしだされた絵を、おれは神妙に受け取った。

そこにはひとりの少年の、顔から胸までが描かれていた。

上品に整ったおもだちは、いかにもやさしげだ。うつむきかげんで、追憶にふけるようなまなざしは、なにか心をとらえるものがある。その筆致は繊細で、目鼻の造作はさぞ正確にとらえているのだろうと感じさせた。癖のない、淡い色の髪が、さらさらと風にそよぐ音が聴こえてきそうですらある。それでいて、すべてがどこか遠かった。

その紗のヴェールの奥に、なにか読みとれるものがあるとしたら……。

「アンソニーのほうから依頼を受けて、うまく描かなければという意識があったせいもあるのかな、なかなか調子がでなくてね。ひとりで続きをしあげるか、あらためてモデルを頼むか迷っているうちに、あんなことになってしまって」

「魅力的な絵ですね。ただ……気を悪くされるかもしれませんが、あの蝶のほうが、より鮮やかな印象が伝わってくる気がします」

「気にしないでいい。ぼくも同じ意見だから。紙に立体を描くというのは、線で面を表現するわけだろう。影を描くことで光を浮かびあがらせる。それが難しくてね」

「彼の心の影をとらえきれなかったと？」

「深読みをするね」

「不快だったのなら謝ります。ただおれは──」

おれは躊躇を押しのけ、率直に告げた。

「ともすると彼は、暴かれることをこそ望んでいたのではないかと感じるんです」

「……え？」

「おれは親の職業柄、子どものころから画家と親しくする機会があって、しばしば身近な題材扱いされてきたんです。たいていは素描どまりの、金のかからない練習台みたいなものでしたが」

ユージンは興味深そうに眉をあげた。

「たしかにきみは描き甲斐がありそうだ」

「だけどおれは苦手でした」

「ずっと黙ったまま、動かずにいるのは退屈だったかい？」

「それもありますが、おれをみつめる画家の眼に心の奥底をのぞきこまれるようで、なんだかおちつかない気分になったんです」

誰にも明かしたくないような、あるいは自分でも気がついていないような胸の内が、画家の鋭いまなざしによってあぶりだされるのではないか。それは画家の汚れた素手に心臓をつかまれて、無遠慮にためつすがめつされるような心地で、おれは耐えきれずに役目を放りだしたこともあった。

「できあがった絵に、おれではないようなおれの顔を発見して胸がざわついたり、そこになにも感じとれないことにほっとしながら、なぜかもどかしくもなったり」

「きみは子どものころから、感受性が豊かだったんだね」

「おれが言いたいのは」

おれは身を乗りだした。

「ミルフォード先輩は口にはできない、あるいはしたくないような心情を、あなたに表現してほしかったのではないかということです」

「だとしたら、ぼくではもとより力不足だっただろうね」

「そうでしょうか。おれはあなたのこの絵から、幸福と苦悩のせめぎあいのようなものを感じますが」

ユージンの薄灰の瞳が、わずかに揺れた。

「なにを打ち明けさせたいのかは知らないけれど、ぼくはそのような激情を映しとったつもりはないよ」

「ではここに浮かんでいるのは、あなたの幸福と苦悩ですか？」

「……なかなかに刺激的な見解だけれど、これはただの駄作さ」

そっけなく結論づけたユージンは腕をのばし、断りなくおれから画帖を取りあげた。

　これ以上は訊きだせそうにないか。おれはそう判断して、昨夜の事件に焦点を移すことにした。

「礼拝堂で死んでいた男に、あなたはどこかひっかかりをおぼえたようでしたが」

「ああ。けれどやはり気のせいだったようだ。光の加減のせいで、一瞬そんなふうに感じただけなのかもしれないね。なにせ乏しい灯りだったし」

「あなたは画家の目で、あの男を観察していたのでは？」

「画家の目？」

「知りあいの画家が、相手の顔や身体から骨格を読もうとする癖があると語っていたんです。あなたは意識せずにあの男の骨格をなぞり、そこにこそ既視感をおぼえたとは考えられませんか？」

　あれがもっと若い男だったのかもしれないとユージンに説明したところで、にわかには信じがたいだろう。怪しまれて真剣に取りあってもらえないよりかはと、おれは現実的な可能性を示唆《しさ》した。

「ぼくが知っているのは、あの男の親族かなにかという線もあると？」

「ええ。老人ではなく、もっと幅広い年代から記憶を探ってみてくれませんか？」

頼む声におのずと力がこもる。いつウォルターの意識が戻るかわからないいま、あの男の正体はなによりも重要な手がかりだ。

「わかった。試してみるよ」

「助かります」

ふとおりた沈黙に、壁の向こうのささやかな物音が忍びこんでくる。どこかの部屋で、おやすみの挨拶とともに扉が開け閉めされたようだった。

「もうすぐ消灯だね。きみもそろそろ部屋に戻ったほうがいい」

ユージンが椅子から腰をあげ、みずから扉に向かっていく。今夜のところはここが潮時《しおどき》だろう。おれも無理に粘《ねば》ろうとはせず、彼に続いた。

「時間を割《さ》いていただいて、ありがとうございました。お茶もご馳走さまです」

いちおうは本心から、感謝の意を伝える。

「気にしないで。きみも今夜は眠れるといいね」

「そう願います。――明日の夜、またうかがっても？」

「きみがそうしたいのなら」

ユージンは扉に手をかけたところで、ふとおれをふりむいた。

「でもきみも奇特なことだね。アンソニーはもちろんのこと、ウォルターとも特に面識はないんだろう？　それなのにまるで警察のような熱心さだ」

ものやわらかな声音に、わずかな棘《とげ》を感じる。

たしかにおれのふるまいは非難されてもしかたがない。ふたつの事件についてユージンがなにか隠していないか、飢えた野良犬のように嗅ぎまわっているも同然だ。

「パトリックのためですから」

「知りあってまもないというのに？」

「つきあいの長さは関係ないでしょう」

「やっぱりきみはハロルドに似ているよ」

絡まれていると感じるのは、こちらにも余裕がないせいだろうか。ともかくおれは受け流さないことを選んだ。

「だったらあなたは、おれのことも嫌いですか」

「え？」

「キングスレイ先輩を苦手にしているのは、むしろあなたのほうではと訊いたんです」

ユージンの瞳から笑みが消え失せる。

「……なぜ？」

「さあ」

あえてぞんざいに、無神経に応じてみせる。

「あなたが内心では彼を羨み、嫉妬《しっと》しているから？　キングスレイ先輩のほうはあなたを尊敬しているようでしたが、そんなところも癇《かん》に障りますか？」

ユージンは凍りつき、すぐさままなじりを吊りあげた。

「……ああ。じつに腹だたしいね」

昏くこちらを睨みつけるまなざしの鋭さに、不覚にも気圧される。

「ぼくはハロルドを憎んでいる。アンソニーが慕っていたハロルドには、他の誰にもない影響力があった。そのことに対する、彼の無自覚さをね」

押し殺した声で、ユージンは吐き捨てた。

「ぼくはこの一年のあいだ、ハロルドこそがアンソニーを自殺に追いこんだのではないかと疑い続けていたよ」


「それは穏《おだ》やかではないね」

パトリックは眉をひそめて考えこんだ。

おれが二人部屋に帰り着いてほどなく、パトリックもまたハロルドとの話をきりあげて戻ってきた。ひとまず就寝の支度《したく》をすませ、灯りを落として寮監の見廻りをやりすごしてから、もぞもぞと毛布に身をくるんで向かいあい、こちらの得た情報をひととおり伝えたところである。

ハロルドがアンソニーを死に追いやったとは、いったいどういうことなのか。

突然の断罪に驚いたおれが問いただしても、ユージンはかたくなにそれ以上のことは口にしようとしなかった。自分の邪推にすぎなかったのだから、語る必要はないだろうとの一点張りで、おれは混乱したまま部屋を辞すしかなかった。

「たしかに単純な自死とは考えがたい状況になったけれど、ハロルドを疑うだけの理由はあったということかな？」

「だけどハロルドがアンソニーを追いつめたのなら、あえてきみの手を借りてまで、事故で収まった過去を蒸《む》しかえすような真似はしないだろう」

「知らず知らずのうちに、アンソニーの信頼を打ち砕《くだ》くような言動をしたということはあるかもしれない。アンソニーにとっては、それが心酔していた相手からの手酷《てひど》い裏切りに感じられて……」

「発作的に死を選んだ？　そんなことがありえるのか？」

「まあ……こうしてふたりめの死者がでたからには、他の方向から考えるべきなのだろうけれど、まったくありえないと否定することもできない気がするな。ぼくの知るかぎりの彼は、芯《しん》の強さと繊細さを併せ持っている印象だったから」

「そうだろうな。おれとは違って」

うす暗がりの向こうで、パトリックがぱちぱちとまばたきをする。

「急にどうしたんだい？　妙にやさぐれているじゃないか」

「ユージンによれば、おれはハロルドに似ているんだと」

パトリックが首をかしげる。

「それは褒め言葉のつもりだったのでは？」

「あの身勝手な男に似ていることがか？　ユージンは奴を毛嫌いしているんだぞ」

「その根底にあるのは、劣等感からくる反発だろう？　内心ではハロルドの美点を認めているのさ。それに芸術家にはある種の厚かましさも必要だよ。喜びに怒り。安らぎに苦しみ。愛《いと》しさに憎しみ。そんな生きざまのすべてを作品に落としこんで、世に晒してみせるのだから」

「……そうまとめられると、なんだか碌《ろく》でもない所業だな」

「そうさ。碌でもない。それこそ人間の生きる姿そのものだもの。誰もが人生にのたうちまわりながら足掻《あが》いているからこそ、それを昇華させた優れた芸術は、ぼくらの心をつかんで放さないのじゃないか」

「誰もが人生に……か」

我々はみな罪人であり、正しい者はひとりもいないと聖書は語る。

ユージンには嫉妬の罪が。

ハロルドには無自覚の罪が。

アンソニーには人知れず苦しんでいた罪が。

ロレンス先生もまた若き日の過ちをその身に負いながら、生徒から打ち明けられた罪の数々をひた隠しにしているのだろうか。

それならばウォルター・クレイトンの罪とは？

イスカリオテのユダ——救世主イエスを裏切り、イエスに「生まれないほうがその者のためによかった」とまで云わしめたユダに我が身をなぞらえたウォルターは、いったいどれほどの罪を犯したというのだろうか？

「ハロルドのほうは、ウォルターをどんな生徒だって？」

「内向的で、自分からまわりに対して線をひくようなところはあるけれど、まじめで誠実な性格だそうだ。奨学生だからといってあからさまに馬鹿にされたり、仲間はずれにされるようなこともないし、アンソニーともうまくやっていたようだと」

その印象は、ユージンの説明とも一致する。

「ただハロルドの記憶のかぎり、実家については一度も語ったことがないそうだ。帰省はしていたけれど、なぜかいつも憂鬱《ゆううつ》そうだったから、家族に対してはなにか満たされない想いをかかえていたのかもしれないと」

それは奨学生という彼の境遇と、関係しているだろうか。経済的な余裕のなさは、往々にして人の心をすさませる。そしてユダは、売ってはならないものを金で売った者だ。

「我ながら下衆《げす》だが……ウォルターが金のために、あの男の情報かなにかを誰かに売ったなんてことはあるだろうか」

「考えられるね。それが一年まえのアンソニーの死とも関係しているかどうかは、わからないけれど……。ただひとつ気になることがあるんだ。ハロルドによれば、ウォルターはアンソニーとの二人部屋で暮らしていた時期の記憶が、どうもあいまいになっているらしいんだ」

おれは驚いて訊きかえした。

「去年の秋から、冬にかけての記憶がか？」

「アンソニーがあんな死にかたをしたせいで、話題にのぼらせることはめったになかったけれど、そのたびに妙に話がかみあわないと感じたそうだ。いまにしてみれば、アンソニーにまつわる耐えがたい記憶を封印していたためかもしれない。それが《罪喰い》の儀式をきっかけに、よみがえったのかもしれないって」

「死者の記憶が移ったと、ハロルドは信じてくれたのか？」

「その点については、半信半疑のようだった。あくまでウォルターの心の領域での変化だと考えても、説明はつくからね」

「肝心のウォルターの意識が戻らないことには、埒《らち》が明かないか」

募る歯痒《はがゆ》さを押しつぶすように、おれはため息をつく。

パトリックがささやいた。

「もしも週末まで状況が変わらなければ、ダラムの警察署まで出向いてみよう。失踪《しっそう》者の届け出でもあればすでに身許が判明しているかもしれないし、そうでなくても検死の結果からなにか解決の糸口がつかめるかもしれない」

「そうだな」

男の死体は今朝のうちに荷馬車で運びだされ、あらためて監察医による検死がおこなわれるはずだった。それでも身許を特定する手がかりがなければ、老トマスが墓守を務める共同墓地に葬られることになるのだろう。

そこではこの世に未練を残す死者たちの、生者に向けた呼びかけが、かそけき鐘の音となってどこからともなく届いてくるという。

「死者の魂か……。そいつが蝶に姿を変えて、宙に自分の名でも綴ってくれたら話は早いんだけどな」

「いんちき降霊会じゃあるまいし、そんなに都合好くはいかないよ」

パトリックは気の抜けた笑いを洩らし、ふと黙りこんだ。

「どうした？」

「うん……じつは昔、アンソニーとも似たような話をしたものだから」

「アンソニーと？　それなら蝶に化身した死者の伝承を、彼が知っていたのは……」

「ぼくが教えたことだ。ある春の休日に、きっと誰もいないだろうと薬草園に足を向けたら、先客のアンソニーがいてね。陽だまりの長椅子にふたり並んで、しばらくとりとめのない話をした。ちょうどカモマイルの花が咲いていていて、ひらひらと白い蝶が飛んでいて、それをなんとはなしに目で追っていたら、なにか変わったものが視えるのかと訊かれたんだ。ぼくが悪魔憑きだとか、性悪の嘘吐《うそつ》きだとかいう噂はすでに広まっていたから、おもしろがって冷やかしてくるような上級生もいたけれど、そのときだけは不思議と嫌な気がしなくてね」

そこでかつて目にした、陽に溶けるように消えた蝶について語ったところ、アンソニーは熱心に耳をかたむけてくれたという。

「自分もいつかそんなふうに蝶の姿になれたらいい。そうしたら逢いたい相手のところに飛んでいって、気がついてもらえるかもしれないからとこぼしていたよ」

「逢いたい相手?」

「そのときのぼくは、自分の母のことを思い浮かべた。だからどこか遠くにいて、いまは逢えずにいるのかとたずねたんだ」

そのようなものかな——とさみしげに微笑したきり、アンソニーは沈黙したという。

おれの脳裡に、ユージンの描いたアンソニーの顔がよみがえる。

「あの肖像画……ひょっとしてその相手に渡すつもりだったんだろうか」

「ありえるね。とはいえ彼の死よりかなりまえのことだから」

「決めつけるわけにはいかないか」

おれはつぶやき、視線をおとした。思いがけず、おれと出会うまえのパトリックの日常をかいまみたことが、胸にかすかな波紋を広げていた。

もしもかつてのおれ——この世ならぬものを感知する目も耳も持たなかったころのおれなら、もろもろの悪評にまどわされることなく、あるがままのパトリックを受け容れることができただろうか。

ロレンス先生の云ったとおり、パトリックにとっておれとの出会いは、本当に善き友を得る結果になったのか。たまたま感覚を共有できただけのおれよりも、アンソニーのような心根の持ち主のほうがふさわしかったのではないか。

これまであえて考えることもなかった疑念が、音もなく胸に忍びこみ、いまさらのようにおれをひどく心許ない気分にさせた。

おれは不毛な自問をとっさに押しのけ、できるだけ前向きな口調でたずねた。

「それで——明日からはどうする？」

今日は火曜なので、週末まではまだいくらか時間がある。

「アンソニーとウォルターにまつわる情報がもっと欲しいところだけれど、外部の人間が絡んでいるとなると、生徒からこれ以上の情報を得るのは難しいかもしれないね」

そこでおれはひらめいた。

「校外でのふたりの顔を知りたいなら、ウィルの父君に調べてもらうのはどうだ？　家族関係とか実家の財政状況とか、ゴシップめいた情報についても、弁護士のあの人なら集めやすいんじゃないか？」

「それは名案だね！　さっそく明日の朝にでも手紙を書くことにしよう」

パトリックはたちまち声を弾ませる。

「市内便なら午後には届くだろうから、週末の訪問で成果を得られるかもしれない」

「ついでにファーガソン家のお茶にもありつきたいところだな」

「ぼくも同じことを考えた」

「この季節ならきっとミンスパイに……」

「ダンディー・ケーキもすでに焼きあげて、熟成させているところかもしれない。あれは本当に絶品なんだ。たっぷりのバターとマーマレードを混ぜた天鵞絨のような生地《きじ》をかみしめたとたん、浸みこんだスコッチウィスキーの香りがふわりと鼻に――」

「もうよせ。待ち遠しくて寝つけなくなりそうだ」

おれたちは毛布にくるまったまま、しばし夢見心地に浸った。

だがほどなくパトリックが我にかえり、

「でも情報にしろお菓子にしろ、もらうばかりなのはこちらとしても心苦しいね」

「手土産にワインの一本でも調達していけばいい。夫人のほうにはキャドバリーのチョコレート・ボックスを。勘定は半々でどうだ？」

「もちろんかまわないけれど……妙に心得たものだね」

「母を口説きにやってきた男どもの真似さ」

「下心がみえみえというやつかい？」

「そのほうが喜ばれることもある」

「きみには人誑《ひとたら》しの才があるよ」

「そんなことないさ」

だからささやかな提案ひとつ、おれは口にすることができずにいる。

「そろそろ休もう」

パトリックは欠伸をしながら横になり、頭まで毛布にもぐりこむ。

その毛布のかたまりに向かって、おれはできるかぎりのさりげなさできりだす。

「ところでその手紙、今回はおれが書こうか？」

「めずらしいね。筆不精のきみが、いったいどういう風の吹きまわしだい？」

さも意外そうに問いかえされて、おれはくちごもった。

「おれはただ……いまのきみはあまり気が向かないんじゃないかと……」

あいまいに濁した声が、頼りなく暗がりに吸いこまれてゆく。

毛布のかたまりは、呼吸すらとめたように動かないままだ。

広がる沈黙の息苦しさに、おれが後悔しかけたそのとき。

「気のまわしすぎだよ、オーランド」

低くかすれた声には、笑いがにじんでいた。

「ファーガソン氏とぼくの父を並べて、どうこう考えるなんてことはないから」

「──そうか。ならいいんだ」

「気持ちだけ受け取っておく」

「ああ」

おもわず洩らした安堵の吐息が、パトリックの耳にまで届いていたのかどうか。

「そもそもきみ、ぼくより先に目を覚ませる自信があるのかい？」

「……ひとこと多いんだよ」

ついついぞんざいな口調になるのは、気恥ずかしさをごまかすため。

そんなところが、きっと誰よりもよく似ているはずなのだ。

おれたちは。

5

翌朝。

朝食を終えてから医務室に顔をだすと、思いがけない光景が待ち受けていた。

初級生だろうか、寝台の縁に腰かけた生徒が、めそめそと泣きじゃくっている。その顔をのぞきこむようにしゃがんだロレンス先生が、なんとかなだめようとしているが一向におちつかず、ひどく困り果てているようだった。

いったいなにごとだろう。おれとパトリックは、そろって首をかしげた。

怪我の治療をしている様子はない。だが急病などで、泣くほどの体調不良を訴えているなら、なにはともあれ横になるよううながしているはずだ。

今朝もまた、奥の寝台だけがカーテンに隠されていた。ウォルターの意識が戻っているかどうか、確認したいがとてもそれどころではなさそうだ。

付き添いの同級生らしい生徒がふたり、黙ったまま壁際で所在なげにしている。

事情をたずねるためか、パトリックがそちらに歩きかけたとき、ようやくロレンス先生がおれたちに気がついた。まずは付き添いの生徒たちに声をかける。

「彼はわたしが預かるから、きみたちはもう教室に向かいなさい。ここでしばらく休ませていると、受け持ちの教官に伝えてくれるね？」

「わかりました」

ふたりは素直にうなずき、ぱたぱたと医務室をあとにする。同級生のことは気にかかるものの、いたたまれない状況から解放されてほっとしているというふうでもあった。

先生は残された生徒を、ひとまず寝台でおちつかせることにしたようだ。しゃくりあげながら寝台にあがった生徒に毛布をかけてやり、音をたてないようカーテンをひく。そしてこちらに目線で扉をしめしてみせた。

無言のまま、おれたちは廊下にでた。

「二学年の生徒たちが、いましがたかけこんできたところでね。ともかくお茶でもだしておちつかせるしかないようだったから」

「故郷の夢でもみたんですか？」

パトリックが小声で問うと、先生は疲れた頬に苦笑いをよぎらせた。

その表情だけで、ウォルターの容態が変わっていないだろうことも、察しないわけにはいかなかった。

「その手の弱音なら、こちらも対応に慣れているのだが。なんでも亡霊を視てしまったというんだ」

そろって息を呑んだおれたちを、ロレンス先生はまじまじとみつめる。

「きみたち、まさか本気にしているのではなかろうね？」

たじろいだおれに代わって、パトリックがもっともらしい説明をする。

「どうして急にそんなものを視たのか、理由が気になったんです。あの取り乱しようからして、これまでにない体験のようなので」

ロレンス先生は気の毒そうに眉をひそめた。

「敷地内で身許のわからない死体が発見されて、まだまもないんだ。そうと意識せぬままに不安が募り、ありもしないものを視てしまうことだってあるだろう」

「あの子が目撃したのは、礼拝堂で死んでいた男の亡霊なのですか？」

「それが制服姿の生徒だったそうなのだよ」

食堂をでて、級友たちと連れだって教室に向かおうとしていたとき、ふと廻廊の窓から中庭に目をやると、ぽつんとひとりきりでたたずんでいる生徒がいた。

あんなところでなにをしているのだろう、と気になって目を凝らしてみると、庭を越えた正面にある学舎の石壁が、その身体の奥に透けている。

やがて注がれる視線を感じとったのか、奇《あや》しい人影はこちらをふりむきかけたとたん、風にさらわれるようにかき消えてしまった……。

おれは逸《はや》る気のままにたずねた。

「ひょっとしてアンソニー・ミルフォードの亡霊ですか？」

謎の男の亡霊ではないなら、次に考えられるのはアンソニー以外にない。二学年の生徒なら、新入生のころに彼を見知っていたかもしれない。

「顔まではっきり視えなかったらしい。だが動揺のあまり過呼吸をおこしかけたところを、そばにいた級友たちが担ぎこんできたというわけだ。症状自体はじきにおちついたものの、あのとおりの狼狽ぶりでね」

「彼が目にした幻影が、誰の姿だったのか気になるところですね」

パトリックの声音に、隠しきれない期待が混じる。ここにきて目撃された亡霊を、彼もまたただの幻とみなすつもりはないようだ。

「そうかい？　だがいずれにしろ、ミルフォード君の幻影ではなかっただろう。黒髪で背が高く、がっしりした体格だったというからね」

その特徴はあきらかに、アンソニーの容姿とは異なるものだ。

芽生えかけた希望がしぼみ、とまどいが胸を満たす。

無造作に投げだされた道しるべは、読みかたのわからない航海図のように、おれたちを混乱させるばかりだった。

「かわいそうに。きっと悪い夢の続きでもみていたのだろう」

先生の嘆息に、おれたちはあいまいにうなずきかえすしかなかった。

だがなかば予期していたとおり、それはただの悪い夢では終わらなかった。むしろあまたの邪悪な夢が、次々とこちらがわの領域を侵蝕してくる先触れにすぎないかのごとく、新たな知らせはその日の終わりにもたらされた。

夜の礼拝をすませて聖カスパート礼拝堂をでたところで、すがりつくようにおれたちを呼びとめたのは、顔なじみの生徒——新入生のコンラートだった。

新学年が始まってまもないころ、夜の寮棟を砂男が徘徊していると騒ぎになったことがある。その砂男を学校まで連れこんだ張本人こそ、ドイツ系の血をひくコンラートだと噂されていたのが記憶に新しい。

そのコンラートが、目撃したのだという。

図書館の壁をすり抜けて、煙のように書庫へと消えてゆく人影を。

「たしかに視たんです。信じてください！」

廻廊にはちらほらと生徒の姿が残っているが、コンラートは我慢しきれずに訴える。

ついさきほど、コンラートは借りていた本を返却するため、ひとりで図書館に向かったという。受付で手続きをすませ、礼拝まではまだ余裕があったので、しばらく時間をつぶすことにしたところ、ひとけのない書架の列からふらりと姿をみせた生徒がいた。

おもわず足をとめたのは、その姿が奇妙に暗く感じられたためだった。

生徒はこちらに背を向け、すべるように閉架の書庫のほうに歩いていく。そのおかしさをコンラートが悟るのに、数秒かかった。天井が高く、わずかな物音すら拾われて反響をくりかえすこの図書館で、革靴を履いた生徒が並の速さで歩いたら、まったく足音がしないはずがないのだった。

にわかに胸が騒ぐのを感じながら、相手の足許に視線をおとすと——。

あるはずの影が、そこにはなかった。

とたんにすべての光と影が反転したような眩暈にとらわれ、身動きができなくなった。

「そしてそれは……その生徒の姿をしたものは、足をとめてゆらりとこちらをふりむきました。目をすがめて、値踏みをするみたいにしばらくぼくをみつめると、声をたてずに笑ったんです。心の芯まで凍えさせるような、とても嫌な笑いかたでした」

「………」

たちまちぞくりと、足許から這い昇るような悪寒《おかん》に襲われた。

隣のパトリックも、声をなくしたまま喉を上下させる。

だがすぐに核心に踏みこんだ。

「それならきみは、その亡霊の顔を視たんだね？」

慎重に問いかけたとたん、コンラートは息苦しげに目許をゆがめた。

「亡霊……ではないはずなんです。だってその上級生は、いまの礼拝にたしかに出席していたんですから！」

「え？」

「その先輩にはちゃんと影があったんです。しかももの静かな雰囲気で、図書館で会ったときとはまるで別人みたいなのに、姿かたちはそっくり同じでした」

おれたちはおもわず顔を見あわせた。生身の肉体とは離れたところで、その似姿が校内を徘徊しているというのなら、その正体は……。

おれはコンラートにたずねた。

「その生徒と面識は？」

「ありません。でも最上級生の席についていました。すらりと背が高くて、薄灰の髪と瞳をしていて」

「薄灰の？」

二学年の生徒が目撃したのは、たしか黒髪ではなかったか。

コンラートが蒼ざめた顔でうなずく。

「礼拝がすんだあと、彼は同級生らしい生徒にユージンと呼ばれていました」

おれとパトリックは怯えるコンラートをなだめつつ、ひとまずのくちどめをして下級生の寮棟まで送り届けた。

自分たちの寮棟の階段をのぼりながら、おれはさっそくきりだす。

「校舎をうろついていたのは亡霊じゃなくて、ユージンの生霊だったたってことか？」

「どうだろう。朝に目撃されたほうは、黒髪で背が高くてがっしりした体格だったというから、双方は異なる存在なのかもしれない。あるいは視る者によって姿が変わるものなのかも」

「だけどコンラートは、ユージンとの接点がなかったんだろう？」

校内のどこかで顔をあわせたことくらいはあるだろうが、特に気にとめてもいなかった相手の姿をわざわざ視るものだろうか。

生霊がらみでは、おれも面妖《めんよう》な体験をしたばかりだ。

おれとそっくりの姿をしたそれは、おれの魂がふわふわと身体から抜けだしたものではなく、親友を欲したかつてのおれが知らず知らずのうちに生みだした、儚い残響のような存在だった。

「空想の友だちが、主《あるじ》の近くをさまよっている可能性は？」

「ありえないと断言はできないけれど、あの雑木林を離れてはおそらく姿を保っていられないだろうから……」

「ああ……そうだったな」

主から忘れられた、すでに望まれていない存在の彼らは、主の幸せを願う一念でもって寄り集まり、雑木林に留まることで、その身を支えているのだ。

謎の人影の正体は、やはり生霊のたぐいなのだろうか……。

そのとき不吉な予感が胸をよぎり、おれは足をとめた。

「なあ。スコットランドには、知人の生霊を視たのが夜だと、その知人はじきに死ぬとかいう言い伝えがあるんじゃなかったか？」

パトリックも立ちどまり、不安げなまなざしをあげる。

「まさかとは思うけれど」

「気になってきたな」

「確かめよう」

おれたちはうなずきあい、すぐさま行動に移った。足早に最上階までのぼりきり、昨日もおれがたずねたばかりの、奥から三番めの部屋をめざす。最上級生ともなると、さすがに廊下を走りまわるような生徒はおらず、ひとけのない通路には、点々と灯《とも》ったガス燈《とう》がかぼそく影を揺らしているばかりだった。

「正直、おれは顔をあわせにくいんだけどな」

昨夜のやりとりが脳裡によみがえり、いささか気おくれを感じる。それでも意を決して扉を叩こうと腕をあげた、まさにそのときだった。

がたがたっ――と椅子を蹴倒《けたお》すような音がして、おれは動きをとめた。

短い悲鳴。続いてすすり泣くようなうめき声。

あきらかに部屋の奥からだった。

「カートライト先輩？」

ためらいは一瞬で吹き飛んだ。扉にぶつかる勢いで部屋に踏みこむ。

だがそのとたん、おれは次の一歩を踏みだせずに立ちすくむしかなかった。

「これは……」

それはあたかも雪景色のようだった。

白々と明るく、冷たくて昏い雪の降りしきる、夜の雪原の光景。

だが床に舞い散っているのは、雪ではなく紙の束だった。ユージンがこれまでに描き溜《た》めたのだろう、数えきれないほどのスケッチが、投げだされた画帖とともども床一面に散乱しているのだ。

そのただなかにユージンが膝を折り、顔を両手に埋めて肩をふるわせている。

「顔が……顔が……」

「？　怪我をしたんですか？」

我にかえったおれは、急いで絵を避けながらユージンのかたわらに片膝《かたひざ》をつき、様子をうかがった。だがこわばる指の向こうに見え隠れする顔に、切り傷や火傷《やけど》のような怪我はみられない。両の瞳だけが、わなわなと揺れ動いて焦点を結んでいなかった。その異様さに鼓動が高鳴るのを感じながら、おれは室内に視線をめぐらせる。

「いったいなにが……」

だが床を埋めつくす紙と、倒れた椅子以外に、これという異変は見受けられない。

困惑したおれの顔が、鏡となった窓に映りこんでいた。蒼ざめた像がふと揺らぎ、ゆがんだ涙が幾筋も流れ落ちていく。いつしか夜の雨がふりだしていた。

「それはあなたの自画像ですか」

静寂を破ったのは、パトリックの声だった。

その視線を追うと、折りかさなる絵のなかに、たしかにユージンの肖像画らしい一枚があった。筆遣いは他の絵と同じなので、彼自身が手がけたものだろう。

そういえばユージンも、顔のことを気にしているようだった。

パトリックがあえて話題にしたからには、きっとなにか意味があるはずだ。おれはその絵を拾いあげようと腕をのばすが、

「だめだ！　さわってはいけない！」

ユージンが叫び、びくりと手をひっこめた。

悲痛な訴えはあきらかに、作品が粗雑に扱われることを厭《いと》うものではなかった。むしろおぞましいものに手をふれてはならないと、こちらに警告するような声音だった。

だが描かれた自画像に、おかしなところはなかった。むしろ出来栄えとしては、あの蝶の絵に迫るものがある。筆致に勢いは残るもののその荒々しさがむしろ、凪いだ瞳の奥にひそむユージンの激情の気配を、うまくとらえているように感じる。

おれはわけがわからず、肩越しにパトリックをふりあおぐが、彼の視線はすでに絵から離れていた。まっすぐにユージンをみつめ、パトリックは問いかける。

「動きましたか？」

「――っ！」

ユージンの喉から、音にならない風が洩れた。悲鳴をあげるまもなく、死神の大鎌《おおがま》に喉を横薙《よこな》ぎにされたかのような表情だった。

「その絵に塗りこめられたあなたの真の姿が、浮かびあがりましたか？　いつもは膚一枚の裏に隠しているあなたの心のままに、醜く爛《ただ》れ、歪んだ顔が――」

「やめてくれ！」

ユージンが頭をかかえてうずくまる。

「頼むから……見ないでくれ……」

かすれた懇願《こんがん》が、鼓膜に爪をたててすがりつく。

すると無言のままこちらに近づいてきたパトリックが、床に身をかがめた。

躊躇なく拾いあげた自画像を、ユージンにさしだしてみせる。

「気のせいですよ」

「ほら、なんともありません。神経が高ぶっているせいで、あらぬものをあたかも現実のように認識してしまっただけではありませんか？　何日かまともな睡眠をとらずにいるだけで、誰しも幻を視てしまうものだそうですよ。眼球に映りこんだ外界の像を、脳が認識する過程で誤作動をおこして、つまりは目を覚ましながらにして夢をみているような状態になるとか」

「夢を……」

「悪い夢です」

感情をまじえない淡々とした声は、冷たい雪解け水が浸みこむようにユージンの激情を鎮めたようだった。おそるおそる頭をあげ、絵に目を向けた彼の頬から、徐々にこわばりが抜けていく。

「先輩はもともと眠りが浅めだそうですね。礼拝堂であんなことがあってから、しっかり休めていないのではありませんか?」

「……そうだね。そうかもしれない」

ユージンは自分を納得させるように、ぎこちなくうなずいた。

「昨日レディントンに見せたアンソニーの絵を、もう一度見たくなってね。画帖を広げていたら、この絵が目にとまったんだ。アンソニーが亡くなるまえ、ちょうど彼の絵を描いていた時期に、習作として手がけたものなんだ。それで……」

「急に心が乱れたんですね」

「ああ。驚かせてすまなかった」

パトリックはそっとかぶりをふった。

「誰だって身近な者の死にはとらわれるものです。ぼくもつい先日、父が他界した知らせを受け取ったばかりなので、わかるつもりです」

他人行儀ともいえるほどにおちついた口調は、ことさら気丈にふるまおうという努力のためか。ともあれパトリックの告白は、ユージンに年長者としての自覚をもたらしたようだった。

「それはお悔やみを……」

すぐさま十字を切ったユージンに、パトリックがほほえみかえす。

「ありがとうございます」

そして手にしたままの絵に、ちらりと目を向けた。

「もしも気になるようなら、この絵はしばらく預かりましょうか」

「……いや。画帖に収めてしまいこんでおくから大丈夫だよ」

「わかりました。――かたづけ、手伝いますよ」

黙々とすべての絵を拾い集めてから、おれたちはユージンの部屋を辞した。

底冷えのする廊下を歩きだしながら、パトリックがささやく。

「きみは蝶の絵の秘密について、ユージンに伝えたかい？」

「いや。とりあえず黙っておいたが」

ユージンの描いた絵の蝶が、母猫の魂のかりそめの器になっていたと打ち明けたところで、にわかには信じがたいだろう。下手に説明して怪しまれるよりはと、昨日はふれずにおいたのだ。

「それならユージンに、自分の絵が動くという認識はなかったんだね？」

「そのはずだ」

「にもかかわらず、目の錯覚ではかたづけずにあれだけの反応をしたとなると……」

「よほどのものを視たわけか」

「おそらくはね。ひとまずなだめるために、ああ説明するしかなかったけれど」

「きみはあの絵からなにか感じたのか？」

「よくわからない。なにかが絵の奥から息をひそめて、こちらをうかがっているような気もしたのだけれど……正体はつかめなかった」

「あの絵はたぶん、完成させずに投げだしたものだよな」

「耐えられなかったんじゃないかな」

「自分の顔を描くことに？」

「昨日きみはユージンに、絵のモデルを務めるのは苦手だという話をしただろう？」

「ああ。画家に心をのぞきこまれているようで、なんだかおちつかないって」

「自画像を描くというのは、それを自分に対してやってのける作業だ。真摯《しんし》に取り組めば取り組むほど、認めがたいような内面とも向きあわなければならなくなる」

「……おのれの罪とも？」

声をひそめたおれに、パトリックがうなずいてみせる。

「でもそれは客観的な罪の多寡や、軽重とは関係がない。あくまで当人がそれをどう感じているかという主観が照射され、焼きつけられたものになる。そしてユージンには、みずからの魂の声をあまさずとらえて、かたちにしてのけるたぐいまれな才能がある。つまりそこに息づくものがあるとすれば——」

心を鎮めるように、パトリックは息を継いだ。

「それはユージンの自意識によって誇張《こちょう》され、ゆがめられたもうひとりの彼――いびつな複製だ」

おれはおもわず足をとめた。

「まさかコンラートが図書館で遭遇したのは――」

そのおぞましい複製が、絵から脱けだしたものだったというのか？

そのとき階段のほうから、ひとりの生徒が姿をみせた。ハロルド・キングスレイだ。

ハロルドはすぐにおれたちに気がつき、こちらに歩み寄ってきた。

「どうした？　おれに用か？」

「そんなところです。クレイトン先輩の容態が気になったので、なにかご存じかと」

如才なくパトリックが応じる。いましがたのユージンの件については、ふれずにおくことにしたようだ。

「ここは冷えるだろう。ずいぶん待ったのか？」

「ついさっき来たばかりですから」

「そうか。ちょうど医務室まで顔をだしてきたところなんだ。ウォルターの様子はあいかわらずだった。そろそろ病院に移すことを考えたほうがいいかもしれないそうだ」

「テイト校長は承諾を渋《しぶ》るのでは？」

「かもな。だがこれ以上の死者を、校内でだすわけにもいかないだろう」

「大丈夫ですか？」

パトリックが問うと、ハロルドはため息とともに吐きだした。

「どうだろうな。いまのところ外見にめだった変化はないし、ただ昏々《こんこん》と眠り続けているだけのようだが」

「そうではなくて、あなたのことです。なんだか顔色が優れないようなので」

「え？」

指摘されてようやく気がついたというように、ハロルドは目をまたたかせる。虚をつかれたその表情は、ひどく無防備に感じられた。

「ああ……たしかにかなり参っているよ」

力のない苦笑を頰にまとわせながら、片手でぞんざいに額をこする。そうすれば疲労が拭《ぬぐ》い去《さ》れると、常にやりすごしてきたことで染みついたしぐさのように。

「なにもかも宙吊《ちゅうづ》りのままで、まるで心の整理がつかないからな。ウォルターの回復のために、ロレンス先生はほとんどつききりで祈りを捧げているが、おれはなにをどう祈るべきかもわからない。あれから幾度か礼拝堂まで出向いてみたが、ギャラリーの周辺をくまなく調べてみても、事件の手がかりになりそうな痕跡はみつからないし」

おれはおもわず口を挟んだ。

「まだ礼拝堂の鍵を持っているんですか？」

発覚したら面倒な事態になるのではと危惧したが、そういうことではないらしい。

「あれなら翌朝すぐに戻しておいたさ。そのあと遺体を運びだしたときに、鍵をかけ忘れたままになっているらしい。都合が好いから報告していないが、他に近づく生徒もいないようだ。下級生のあいだで、こんな噂が出始めているのを知っているか？　アンソニーの亡霊はいまもあの礼拝堂で、次の犠牲者がやってくるのを待ちかまえているそうだ。なにも知らない連中が勝手なことを」

まるで泣き笑いのように、ハロルドが目許をゆがめる。

ひと呼吸おいて、おれはその意味に思い至った。

「まさかあなたはそれで礼拝堂に？　死んだ親友が望むなら、自分の命を投げだしてやるつもりだったんですか？」

咎める声色に、ハロルドがたじろぐのがわかった。だがおれはやめなかった。

「あなたはそれでもかまわないかもしれませんが、ここまでおれたちを巻きこんでおいてそんな末路をたどられたら、寝覚めが悪くてたまらないですよ」

あえてぞんざいな口調で、ハロルドの感傷に水をさしてやる。安易な罪悪感に駆られた自己犠牲など、くそくらえだ。

ハロルドは双眸《そうぼう》を伏せ、かすかに息を洩らした。

「……すまない。たしかに軽率だった。ただおれは……あの礼拝堂からいまもあいつの魂が離れずにいるのなら、ほんの一瞬でもふれあえることがあるかもしれないと、期待せずにはいられなくて」

声をつまらせたハロルドに、パトリックが語りかける。

「気持ちはわかりますが、しばらくのあいだ礼拝堂に近づくのはやめておいたほうがいいでしょう。いまのあなたは心が弱っている。その魂の隙に、どんな得体の知れないものがつけこんでくるか、わかりませんから。それに亡霊になったあなたが、ぼくたちに真相を説明しにきたとしても、こちらに相手ができるとはかぎりませんし」

　まじめな顔でまぬけな状況を語られて、ハロルドは声をたてずに笑った。

「そうだな。素人考えで動くのはよすことにするよ」

「いま知りあいの弁護士に、ミルフォード先輩とクレイトン先輩の身辺について調べてもらっているところです。彼はうちの生徒の父親なので、すぐにこちらの事情を酌《く》んで電報を寄越してくれました。週末までに、できるだけ伝手をあたってみるとのことです。数日で決定的な情報を得るのは難しいでしょうが、それでも学外でのふたりの顔を知ることが解決のとっかかりになるかもしれません。まずはそれを待ちましょう」

「――ありがとう、ハーン。それにレディントンも」

　ハロルドはまっすぐこちらに向きなおった。

「おまえにとっては見ず知らずの生徒のために、ここまでつきあわせることになってすまない。迷惑をかけたな」

「いえ……望んで係わったことですから」

　居心地の悪さを隠すように、おれは目を伏せる。

　ハロルドはふいに身震いすると、話をきりあげにかかった。

「こんなところに長居させて悪かったな。次におれが不在のときは、部屋で待っていてくれていい」

「そうします」

「風邪ひくなよ」

「おやすみなさい」

パトリックとおれは声をそろえた。

ひらりと片手をあげて、ハロルドが背を向ける。

遠ざかるその姿がやがて自室に消えるのを見送りながら、あらためて自覚する。

おれはやはりこの上級生が苦手だ。彼の正しさも、弱さすらさらけだす潔《いさぎよ》さも、自分の意志に対する揺るぎない信頼も、おれには遠く手の届かないものに感じられる。

憎んでいるわけではない。羨んでいるわけでもない。

ただハロルドの光も影も、おそらくいまのおれには鮮やかすぎて、長い露光に耐えられないだけだ。

おれはふと考えた。亡きアンソニーは、長らくハロルドに憧れていたという。同級生でありながら、自分にはないものを持つ相手のそばにい続けることで、彼が憧憬以外の複雑な感情をいだくことはなかったのだろうか。

信頼。羨望《せんぼう》。親愛。嫉妬。絶望。あるいは……。

「さて。あたたかいお茶でも飲んで、ぼくたちも今夜は早めに休もうか」

パトリックの声で、おれは我にかえった。

「――賛成だ」

踵をかえしたパトリックに、おれも両手をこすりあわせながら続く。

「だけど週末まで、なにもせずにいるのもおちつかないな。明日の昼休みあたり、あらためて礼拝堂を調べてみるか？」

「それはやめておいたほうがいい」

「アンソニーの亡霊が気になるか？　だけどふたりいれば、もしなにかあっても――」

「そうじゃなくて、この件によけいな首をつっこんでほしくないと、ひそかに警戒している誰かがいるかもしれないからさ。その誰かがぼくたちの動きを嗅ぎつけたら、どうなると思う？」

「あ……」

妖しい現象にばかり幻惑されてつい見失いそうになるが、ふたつの事件がアンソニーの秘密に端を発していることはまちがいないだろう。それを暴かれたくない者が、おれたちのすぐ近くで息をひそめているとも考えられるのだ。

そう悟り、いままでにない不安がこみあげてくる。

そのときなぜか、おれの足は動かなくなった。

ちょうど三階に降りたところで、廊下を部屋に向かっていくパトリックを呼びとめようとする声が、喉につかえてでてこない。

気のせいではない。おれの視界の隅——二階まで続く階段の先に、暗がりに溶けるようにたたずむ人影があった。

黒髪で上背のある、制服姿の生徒だった。

窓を背にした踊り場の片隅から、虚ろで、哀しげなまなざしをこちらに投げかけているその生徒は——。

「なん……で」

ハロルド・キングスレイだった。

いましがた四階の自室に消えたはずの彼が、なぜあんなところにいるのだ。

とたんにぐにゃりと世界がひねりつぶされる。理性と現実の辻褄をあわせようと、天地が力任せに逆転し——。

「オーランド！」

激しい眩暈を弾《はじ》き飛《と》ばしたのは、パトリックの声だった。

おれの片腕をつかんだパトリックが、息を弾ませている。

「どうしたんだい？　危うく転げ落ちるところだったじゃないか」

「あ……ああ。すまない」

おれの異変に気がついたパトリックが、すんでのところでかけつけてくれたらしい。

いまだ足許が定まらない身体を、氷のような石壁に手をついて支えながら、おれはぎこちなく階下をふりむいた。

そこにはすでに誰の人影もなく、闇に塗りつぶされた硝子窓の向こうからは、ひたひたと雨音が浸みこんでくるばかり。

はるかかなたの雷鳴が、まるで葬歌の海に沈む弔鐘《ちょうしょう》のようだった。


「おちついたかい？」

パトリックにひきたてられるように部屋までたどりついたおれは、呆然自失《ぼうぜんじしつ》のまま熱い紅茶を胃に流しこみ、ようやく人心地つくことができた。

「それなりに慣れたつもりではいたんだけどな……」

おれは笑ってみせようとしたが、こわばった頬は期待どおりに動いてはくれなかったようだ。パトリックも両手につつんだカップ越しに、気遣わしげな視線を向けている。

おれはいたたまれない気分で、二杯めの紅茶に口をつけた。持ちあげたカップの縁が歯にふれて、かちかちと音をたてる。手のふるえはまだ治まりそうになかった。

「あれはハロルドであって、ハロルドでないものだった」

「たしかに生身のハロルドが、ぼくたちを追い抜けたはずがないからね。下級生が今朝まのあたりにしたのも、おそらくきみがいま遭遇したのと同じものだったんだ」

黒髪の偉丈夫といえば、まさにハロルドの容姿と合致する。似た姿の生徒がいないわけではないはずだが、ここまで役者がそろったところで、あえてハロルド以外の誰かに固執する理由はないだろう。

ユージン・カートライトに似て非なるもの。

ハロルド・キングスレイに似て非なるもの。

それぞれ現実の——おれたちの認識しているふたりとは別人のようなありさまのなにかが、おそらくは当人もあずかり知らぬままに校内を徘徊している。どちらもあの謎の男の死がきっかけなのだろうか。

するとしばらく考えこんでいたパトリックが、

「オーランド。きみはこれまで長くパリで暮らしてきたのだったね?」

唐突に問いかけてきた。とまどいつつも、おれはうなずく。こんなきりだしかたをするとき、パトリックには決まって考えがあるのだ。

「ああ。おれにとっては、大陸で一番なじみのある町だよ」

「それならサルペトリエール病院に憶えがあるかな?」

「十三区の?」

「知っているんだね」

「まあ……存在はな」

おれはくちごもった。まさかその名を、こんなところで耳にするとは。

「外から眺《なが》めたことがあるくらいで、詳しいことはわからないよ。あの病院はなんていうかその……恵まれない境遇のご婦人のための施設だというから」

「加えて、神経を病んだとみなされた女性たちを、収容する病院だね」

「そうらしいな」

病棟は監獄のように鉄格子が嵌《は》められているとか、十年も二十年もそこで暮らしている患者がいるとか、真偽の定かではない噂がまことしやかにささやかれていて、特に子どものころはどこか幽霊屋敷のような恐れを感じずにはいられなかった。

脳の機能に異常を生じただけで、誰もが廃人になりうるのだと考えると怖かったし、あるいは心が壊れて病院送りになった患者たちの人生に、どれほどの困難があったのか想像すると、幼心《おさなごころ》に胸がつぶれるような気もした。

母が彼女たちに対して、同情をもって語っていたこともあるかもしれない。もしも母がおれの父親と結婚などしていたら、親族におれを取りあげられたあげくに療養所に閉じこめられて、じきに本当に気がふれてしまったかもしれないと。

昔からそうした施設は、親族にとって扱いにくい女性を隔離し、社会的に亡き者にするための装置でもあったのだ。

だからあの世界はたしかにおれとも地続きであるはずのもので、にもかかわらずある種のおぞましさを懐いてしまうことのうしろめたさと、おれはまだ正面から向きあう勇気がなかったともいえる。

「そこの医長のね、ジャン゠マルタン・シャルコーという博士が、とても興味深い研究をしていると以前ロレンス先生が教えてくれたんだ。二重意識——ひとりの人間のなかに、ふたつの心があるという症例の研究についてね」

「ふたつの心？」

おれはとまどい、医師がそのような表現をすることの意味を考えた。

「それは他の誰かの霊が取り憑いているとか、そういうことではないんだな？」

「うん。ロレンス先生もウォルターの容態について、受け容れがたい現実から心を守るためにこの世界のほうを意識から締めだそうとしているのかもしれないと、推察していただろう？　同じように当人が耐えがたい経験をしたとき、その前後の記憶を引き受けるもうひとりの自分を造りだしてしまうこともあるというんだよ。まるで主人と、献身的な護り手のようにね。分身に押しつけた記憶は、主人の意識からは失われる。おかげで心穏やかに生きることができるというわけさ」

「………」

よくできたまやかしめいたそのからくりを、なんとか呑みくだして想像が追いつくまでにしばらくかかった。明確な言葉にできない疑問が、次々と浮かんでは捕らえそこなったまま消えていく。そのひとつをおれはなんとかつかまえて、

「だけどそんな……心の一部分だけしか目を覚ましていないような状態で、普通に暮らしていけるものなのか？」

「記憶の齟齬《そご》を追及されたりして、心の危機さえおとずれなければね。ぼくはウォルターがすでに一年まえから、これに近い状態だったのではないかと考えている」

「そういえば……」

ハロルドによれば、アンソニーにまつわるウォルターの記憶は奇妙にあやふやになっているようだったという。ユージンの証言でも、事件以降のウォルターはしばしば心ここにあらずの状態でいたらしい。

もともと社交的な性格ではなく、アンソニーが他界してからは起居をともにする相手もいなかったため、決定的な異変を誰にも気づかれなかったのだろうか。

「けれどときとして、切り離した記憶を託された分身のほうが、主の意識を乗っ取ることもあるというんだ」

「乗っ取る?」

不穏な響きが、たちまち胸をざわつかせる。

「その分身には、主が拒絶した苦しみにも耐えられる強靭さがある。それはつまり、主が自覚せずにいた攻撃性や復讐《ふくしゅう》心の権化ともいえる。平気で悪態《あくたい》をついたり、暴力で抵抗したり。それがなにかの拍子《ひょうし》に——主人の救難信号を受けとめたかのように、両者がくるりと入れ替わるときがある。そのさまは、傍《はた》からは一瞬で性格が豹変《ひょうへん》したようにみえるそうだ」

「……まるで悪魔憑きだな」

「まさにそれさ。長らく魂の自由を奪われ、虐《しいた》げられ、貶められてきたと感じている者が、ついにその怨念《おんねん》を叫び散らして魂を解放する。悪魔が取り憑いたとされる現象の正体は、おおむねそんなところだろうとぼくは踏んでいるよ」

「だったら祓魔師《エクソシスト》なんて、まるきり道化みたいなものじゃないか」

「そうでもない。悪魔祓《ばら》いの儀によって、神に向かって唾を吐き、聴くに耐えないような罵詈《ばり》雑言をぶちまけたのは、他ならぬ悪魔のしわざだったと証明することができる。つまりもっとも大切なもの――清く正しい自分という像は護ることができるのだからね。真の絶望は、自分が疑いようのない悪だと認めることだろう？」

「そういう装置として機能するかぎり、必要とされるってことか？　だけどその……病的な心のありさまの、根本的な解決にはならないんじゃないのか？」

「かもしれない。それでも溜まった鬱憤《うっぷん》を発散して、心をなだめることはできるだろう。誰もがそんなふうに、どこかで自分を騙《だま》しながら生きている。この世にはそのための物語があふれているじゃないか。勇敢な戦士は死んだらヴァルハラに迎えられる。だから死を恐れずに戦えるのさ」

「北欧神話か」

戦場で勇壮な死を遂げた戦士は、美しき騎乗のヴァルキリーによって主神オーディンの宮殿ヴァルハラに集められ、生き続ける。それが戦士としての最高の栄誉だとされていたからこそ、ヴァイキングはたぐいまれな勇猛果敢さを誇ったと語り継がれている。

「だから古い物語を信じられなくなるのは、とても怖いことでもあるんだよ。本当はね。誰にも頼れず、すべてを自分で背負わなければならないということなのだから」

啓蒙《けいもう》の先に待つのは混迷の時代。だからこそいま、こんなにも聖母マリアの奇跡が熱狂的に受け容れられているのだろうか。

そんなふうに人々がもがくさまは、ひどく必死で、滑稽で、憐れで……愛おしくも興味深いとパトリックは感じているのかもしれない。

「それにしても、心をふたつに切り離してしまうなんて驚きだな。自分でも知らないうちに、それが生じているかもしれないわけだろう?」

「そう。いつのまにかもうひとりの自分が存在していることに、気づきもしない。だからたとえば親友をみずから手にかけておきながら、その死の真相を突きとめたいと協力を求めてくることだってありえる」

「……え?」

やがてじわじわと、パトリックの云わんとしていることが脳に浸みこんでくる。

おれはおもわず腰を浮かせた。椅子に足がふれて、がたりと音をたてる。

「待てよ。まさかハロルドがアンソニーを殺して、そのことを知らないまま きみに協力を求めてきたっていうのか? そんな馬鹿な!」

だが現におれはもうひとりの——ハロルドらしからぬハロルドを視たばかりだ。

いや——そうではない。パトリックの仮説には根本的な穴がある。

「きみの考えるもうひとりの自分は、あくまで心の領域での分身だろう? おれが階段で視たあれは、あきらかに生身ではないなにかだった」

「もちろんそうだろう。だからハロルドは、子ども時代のきみと同じことをやってのけたのかもしれないと思ったのさ」

「おれと同じ?」

「きみが意図せず〝空想の友だち〟を生みだしたように、ハロルドもおのれの望みを体現した分身を知らぬまに生じさせたのかもしれない。環境そのものは整っているよ。いくら慣れていても寄宿舎生活は緊張と隣りあわせだし、そこになにかしら負荷がかかったことで魂の必要に迫られたのだとしたら?」

よどみのない語りが、いびつな世界に容赦なくおれをひきずりこんでゆく。

「それにユージンは疑っていた。ハロルドこそが、アンソニーを死に追いこんだ張本人ではないかとね」

「!」

そうだ。なんの根拠もなしに、ユージンがあんなことを口にしたはずがない。

絶句したままのおれをなだめるように、パトリックが声音をやわらげる。

「あくまで仮説のひとつにすぎないけれどね。いまになってこうもたて続けに目撃されている理由がわからないし。ただまれにそういう存在が生みだされることがあると、ぼくの乳母が教えてくれたことがあるんだ」

そういえばパトリックの乳母は、あちらがわのものが視える女性だった。幼い子どもがその純粋な想いで〝空想の友だち〟をつくりだすことはめずらしくないと、パトリックに話して聞かせたのも彼女だ。

「ひょっとして……かつて世話をしていた子の誰かが、それをやってのけたのか？」

パトリックは目を伏せることで、肯定を伝えた。

「両親から、理不尽な虐待を受けていた少年らしい。雇われの身では庇ってやるにも限界があって、それでも彼女はずいぶんと悔いていたよ。おとなしくてけなげな子だったけれど、だからこそ本人も認めがたい恨みつらみの念を凝縮したような分身が、いつしかそばに寄り添うようになったそうだ」

「恨みつらみを……」

「詳しくは教えてくれなかったけれど、その家庭はほどなく崩壊したとのことだった。ほんのささいな、けれど夫婦の不和を確実に誘発するようなできごとが、屋敷内で続けざまにおきて、かきたてられた憎しみがやがて決壊して――」

「…………」

その先についても知っているのかどうか、パトリックは口を閉ざして語らなかった。

少年の分身が主のためになにをしたのか。それから彼らの関係はどうなったのか。少年の行く末を想像すると、痛々しさと哀しみとおぞましさが胸を満たし、肺の奥の奥までをも凍りつかせるようだった。

「もしも魂が壊れるほどの危機を銃爪に、生まれ落ちたものがあるとしたら……それが主の望みを肩代わりするためのものだとしたら……」

かじかみ、途絶えたおれの危惧を、パトリックがひきとる。

「相当に性質の悪いものになるだろうね」

主の秘めた望みを叶えることがそれらの存在理由だとしたら、そこには理性の箍《たが》も良心の葛藤《かっとう》も存在しない。

「暴走列車のようにとまらない。誰にもとめられない。それらもまた、主の幸せのために罪を喰らうものといえるのかもしれないけれど」

パトリックの声がひどく遠い。深くて昏い水底にいるような息苦しさに襲われて、おれはたまらず席をたった。椅子の背に手をつき、よろめきながら窓に近づく。

もしもいまのおれの身に、その少年と同じことがおきたなら。もはや悪魔と名をつけることもできないもうひとりのおれは、いったいなにをしでかすのだろうか。

窓硝子に映りこんだおれの顔を、流れる雨粒がゆがませる。

雨はさきほどよりも激しさを増していた。

どうやら長い夜になりそうだった。

6

ファーガソン邸の玄関先からは、すでに甘い香りが漂いだしていた。

たちまちだらしなくゆるみそうになる口許を、パトリックともどもひきしめつつ訪問のベルを鳴らすと、さっそくウィルが顔をだした。

「ふたりともどうぞ。もうすぐ焼きあがるところですよ」

「このサフランの香り……ひょっとしてルッセカットか？」

おれは襟巻きを取りながら、邸内を満たす香ばしい匂いに鼻をひくつかせた。

「当たりです！　昨日は聖ルシアの祝日だったでしょう？　それで一日遅れになりますけど、お祝いに焼きたてを用意することにしたんだそうです」

聖ルシアはシチリア島シラクサに生まれ、四世紀初頭に殉教した聖女だ。迫害のために両の眼を刳《く》り抜《ぬ》かれたと伝えられており、聖画ではふたつの眼球を黄金の皿にのせた姿で描かれることが多い。

ルシアとはラテン語で「光」や「光をもたらす者」を意味し、目の不自由な者の守護者としても崇敬されている。その記念日である十二月十三日は、ユリウス暦における冬至の日でもあり、暗闇《くらやみ》に光をもたらす聖女の祝日として、おもに北欧で盛大に祝われているのだった。

「それは楽しみだな」

おれは期待に胸をふくらませたが、パトリックのほうはぴんとこない顔をしている。

「知らないか？　スウェーデンあたりで、この時期によく食べられている黄金色のパンさ。ほんのり甘くてふわふわしていて、S字にひねったふたつの渦の中心に干し葡萄《ぶどう》が飾ってあって、ひとつふたつはぺろりといけるんだ。ルッセカット《Lussekatt》は〝ルシアの猫〟という意味で――」

「猫？　パンに猫という名がついているのかい？」

　たちまちパトリックがいろめきたった。

「そうだよ。S字状のくるりとした曲線が猫の尻尾《しっぽ》みたいだからとか、中世のころは悪魔が配るパンを〝悪魔の猫〟と呼んでいたからとか、名の由来についてはいくつか説があるらしいけど、向こうではおなじみのパンだな」

「黄金色の猫のパン……尻尾がくるくる……くるくるの尻尾……」

　パトリックは頬を上気させ、うっとりとつぶやいている。

　おれは笑いをかみしめながら、手土産をウィルに渡した。

「これはご両親に」

「うわあ、すみません。ありがとうございます。でもこんなことされると、ますます先輩たちの株があがっちゃうなあ」

「今回は特に迷惑をかけたからな。それにウィルが困ることはないだろう？」

　どこか不満げなウィルの態度に、おれは首をかしげる。

「先輩たちがあんまり優秀だと、比べられるぼくの立場がないんですよ。ぼくは兄弟がいないから一事が万事のんびりかまえすぎていて、誰かと競って自分を高めようとする気概に欠けているとかなんとか、両親にため息をつかれたりするはめになるんですから」

「それがおまえの好いところじゃないか」

そんな内情をうじうじと胸に溜めこまず、そのまま打ち明けてしまうあたり、そもそもたいして気にしてはいないのだろう。そのこだわりのなさこそがウィルの美点だと、あの両親ならきっとわかっているはずだ。

「いま父を呼んできますから、客間で待っててくださいね。それはそうと、警察署のほうはどうでした？」

廊下の奥におれたちをうながしながら、ウィルが興味津々の顔で訊いてくる。

おれたちは先にダラムの警察署まで出向き、捜査の状況についてたずねてきたのだ。

「失踪者の問いあわせは一件もないそうだ。老若男女ひとりとしてな」

煉瓦《れんが》造りの署には、住民の訴えに対応する窓口があった。

田舎町だが四季を問わず観光客でにぎやかなこともあり、普段は遺失物の問いあわせなども多いというが、今日はたまたま暇を持て余していたようで、パトリックと顔見知りの若い警官が気さくに応じてくれたのだ。

パトリックは検死を担当した監察医とも面識があり、ずいぶん顔が利くようだった。署をあとにしてからその理由を訊いてみると、

「捜査の方向性に係わることで、昔ちょっとした助言をしたことがあってね。それ以来のつきあいなんだ」

との秘密めかした口ぶりで、おおむね想像がついた。おそらくあちらがわのものからんだ事件に、パトリックが首を突っこんだのだろう。なにしろこの町の共同墓地の墓守と

も、親しい交流のある彼だ。いまさら驚くことでもなかろう。

「検死の結果はどうだったんですか?」

いそいそとたずねるウィルに、パトリックが簡潔に伝える。

「死因に不審な点はなかったらしい。頭蓋骨が陥没していて、あとどこだかの骨も折れていたそうだ」

「ギャラリーから転落したことは、疑いようがないわけですか?」

「そのようだね。ただ念のために腹を開いてみたら、すべての臓器が尋常でなく委縮していたというんだ。極度の老衰——自力で歩くことも困難な、それこそ生きていたのが信じられないくらいのありさまだったと」

「うわあ。それじゃあやっぱり、精気を吸い尽くされていたのかもしれないんですね」

好奇心と恐怖心がないまぜになった表情で、ウィルは声をうわずらせる。

事件についての調査をファーガソン氏に依頼するにあたり、おおよその事情はウィルにも打ち明けていた。

「証拠などないけれどね。ただ遺体の状態から、男があの晩に死んだことはまちがいないし、ダラムの馭者《ぎょしゃ》たちにたずねてみたら、その日に客を乗せて聖カスバート校に向かった辻馬車は一台もなかったそうだ。もっとも他所からの馬車までは調べようがないし、よこしまな目的で学校をたずねたのなら馭者に顔を知られるような真似はしないはずだから、目撃者がいないのも当然だけれど」

「それなら事件について、警察はどう考えているんですか？」

おれは肩をすくめて、

「荷馬車かなにかで学校までやってきた盗賊の一味が、礼拝堂を物色しているうちに諍《いさか》いをおこした。ギャラリーで揉みあったせいでひとりが転落して、死体はそのまま置き去りにされた。そんなところだな」

「え？　学校からなにも盗まれていないのに、泥棒扱いですか？」

「予想外のことにうろたえて、慌てて逃げだしたんじゃないかとさ。校長はそういうことで終わりにしたがっているらしい。服装が妙に若々しいのも、ダラム大学の学生あたりから盗んだんだろうってことでかたづけられたそうだ」

「盗品の届け出は？」

「ないね。だからすでに質屋に売り払われたらしい」

「証拠品を売るなんて！」

「よくあることらしいぞ？　あの一式なら、なかなかの臨時収入になったかもな。丸裸にされた遺体のほうは、週明けにも共同墓地に埋葬する予定だそうだ」

おそらくその遺体は、老トマスが埋葬することになるのだろう。

罪人や、自殺者や、洗礼を受けずに死んだ乳幼児や、身許不明者ばかりが眠る北の区画に、まともな棺《ひつぎ》も与えられずに埋められる。

死者はなにも語らず、真実は凍《い》てついた土に覆《おお》い隠《かく》されてしまうのだ。

サフランの香気がふわりと脳まで染みわたる、焼きたてのルッセカット。オレンジの風味が熟成でまろみを増し、舌でとろけるダンディー・ケーキ。

心づくしのご馳走をおれたちがひとしきり堪能《たんのう》したのを見て取ってから、ファーガソン氏は本題をきりだした。

「きみたちからの手紙を受け取った翌日、さっそくニューカッスルの紳士倶楽部《クラブ》まで足を運んでみたんだ」

「お忙しいところにすみません」

パトリックともどもも恐縮すると、ファーガソン氏は鷹揚《おうよう》に笑った。

「いやいや。ちょうどあちらに出向く用があったし、わたしとしても聖カスバート校での事件となれば捨ておくわけにはいかないからね」

懐から取りだした帳面をぱらぱらと繰りながら、

「弁護士稼業の友人たちと、おたがいさしつかえのない範囲で情報を融通するのも仕事のうちでね。ロンドンの社交界事情にも詳しい同業者をつかまえて、いろいろと訊きだしてみたよ」

帳面をめくる手をとめると、ファーガソン氏は表情をひきしめた。

「まずウォルター・クレイトンという奨学生についてだが、さかのぼれば男爵家に連なる名家の子息ではあるらしい。だが現在は領地もほとんど手放して、かなり困窮しているようだね。それでも家名のために、ひとり息子には名のある学校で教育を受けさせたかったというところかな」

パトリックがたずねる。

「奥方のほうは？」

「七年まえに亡くなっているが、富裕な資産家の生まれだ。だが嫁《とつ》いだのちは、実家との交流はほぼなかったようでね」

「彼女の両親が、高貴な家柄との縁を欲したわけではなかったのですか？」

「うむ。それがいくつかひっかかる点があって……」

ファーガソン氏は帳面に目をおとす。

「紳士録の記載によれば、結婚当時の奥方はまだ二十歳そこそこだったが、クレイトン氏のほうは先妻と死別したうえでの再婚で、すでに四十をいくつか超えていた。加えてその年に息子のウォルターが誕生している」

「……その年に？」

おれたちはぎこちなく視線をかわした。パトリックの脳裡にも、おそらくひとつの疑念が浮かんでいるのだろう。おれは声をひそめて、

「ウォルターの出生には、うしろ暗いところがあったかもしれないと？」

まるきりありえないとはいえないが、時期からしてかなりきわどい。倍ほども齢の離れ

た夫婦だって、家柄を重視した結婚ならよくあることだろうが、両家のつきあいがないというなら、それはまるで要らない娘を厄介払いしたかのようだ。

「確証はないが、醜聞を避けるためにこうした対処がなされることは、さほどめずらしくないんだ。我々のような顧問弁護士としては、一家の危機を解決するために協力せざるをえないこともしばしばあってね。まったく因果《いんが》な商売だ」

ファーガソン氏の目許に、いつにない疲労がにじむ。彼もまた、決して公にはできないいくつもの罪をその身に呑みこんで、無力をかみしめてきたのだろうか。

「娘の懐妊を知った両親が、急いであてがった結婚相手。それがクレイトン氏だったのかもしれない」

「多額の持参金を条件にですか？」

「おそらくは。だがそれもやがて食《く》い潰《つぶ》してしまったのだろう。おちぶれた身でありながら、高貴な血統ばかりを誇っているような者にはありがちなことだ。だからこそ不名誉な真実を世に暴露する危険もなかろうと、目をつけられたとも考えられる」

いずれにしろ、近年のクレイトン家が巷《ちまた》をにぎわせたことはないらしい。

「対してミルフォード家のほうは、なにかと話題に事欠かないようだ。莫大《ばくだい》な財を継いだ大貴族というだけで、おのずと動向には注目が集まるものだからね。ゴシップの種にされることもままあるようで……」

ファーガソン氏はわずかにためらいをみせてから、

「たとえば去年は、めでたく誕生したミルフォード卿《きょう》の次男が、愛人との私生児なのではという噂がささやかれたらしい。奥方には長らく懐妊のきざしなどなかったはずなのに、不思議なことだとね」

隣でパトリックが身じろぐのがわかった。

おそらくはおれの心境をおもんぱかり、口を開きかけたまま言葉を選んでいるのに先んじて、おれは率直にたずねた。

「ミルフォード卿には、以前から愛人の影があったんですか？」

「いや。むしろその手の噂がいっさいない、高潔な御仁として知られているそうだ。それというのも先代の子爵——卿の父親はかなり女癖《おんなぐせ》が悪かったようでね。身内としては嫌気がさして、正反対の道を歩むというのもまたよくあることだ。政治家にとって、そうした醜聞は命取りでもあるしね」

「ではまったくの事実無根だと？」

「うむ。離婚の許されないカトリックを揶揄《やゆ》するときにありがちな、下世話なゴシップの域をでないものと見做《みな》してかまわないだろう。もし次男が亡くなりでもしたら、愛人の子を押しつけられた奥方が事故をよそおって手にかけたのではと、噂の信憑《しんぴょう》性を高めることにもなりかねないところだが、実際には跡継ぎとして大切に育ててきた長男のほうが亡くなったわけだからね」

さすがに不謹慎だと感じたのか、いかがわしい噂はほどなく下火になったそうだ。

「それともうひとつ。こちらはただの噂にとどまらないようだが、ミルフォード卿にはひとり素行の悪い弟がいて、なにかと世間を騒がせているらしい」

「アンソニーの叔父ですか？」

「テレンス・ミルフォード。潔癖な兄とは逆に先代の気質を濃く受け継いだものか、色恋がらみの醜聞で軍を除隊になってからも、名士の妻に手をだしたり、悪友とつるんで詐欺《さぎ》まがいの事業を手がけたり、賭けで莫大な借金をこさえたりと、そのたびに兄である卿が尻拭《しりぬぐ》いをしてきたようだが、反省して行状があらたまるどころか、あいかわらず借金まみれの身で派手な暮らしをしているらしい」

するとパトリックが疑問を投げかけた。

「ですがいくらミルフォード卿の弟とはいえ、決まった職もなくぶらぶらしているような男がいつまでも大金を借り続けられるものなんでしょうか？　家名が信用になるといっても、当主とその弟の財産には雲泥の差があるのでは？」

「そのとおりなのだが、そこを曲げさせるだけの魅力が備わっているのか、容姿端麗でなかなかの男ぶりではあるらしい。じつはわたしの友人の従弟が、オックスフォードでテレンスと同期だったそうでね。数年まえに再会したテレンスが酔った勢いで、いずれ自分はミルフォード家の当主になるのだとほのめかしたことがあったらしい。虚弱な甥《おい》が他界すればテレンスに爵位が転がりこんでくるのは事実だが、なにかそれ以上の含みがあるようにも感じられたと」

「本当ですか？」

もしもそれがテレンスの本音なら、穏やかではない。だがファーガソン氏はおれたちの胸の内を読んだように、

「テレンスにとって、予想外にもすくすくと成長した甥は、目障りな存在でしかなかったかもしれない。だからといって、テレンスが甥を手にかけたと考えるのは早計ではないかな？　アンソニーが亡くなった時点で、すでにミルフォード卿には次男が誕生していた。爵位の継承順位がそちらに移ることはわかっていたはずだ。それにこんなことを口にするのも憚られるが……どちらかの甥を亡き者にするなら、生まれたての次男のほうが格段に怪しまれにくい。そうした悪知恵のまわらない男ではないだろう」

たしかにどれほど恵まれた環境で、大切に育てたところで、嬰児《えいじ》はしばしばあっけなく命を落とすものだ。

ファーガソン氏は席を離れ、一枚の写真を手に戻ってきた。

「参考になるかと、友人から写真を借りてきたんだ。従弟の学生時代のもので、テレンスはこの青年だ。いまは三十代のなかばになるそうだが、遊び人らしく若々しいというから、外見にさほど変わりはないかもしれない」

パトリックが写真を受け取り、おれとウィルが両隣からのぞきこんだ。

なにかの競技会の記念だろうか、白い運動着の青年たちが肩を組んで並んでいる。椅子に腰かけた前列の隅にいるのがテレンスだという。たしかにおのれの容姿に自信のありそ

うな優男《やさおとこ》だった。どこか斜にかまえた笑いかたからは、のちの自堕落な生きざまがすでにうかがえるようだ……というのはうがちすぎかもしれないが、どうにも友だちにはなりたくない手あいだなという印象だった。

顔だちそのものは……よくよく観察してみると、ユージンの描いた肖像画のアンソニーと似ていなくもないが、それよりも雰囲気の差がきわだって感じられた。

そのとき写真に顔を近づけたウィルが、怪訝そうな声をあげた。

「あれ？　そういえばクレイトン先輩が、休日にダラムの町でこの叔父さんと会っていたことがありますよ」

予想外の発言におれはとまどった。

「ウォルター・クレイトンが？　アンソニーじゃなく？」

「はい。旧市街のカフェで、向かいあって席についているのを、店の外から硝子窓越しに見かけたんです」

「それはいつのこと？」

問いつめる勢いのパトリックに、ウィルはたじたじとなる。

「ええと……ミルフォード先輩が亡くなるしばらくまえだから、去年の秋の終わりかけのことですね。家族の誰かと会っているのかなと思ったんですけど」

「叔父と会う約束をしていたアンソニーに、ウォルターがたまたま付き添っていたという可能性は？　アンソニーのほうはちょうど席を外したところだったとか」

聖カスバート校の生徒が半休を利用して、遠方の家族などとダラムの町で待ちあわせることはめずらしくないはずだ。ユージンによれば、寮で同室になってからのふたりが連れだってでかけたこともあったようだ。

「断言はできませんけど、二人がけの狭いテーブルで正面から顔をつきあわせていましたから……」

接点となるアンソニーを抜きに、ウォルターがその叔父と面会していた？　なんのために？　いや増す不穏さに黙っていられず、おれはパトリック越しにたずねた。

「ふたりは親しげな様子だったのか？」

ウィルは記憶を探るように、しばらく宙を凝視した。

「なごやかな雰囲気ではなかったですね。それで叔父さんのほうが、絵葉書みたいなものを手にして、熱心にのぞきこんでいたんです。ちょうどいまのぼくたちみたいに」

ウィルが写真に目を向けたとたん、おれはひらめいた。

「そういえばそのころ、アンソニーは大切な写真をなくしたんじゃなかったか？」

「ウォルターが持ちだしたのかもしれないね。アンソニーと同じ部屋で寝起きしていた彼には、たやすいことだ」

パトリックの冷静さに、ウィルはむしろとまどいをみせた。

「ミルフォード先輩が大切にしていたものを、クレイトン先輩が盗みだしたってことですか？　でもあの先輩がそんなことをするかな……」

「なにか根拠があるのかい？」

「根拠というほどのものは。ただクレイトン先輩は、無愛想《ぶあいそう》なせいで誤解されがちなところがあると思うんです。ぼくの同級生なんかは、図書館でおしゃべりしただけで先輩に睨まれたとか、ちょっと苦手にしているみたいですけど、ぼくはそんなふうに感じたことは一度もなくて。というのも新入生のころ、先輩が通りすがりに落としたメダイを、ぼくが拾ってあげたことがあるんです。それが聖母マリアじゃなくて、聖ルシアが彫られたメダイだったんで、理由を訊いてみたんですよね」

するとファーガソン氏が、呆《あき》れ顔《がお》で額に手をやった。

「おまえはまた……そういうことは軽々しく穿鑿《せんさく》するものではないだろうに」

「でもすごく大切なものだから助かったって喜ばれたら、嬉しくて詳しいことを知りたくなるものじゃない」

たしかに聖ルシアのメダイとはめずらしい。たいていは聖母マリアのものだろう。なにを隠そう、おれも母に贈られた聖母のメダイを身につけている。いわゆる《奇跡のメダイ》というやつだ。

その由来は一八三〇年のパリにさかのぼる。カトリーヌ・ラブレという修道女が、聖母マリアから「伝えた意匠のメダイを人々に身につけさせるように」という趣旨のお告げを受けたのだ。

聖母の姿や、剣に貫かれた心臓などが刻まれたそのメダイは、数々の奇跡の逸話とともに爆発的に広まり、いまではごく身近な聖具として親しまれている。聖なるルルドの泉がもてはやされている背景には、こうしたマリア信仰の流行があるわけだ。

もっともおれにとっては聖具というより、身につけていないとなんとなくおちつかないお守りのようなものだ。

「聖ルシアの祝日が誕生日なのか訊いてみたら、そうじゃなくて子どものころにお母さんから贈られたものなんだそうです。聖ルシアは目の守護聖人だからって」

「ウォルターは目が悪かったのかい？」

「病気というわけではないみたいです。ただ生まれつき色の見えかたが普通とはちょっと違うらしくて、お母さんにも同じ症状があるとか。日常生活ではさほど困ることはないそうなんですけど、誰にも話さないでほしいと念を押されたので、本人は気にしてきたのかもしれません。そのことでなにか嫌な経験をしたことがあるのかも」

ウォルターのかたくなさというのは、そのあたりにも端を発しているのだろうか。

そういえば、とおれはつぶやいた。

「ロレンス先生にも似た症状があるらしいな」

「そうなんですか？　知りませんでした。先輩も知らなかったのかな」

知っていたら誰よりも頼れる理解者になっていたかもしれないが、ウォルターが医務室をたずねることはなかったようだ。

誰もがあたりまえのように違う世界を視ている。もしもウォルターにそれを知る機会があったなら、彼の生きかたもいくらか変わっていたのだろうか。

そのとき唐突に、パトリックが立ちあがった。

「もうしわけありませんが、ぼくはこれで失礼します」

きっぱりと告げたまなざしは、いつしかひどく険しいものになっている。

それを見て取ったファーガソン氏も、すぐさま表情をあらためた。

「学校に戻るのだね。わたしも同行したほうがよいかな？」

パトリックはわずかに考え、首を横にふった。

「ご足労には及びません。一刻も早く確かめたいことがあるだけなので」

「そうか。ではきみたちは帰り支度を。辻馬車はわたしがつかまえてこよう」

「お願いします」

「え？　ちょっと待――」

あっというまに話をつけたパトリックを、おれとウィルもあたふたと追いかけた。廊下に飛びだしたところで、紅茶のお代わりを淹れるために席を外していたファーガソン夫人とぶつかりそうになる。

「あら。もうお帰りになるの？」

わけがわからないまま、おれはとりあえず謝罪した。

「すみません、急用ができて。この埋めあわせはかならずします」

「そんなことはいいのよ。でもそれならぜひ残りをお持ちになって。ね？」

ファーガソン夫人は菓子の残りを手早く紙袋に詰めて、おれに渡してくれた。最初からそのつもりで、多めに用意していたのだという。心遣いに感謝しつつ、おれたちは夫妻に見送られて四輪馬車に乗りこんだ。

座席におちつくなり、おれは向かいのパトリックに疑問をぶつける。

「急にどうしたんだ？　まさか事件のからくりが読めたのか？」

「すべてがというわけではないよ。ただ嫌な予感がするんだ」

「嫌な予感？」

「あれを自由に動きまわらせておくのは危険だ」

パトリックはそれきり口をつぐみ、流れ去る景色をみつめるばかりだ。

鋭くも哀しげな、ひたすら疼痛《とうつう》をこらえるような瞳の色だった。

せわしげに石畳をかむ車輪が、鼓動を不穏に高鳴らせる。

ほのかなぬくもりを伝える紙袋が不吉に冷えてゆくのを、おれはすがるようにかかえていることしかできなかった。

街道に面した門の外で、パトリックに続いて馬車を飛び降りる。

門柱を抜け、枯れ葉の落ちた並木道を小走りで校舎に向かいながら、おれは我慢できずにたずねた。

「パトリック。きみはどうするつもりなんだ？」

「まずはロレンス先生をつかまえたい」

「それなら医務室か教官室だな」

ともかくここはパトリックの判断に従おう。ウィルも状況のただならなさは感じているようで、懸命についてくる。

ようやく正面玄関にかけこみ、受付での帰校の報告もあとまわしにして、医務室をめざそうとしたときだった。壁際の長椅子から、弾かれるように腰をあげた生徒がいた。

「パトリック・ハーン！」

ひきつれた声をあげ、まろぶようにかけつけてくるのは見知った顔だ。

ユージン・カートライトである。

「きみの帰りを待っていたんだ」

ユージンはすがりつくように、パトリックの肩をつかんだ。

その勢いを殺しきれずにかしいだパトリックの背を、おれはとっさに支える。

「いったいどうしたっていうんです？」

おれはつい非難めいた口調になるが、ユージンの顔は蒼白《そうはく》だった。その片手にくしゃりと握りしめられている紙片は、ひょっとして彼の描いた絵だろうか。

「やはり気のせいなどではなかったんだ」

おれの声が届いていたのかどうか、ユージンは喘ぐように告げた。

「今度ははっきりと視たんだ。この絵からあれが——あいつが脱けだすのを！　頼むからあの邪悪なものを消し去ってくれ。きみならなんとかできるのだろう？」

「どこに向かったんです？」

わななくユージンの瞳をとらえ、パトリックは問う。

「あなたの姿をしたそれは、いまはどこにいるんですか？」

「それは……わからない。どうしてもこの絵のことが気になって画帖を広げたら、ひとりでにふるえだした線がねじりあがるようにして、あれの姿が浮かびあがって……。だからぼくはとっさに絵を破ったんだ。ほら、まっぷたつにだ。それなのにあれは消えてくれなかった。それどころかあいつは……もうひとりのぼくは、凍りついたぼくを嘲笑《あざわら》うように一瞥すると、扉をすり抜けてどこかに行ってしまった。ハーン、教えてくれ。ぼくは取りかえしのつかないことをしてしまったのか？」

「そんなことはありません。ですが仮宿が失われたいま、なにをしでかすつもりでいるかわかりません」

「仮宿？」

「ともかく急いで捜しましょう」

「わ……わかった」

ユージンはぎこちなくうなずくと、

「それにもうひとつ、きみに伝えたいことがある。礼拝堂で死んでいた男のことだ。あの顔にどこか見憶えがあった理由を、ようやく思いだしたんだ。彼は似ていたんだ。アンソニーがなくした写真に写っていた——」

「ミルフォード家の庭師ですか？」

ユージンが驚きに目をみはる。

「なぜきみがそれを……」

「説明はあとでします。あなたもついてきてください。いまはひとりきりにならないほうがいい」

パトリックはすでにかけだしていた。予定どおり医務室に向かうつもりらしい。

ひるんだように立ちすくむユージンの背に、おれは手を添えた。

「大丈夫ですよ。パトリックに任せていれば、きっとなんとかなります」

ユージンの顔が泣きだしそうにゆがむ。そんな彼をうながしつつ、おれもパトリックに続く。だがおれは科白ほど、状況を楽観しているわけではなかった。それだけパトリックの表情には、いつにない焦りがあったのだ。

この先になにが待ち受けているのか、みずからの怯えを踏《ふ》み潰《つぶ》すように、おれは懸命に床を蹴りつけた。校舎を走ってはならない戒律を無視するためらいなど、すでに吹き飛んでいる。静まりかえった廻廊で、ときおり行き会う生徒がもれなく目を丸くしているが、かまってはいられない。

ちょうど医務室のある廊下にたどりついたところで、おれはパトリックに並んだ。だがそのときすでに、ただならぬ予感が胸に広がりつつあった。どういうわけか医務室の扉は開け放たれており、その外でふたりの人影が顔をつきあわせていたのだ。

ロレンス先生と、ハロルド・キングスレイだった。

遠目であっても、向かいあうふたりの深刻そうなさまは見て取れた。まさかウォルターの容態に、悪い変化があったのだろうか。

近づくおれたちに先に気がついたのは、ハロルドのほうだった。ふりむいた顔に、なぜか期待の色が浮かぶ。

「おまえたちか！　ウォルターをつかまえてくれたのか？」

ウォルターを……つかまえる？

おれとパトリックは、弾んだ息のまま視線をかわした。

ハロルドのまなざしが、みるまに困惑に塗りつぶされる。

「それを知らせにかけつけたんじゃないのか？」

「いったいなにがあったんです？」

おそるおそるたずねると、ハロルドは荒い手つきで黒髪をかきあげた。

「それはこちらが訊きたいよ。ロレンス先生がしばらく医務室を離れたあいだに、あいつは行方《ゆくえ》をくらませたんだ」

パトリックがロレンス先生に問う。

「ではすでに意識が？」

「戻っていたらしい。そばについていたときには、その兆《きざ》しすらなかったのだが」

用をすませて十五分ほどで戻ったら、忽然と姿を消していた。

「寝台のかたわらに、かすかだが裸足の足跡が残っていてね」

そんなこととは知らずに医務室までやってきたハロルドは、先生から状況を伝えられるなり、ウォルターを捜しに寮棟まで取ってかえしたのだという。

「だが寮の自室に戻った形跡はなかったし、あいつを見かけた生徒もいなかった」

「病みあがりも同然の身だというのに、この寒さのなかをガウン一枚で歩きまわるなんて無謀すぎる。一刻も早く捜しださなければ。きみたちも協力してくれるね」

焦りをにじませたロレンス先生の訴えに、うなずきかけたときだった。

頬にかすかに冷気を感じて、おれは医務室に目を向けた。ストーヴの焚《た》かれている室内から、なぜか冷たい風が流れてくる。

「ウィル。これを頼む」

とっさに土産の紙袋をウィルに預け、おれは無人の室内に踏みこんだ。

まっすぐ奥に向かうと、寝具がめくられたままの寝台で、中途半端《ちゅうとはんぱ》に開かれたカーテンがかすかに揺れている。床に目を凝らしてみると、たしかに寝台を離れようと降ろした足の跡があったが、それがどちらに向かったかまではわからない。おれは急いで寝台の反対がわにまわりこんだ。

「やっぱりだ」

細く開いたままの窓から、外気が忍びこんでいる。

「ここから外にでたんですよ。ほら、窓枠に手足をついたような跡があります」

かけつけてきた一同に、おれは窓枠を指さしてみせた。

「窓から？　だがいったいどこへ？」

ロレンス先生が呆然とつぶやく。

窓から見渡せるかぎりに人影はない。うらさびしい薬草園の先には、枯れ蔦《つた》の這う煉瓦塀が、ざわめく木々の向こうに見え隠れしているだけだ。窓際の色褪せた芝には、足跡も残っていない。

夕暮れが迫った空には、打ち捨てられた墓標のような泥色の雲が垂れこめている。その空にふと、黒い影がさした。風を唸らせる勢いで、影はこちらに近づいてくる。

とたんにパトリックが窓枠に取りついた。

「兄さんだ」

「え？　ロビン？」

驚いて目を凝らすと、たしかにそれは軍神《マルス》の放った矢のような大鴉だった。

仔猫の世話をしているはずのロビンが、なぜここに？

だが疑問を口にするまもなく、ロビンはくるりと旋回して校舎から離れていく。その先にあるのは――。

「礼拝堂だ。ウォルターは聖ヨハネ礼拝堂に向かったんだよ」

パトリックの声は確信に満ちている。

ウォルターが意識を失ったのは、礼拝堂での《罪喰い》の儀式のさなかだ。彼があの夜の続きを生きているなら、礼拝堂に戻ろうとするかもしれない。それにここから並木道を抜けて礼拝堂に向かったなら、ガウン一枚で敷地をうろつく異様な姿が誰の目にも留まらなかったとしても不思議ではない。状況が変わっていなければ、礼拝堂はいまも施錠されていないはずだ。

「急いで追いかけよう！」

パトリックは窓枠に足をかけて身を乗りだすと、芝生に着地するなり散歩道をめざして走りだす。一瞬の躊躇をかなぐり捨て、おれも窓から飛び降りた。

説明もなしに取り残された四人のとまどいを背に感じるが、それもすぐに遠ざかり、風にまぎれて聴こえなくなる。

ロビンがわざわざかけつけたことに、おれの不安は否応なくあおられていた。

おそらくロビンがなにより危惧しているのは、パトリックが傷つくことだ。それを未然に防ごうとウォルターの居所を知らせにきたのだとしたら、いままさに取りかえしのつかない状況が迫りつつあるのではないか。

湿った朽ち葉に足をとられそうになりながら、ようやく礼拝堂にたどりつく。ポーチの石段をかけあがると、奥の扉は力なく開いたままだった。

ためらいなく飛びこんでいくパトリックに、意を決しておれも続く。

だがそのとたん、入口に立ちすくんだパトリックとぶつかりそうになり、おれはあわやというところで足をとめた。

「パトリック？」

顔をこわばらせたパトリックの視線を、おそるおそるたどる。するとがらんとした身廊の奥――一段高い内陣の祭壇に、制服姿の生徒が腰かけ、悠然と足を組んでいた。

すらりとした長身。淡く光を透かすような薄灰の髪。端整な顔だち。

それはユージン・カートライトだった。

否――その姿をしたなにかだ。

容姿はユージンそのものだが、こちらに横顔を向けていても気圧されるような、それでいて魅了されるような不敵な凄艶《せいえん》さは、それがあきらかにこの世ならぬものであることを告げていた。

いびつに無邪気な愉悦を漂わせたそれが、陽気な鼻歌でも歌いださんばかりのまなざしで北のギャラリーをながめていた。

「そんな……嘘だろ」

そこにいたのはガウン姿のウォルターだった。

虚ろな瞳で、手摺に両手をかけた姿は、すでに亡霊のごときありさまだったが、その命の焔はまだ消えてはいない。だがその灯芯を、すでにあの邪悪な者に握られているだろうことは、直感が知らせていた。

なんとかしなければと気は急《せ》くばかりなのに、自分の一挙手一投足がとんでもない結果をもたらしそうで、一歩も動けない。それはパトリックも同じようだった。

遅れてかけつけた四人も、おれたちの視線を追ってウォルターの姿を認めるなり、状況を理解して凍りつく。

「なんてことだ……」

ロレンス先生が絶望の喘ぎ声をあげる。

するとウォルターが、あたかもあの世からの招き声に導かれるように、ゆらりと手摺に身を乗りだした。

「だめだ……いけない！」

よろめくように歩みだしながら、ロレンス先生が声をふりしぼる。

「よしなさい！　アンソニーの死は、きみの責任ではない！　彼を殺したのはこのわたしだ！」

だがウォルターの耳には、もはやどんな衝撃的な告白も届いていないようだった。

いまから階段をかけあがり、ギャラリーの奥に向かっても、まにあわない。

その上体はすでにぐらりとかしぎ、頭から墜落して――。

「――っ！」

おもわず目をつむったおれの耳を打ったのは、だが骨の砕ける無惨な音ではなかった。

どさりと鈍い響きに続いて、苦痛に喘ぐようなうめき声。

先に我にかえったのは、上級生のふたりだった。

「先生！」

「大丈夫ですか？」

身廊をかけだしたふたりを、おれたちも追いかける。

長椅子の列に隠れたロレンス先生の様子は、ここからはうかがえない。だがぎりぎりのところで、飛び降りたウォルターを先生が受けとめたようだった。

おれたちが内陣のそばまでたどりついたとき、ハロルドは床に倒れこんだロレンス先生の背に慎重に手を添えているところだった。先生の腕には、目を閉ざし身じろぎひとつしないウォルターの身体が、しっかりとだきかかえられている。

「動けますか？　どこか打ったりは？」

「わたしは大丈夫。クレイトン君も気を失っているだけのはずだ」

先生はウォルターをかばってひどく身体を打ちつけたようだが、身動きができないほどの大怪我は負っていないようだ。

そう察して、胸をなでおろしたとき。

「なんだつまらない。もうひと息だったのに」

場違いに能天気な声が、うしろから投げこまれた。

ふりむいたハロルドが、祭壇からこちらを睥睨《へいげい》するそれを目にとめ、いまようやくその顔かたちに気がついた様子で、

「……ユージン？」

いぶかしげな声を洩らす。だがハロルドのすぐ隣では、他ならぬユージンががたがたと身をふるわせていた。愕然《がくぜん》としたハロルドの視線が、ふたりのユージンをぎこちなく行き来する。ほどなくハロルドが睨みすえたのは、悠然とかまえた祭壇のユージンだった。

「いや……貴様、何者だ」

「あれはぼくだ。もうひとりのぼくなんだ」

ユージンが譫言《うわごと》のようにつぶやきながらあとずさる。

その腕を、パトリックがとっさにつかんでひきとめた。

「そうではありません。あれはただ、あなたの姿を借りているものです。あなたの罪業を塗りこめた自画像をかりそめの宿にしたために、いまはその顔かたちをなぞっているだけなんです」

揺るぎないパトリックの声が、閃光《せんこう》のように脳裡を走り抜ける。そしてようやくおれは悟った。母猫ジェマの魂が、亡き友に会いたいという想いをこめたユージンの絵に惹きつけられた結果、この世ならぬ青い蝶にその姿を変化させたように、あれもまたユージンの自画像を仮宿にし、そのかたちをそっくり写し取ったものなのだ。

「だから惑わされないでください。あれはここで死んでいた男に寄生していたものです」

パトリックが容赦なく、その正体を暴いてみせる。

だが肝心の相手に、動じるそぶりはまるでなかった。

「ほう。なかなか好い眼をしているではないか」

たいそう愉快そうに、奴は顎をあげてパトリックの視線を受けとめた。

「宿主が用済みになったのなら、なぜすぐにここから去らなかった？」

「そのつもりでいたわたしを、邪魔したのはそちらのほうだろう？　死体が町に戻されるのを待っていたところに、おまえたちが古式ゆかしい《罪喰い》の儀を始めたのではないか。誘われるままに器を乗り換えてみたものの、そいつが始終そばで祈りを捧げているのに辟易《へきえき》して次の餌《え》をみつくろうことにしたのさ」

奴は不遜にも、ロレンス先生を顎でさしてみせた。

「なかなかに楽しませてもらったが、ここが神に仕える者を育てるための学び舎とは呆れる。まるで罪と憎しみの巣のごときありさまではないか」

もはや奴の独壇場だった。よほど力の強いものなのか、その姿はここにいる誰の眼にもはっきりと映っているようだ。

「描かれた依り代というのもそれなりに居心地が好いものだったが、もとより一番に目をつけていたのは、その子どもだからな」

意識のないウォルターの顔を、奴の視線がかすめる。

「それでロレンス先生の隙を狙って、クレイトン先輩を連れだしたのか」

「そいつはもとより死にたがっていた。自然の道理に外れた——特にみずからの手で終わりを与えられた魂は、わたしの糧になる」

「この悪魔め！」

ハロルドが怒声をぶつけたが、奴は痛痒《つうよう》の欠片もなくあしらう。

「どうとでも呼ぶがいい。おまえたちごときの名づけになど、わたしはこだわらない」

するとロレンス先生に支えられたウォルターが、わずかに身じろぎした。

「う……ん……」

「わたしがわかるかね？　痛むところは？　どこか打ってはいないか？」

ロレンス先生が懸命に呼びかける。だが目を開いたウォルターは、のぞきこむ相手の顔を認めたとたんに、突き飛ばすようにしてその腕から逃れた。

「や――やめろ！」

「クレイトン君？」

「どうしてあなたはそうやって……あんなに気にかけていたアンソニーのことだって殺したくせに！　この偽善者！」

悲鳴のような断罪が、ウォルターの喉からほとばしる。

うつむいたロレンス先生の目許が、みるまに苦渋にゆがんだ。

本当に……本当にロレンス先生が、アンソニーを手にかけたというのだろうか。

おれはすがるように、罪状が否定される瞬間を待ちかまえたが、凍えた沈黙がひたすらに広がっていくばかりだった。

そこにくつくつと、喉の奥を鳴らすような忍び笑いが投じられた。それはやがてけたた

ましい哄笑《こうしょう》に取って代わり、

「偽善者はおまえのほうだろう、小僧よ。友を殺したのはおまえではないか。だからこそみずから命を絶とうとしていたというのに、その罪をまた他の者に押しつけて逃げるわけか。それともおまえの罪は、この男が償って当然だと？」

「うわあああっ！」

ウォルターは頭をかかえ、冷えきった床にうずくまった。

悲痛なすすり泣きが、おれたちの息をつまらせる。

パトリックが真摯な瞳できりだした。

「ロレンス先生。どうかぼくたちに、すべての事情を明かしてはいただけませんか。そうしないかぎり、誰も救われません。アンソニー・ミルフォードと名乗っていた少年のためにも」

ロレンス先生が弾かれたように顔をあげた。

「……きみはなぜそれを？」

「決定的な証拠をつかんだというわけではありません。それでも先生や先輩がたや、ぼく自身の心に残るミルフォード先輩の記憶に耳をすませているうちに、わかってきたことがあったんです。先生は先輩を殺したのは自分だと告白なさいました。ですが本当にあなたが手にかけたのですか？　それを命じたのはミルフォード卿だったのでしょう？」

ハロルドが我慢できないように割りこんだ。

「どういうことだ？　ミルフォード卿が息子の殺害を命じたなんて、そんな馬鹿な話があるはずが――」

「ありえるんですよ。だってぼくたちの知る先輩は、本当のアンソニー・ミルフォードではなかったんですから。先輩は病弱な跡継ぎの身代わりとして、聖カスバート校に送りこまれた。違いますか？」

病弱な跡継ぎの……身代わり？

おれはとっさにロレンス先生をうかがうが、先生は苦しげに黙したままだ。

パトリックはかまわず続けた。

「ここで発見された男は、ミルフォード卿の弟ですね」

テレンス・ミルフォード。それはアンソニーの叔父にあたる男である。

だがおれはすぐに、パトリックの主張の矛盾に気がついた。

「待ってくれ。きみはさっき、あの死者はミルフォード家の庭師に似ていると……」

「そうだよ。それこそが、ミルフォード先輩が暴かれるのを恐れ続けた秘密につながるのさ。現当主の弟と、代々ミルフォード家の庭師を務めてきた使用人の骨格が酷似している事実は、いったいなにを意味すると思う？」

おれは目をみはった。

「まさか血がつながっているのか？　先代の当主が庭師の妻に手をつけて？」

先代のミルフォード卿は、女癖の悪さで知られていたという。

「そんなところだろうね。人間の印象というものは、服装やしぐさで大きく左右されるものだ。まったく異なる環境で生まれ育ったふたりが似ていることに気がつく者は、それこそ優秀な絵師か骨相学者くらいのものかもしれない。それにめったに領主のおとずれない別邸の庭師なら、もとより容貌が似かよっていることを取《と》り沙汰《ざた》される心配もない。おそらく当代のミルフォード卿だけは、昔からその因縁を知っていたのだろうけれどね」

使用人の妻に手をつけ、あげくに生まれた息子が目の届くところで父親の生業を継いでいても、そ知らぬ顔をしている。そんな先代の所業を、ミルフォード卿はまのあたりにしながら生きてきたというのだろうか。

「ともかく先輩が大切にしていた写真の庭師と、ミルフォード卿は異母兄弟ということになる。そして先輩は家族を愛していたというのに、手許においていた写真が一族のものと庭師夫妻のものだけで、肝心の両親のみの——あるいは自分も含めた三人で撮った写真がなかったのはなぜだろう？」

おれは自分の顔色が変わるのを感じた。ユージンの語ったアンソニーは、屋敷の庭師を慕い、植物を愛する少年だった。

「……彼は庭師夫婦の息子だったのか？」

「おそらくは。つまり先輩と、その従兄弟《いとこ》にあたる現当主の嫡子アンソニーは、偶然にも先祖の容姿を同じ程度に受け継いでいたんだ。そうですよね？」

パトリックはあらためて、目を伏せたロレンス先生をひたとみつめる。

長い沈黙ののち、

「……この期に及んで、きみたちに隠すこともなかろう」

先生は心を決めたように、パトリックの視線を受けとめた。

ひとことずつ、しぼりだすように語りだす。

「ハーン君の推察したとおり、きみたちの学友のアンソニーは、ミルフォード家の庭師の息子として生を受けた少年だ」

彼は両親に愛され、すくすくと健康に育った。

対してミルフォード卿の嫡子は生まれながらの腺病質で、とても寄宿学校で集団生活を送れるような状態ではなかった。

だがすでに卿の弟――テレンス・ミルフォードの素行には問題があり、いずれ跡継ぎが病死して、自分に爵位が転がりこんでくると吹聴《ふいちょう》してはばからないほどだった。

始末に負えないのは、それを鵜呑《うの》みにしてテレンスを利用しようとする連中だ。

そうした動きをまとめて牽制《けんせい》するために、嫡子が立派に成長しているという事実こそが必要になった。

そのため従兄弟にあたる庭師の息子に身代わり役を務めさせ、嫡子のほうは大陸の保養地で療養に専念させることにした。奥方が領地を留守にしていたのは、病身の息子に付き添うためだったのだ。

血のつながりがあるとはいえ、使用人でしかない庭師夫妻は領主の命に逆らえるはずもなく、泣く泣く息子を聖カスバート校に送りだすしかなかった。

「ミルフォード卿は慎重だった。あらかじめ下調べをし、校医であるわたしに目をつけてひそかに接触してきたのだ。そして身代わり役の少年が使命をまっとうできるよう、陰で支えるように求められた」

虚弱の身のアンソニーなら、医務室に頻繁に出入りしても怪しまれない。おそらくそう踏んでの措置だろう。冷ややかなほどに周到な計画だ。

「わたしはとんでもないことだと拒絶した。だが卿に意志をひるがえすつもりなど微塵《みじん》もなく、当の少年――わたしたちにとってのアンソニーと対面させられたことで、わたしは要求を受け容れざるをえなくなった。呪わしい私生児の子として、ミルフォード家に尽くさなければならないときつく言い含められ、怯えきったあの子を見捨てることなどできなかったのだ。逃れる道がないのなら、せめてこの子の支えになろうと」

「そうやってあなたは、あいつを監視し続けていたわけですか?」

押し殺した声で問いただしたのは、ハロルドだった。

おれははっとする。たしかにロレンス先生は、真の味方とはいえない。ミルフォード卿の意図はつまるところ、常に緊張を強いられるはずの身代わりの少年を、教官のひとりにうまく操縦させることにほかならないのだから。

「そのとおりだ。わたしは苦しむあの子に幾度も説いた。神は決して耐えられない困難はお与えにならないと。わたしがそう信じていたからではない。あの子がそう信じて、務めをまっとうすることができるようにだ」

　聖カスバート校の卒業とともに、身代わりからは解放される約束だった。ロレンス先生がくちどめ料として定期的に押しつけられていた報酬も、そのときアンソニーに渡すつもりですべて貯《た》めてあったという。

「状況が変わりだしたのは二年まえ——きみたちが四学年を迎えてまもないころだ。卿の嫡子が、ついに亡くなったのだよ。だがあの子はお役御免にはならなかった。どうしても弟に爵位を譲りたくなかったミルフォード卿は息子の死をひた隠しにし、時間稼ぎのために息子を演じさせ続けることにしたのだ」

「ミルフォード夫妻に、新たな嫡男が誕生するまでの時間稼ぎですか？」

　パトリックがたずねると、ロレンス先生は苦悶《くもん》に顔をゆがめた。

「そうだ。だがカトリックのミルフォード卿に、離婚は許されない。だからもはや奥方の懐妊を望めない状況になれば、爵位を弟に継承させるしかない。それを避けるために、身代わりをそのまま嫡男として扱うしか道はないかもしれないとささやかれた。だから身代わりには、これからも次期当主らしく清廉《せいれん》にふるまうよう指示しろと。あのように残酷なことを平然と口にされたかたを、わたしは他に知らない」

　夫妻に次子が生まれれば——それが男児なら、自分はお払い箱となる。

だがその恵みが神から与えられなければ、自分が子爵家の次期当主となる。

運命がどちらに転ぶか、ひたすら待つしかない身で、心穏やかに生きることなどできるはずがない。それはまさに生き地獄ではあるまいか。

ハロルドが愕然と声をふるわせる。

「おれはなにも知らずに……あいつに跡継ぎとしての誇りを持てだなんて、勝手にもほどがあることを……」

「だがあの子は、そんなきみをずっと心の支えにしていたよ。身体が弱いふりをしているだけの自分を、いつかきみが疑いもせず全力でかばってくれた。それが心苦しくも嬉しくてならなかったそうだ。きみのおかげで、アンソニー・ミルフォードとして暮らしていく決意ができたのだと語っていたよ。身代わりにもかかわらず、ずっといまの身分を手放さずにいたいと望んでしまう自分は、ひどく罪深い存在だともね。だが誰よりも罪深いのはミルフォード卿と、あのかたのもくろみを見抜けなかったわたしだ」

ロレンス先生は激しい憤りを目許ににじませた。

「やがて新たな嫡子を得たミルフォード卿にとって、もはや死んだ息子の身代わりは不要かつ厄介な存在でしかなかった。そしてあろうことか、あの子を事故死にみせかけて始末するよう、わたしに指示してきたのだ」

だがそんなことができようはずもない。あれこれと理由をつけて無視を決めこんでいたら、そのたくらみを知った奥方からひそかに警告を受けた。しびれをきらした卿が、学校に刺客をさしむけようとしていると。

「奥方は……あの子の境遇を憐れに感じられたのだろう。ミルフォード家に縁のない土地で、あの子が養子となる先まで自分がすべて整えるから、すぐにでも身を隠させたほうがいいと伝えてこられた。愚かなわたしはそのときようやく、あの子にはすでに帰る家すらないことを知ったのだ」

帰る家がない。身に憶えのあるその境遇が、ゆがんだ多重露光のように不吉な像を結んで、またたくまに吐き気がこみあげる。

「まさか庭師の夫妻は……」

頼むから否定してほしいというおれの望みは、だがあっけなく打ち砕かれた。

「すでに消されていたのだよ。夫妻は領地に家を与えられ、何不自由なく暮らしていると伝えられていた。身代わり役を終えるまで両親との面会を許されていなかったあの子は、それを信じて心の慰めにしていたのだ。だが卿は非情だった」

子どもはいかようにも手懐《てなず》けられるが、知恵のついた大人はどんな卑しい考えに取りつかれるか知れたものではない。そうミルフォード卿が語っていたと奥方から教えられて、ようやくおのれの甘さを痛感したという。

「もとよりあのかたはこの秘密に係わった者を——わたしのことも、決して生かしておくつもりなどなかったのだ。わたしはそれでもいい。愚かさの罪の報いだと諦めることもできる。だがあの子だけは、なんとしても逃がしてやらねばならなかった」

だからすぐさまできるかぎりの手筈《てはず》を整え、もはや一刻の猶予もないことを説明しようとした。

「誰にも聞かれてはならない話だった。だから夜の礼拝堂にあの子を呼びだしたのだ」

「そんなのは嘘だ！」

すかさず叫んだのはウォルターだった。

「だってぼくはこの目でたしかに見たんだ！　あなたがギャラリーからアンソニーを突き落とすのを。すべて……すべて思いだしたんだ。ぼくはあの夜、部屋を脱けだしたアンソニーを尾行《つけ》て……」

「やはりそうだったのだね」

ロレンス先生は痛ましげにつぶやき、目を伏せた。

「わたしの伝えかたが悪かったのだ。自分が用済みとみなされたことは受けとめる、だが他人の養子になるのは納得できない、家族のもとに帰してほしいと訴えて譲らないあの子を説得するために、ご両親がすでにこの世にないことを打ち明けるしかなかった」

よみがえる記憶に耐えかねるように、ロレンス先生はこわばる片手に顔をうずめた。

「あの子の顔に浮かんだ絶望が、忘れられない。あの子はきっと、この世のなにもかもに裏切られたと感じたのだろう。おちつかせようと、わたしがのばした手を避けるように身をひねり、重心を崩して祭壇に頭を打ちつけて……懸命に蘇生《そせい》を試みたが、手のほどこしようがなかった」

だからあの子を殺したのはわたしなのだ。

無惨にかすれた告白が――その激しい痛みが、おれの胸までをも深く抉《えぐ》る。

「あの子は死んでしまった。終油の秘蹟を与えることすらできないままに！　わたしにはすべてを世に暴くという道もあった。だがあの子の望みは、きみたちにとってのアンソニー・ミルフォードであり続けることだった。だからあの子の死に第三者の痕跡を残すことで、素姓を疑われるきっかけになるのだけは避けたかった」

それでやむなく、ギャラリーからの転落死をよそおった。謎は残りながらも、神学校という閉鎖的な環境によって、事件は追及されることなく幕を閉じたのだ。

パトリックが口を開いた。

「ですがそれで終わりはしなかった。ここで死んでいた男——テレンス・ミルフォードはすでに一年まえから身代わりの秘密をつかんでいたんです。テレンスの手に渡った二枚の写真によって」

「——っ！」

ウォルターの喉から、笛のような音が洩れた。

「おそらくテレンスは、ミルフォード先輩と連れだってダラムの町に外出していたあなたに目をつけ、ひとりになったところに声をかけたのではありませんか？　自分は兄夫婦に疎まれていて、甥と会うことを禁じられている。だから学友のきみから、ぜひ甥の近況を教えてもらいたい。なにか甥が大切にしているもの——日記や手紙でもあれば、こっそり見せてくれないか。そんなふうに言葉巧《たく》みに、協力を持ちかけたのでは？」

がたがたとウォルターがふるえだす。アンソニーの写真は、やはり同室のウォルターが持ちだしたのだ。

「そしてテレンスは、庭師と自分の顔だちが似かよっていることに気がついた。とともに甥のふりをしている少年の素性も悟ったのでしょう。もう一枚の写真の存在が、彼が成り代わりである確信をいっそう深めることになったはずです」

「一族の写真が？」

おれはパトリックをうかがった。

「その裏に細かな字で書きこみがあったと、カートライト先輩が話していただろう？」

パトリックの視線を受けて、おれはぎこちなくうなずいた。

「それぞれの名と、愛称が書きこまれていたって」

「たとえばアッシュ。あるいはアンバー。それは愛称ではなかったんだよ。色だ。髪や瞳の色が、書き添えられていたのさ。ミルフォード先輩がその写真をしばしば取りだしていたのは、一族を愛していたからじゃない。会ったこともない人々がほとんどだからこそ、いつどこで顔をあわせてもすぐに判別がつくように、その印象を頭に叩きこんでいたんだ」

「あ……」

白と黒しかない写真の世界では、艶のある赤も鮮やかな緑も同じように暗く沈んだ色彩でしかない。だから持たされた写真にあらかじめ書きこまれた特徴を、懸命に記憶しなければならなかった。

偽者だったからこそ、その努力が必要だったのだ。

「どうしてそこまで……」

目の奥が熱くなるのをとめられず、おれは歯を喰いしばった。

アンソニー・ミルフォードと名乗っていた少年は、学友たちの誤解になにを感じながらその写真をながめていたのだろう。いまのおれと同じ齢で逝った、名も知らぬ少年のいじらしさが、たまらなく胸をつまらせた。

ハロルドもユージンも声をなくしたまま、沈鬱《ちんうつ》なまなざしを床に向けている。

パトリックは静かに語る。

「テレンス・ミルフォードはその言動からして、かねてより甥の正体を疑っていたはずです。帰省した先輩とたまたま顔をあわせたときにでも、違和感をおぼえたのかもしれません。けれどいつか追及してやるつもりで悠然とかまえていたところ、兄に次子が誕生して爵位がめぐってくる可能性が遠のいてしまった。もくろみが外れた彼は、せめて身代わりの秘密を種に兄から金をむしりとるため、証拠をつかもうとした。それが去年の秋の彼の動きだとぼくは考えています」

「ぼくは……ぼくはあの男が、そんな邪悪なことを考えているなんて知らなかったんだ。なんとなく厭《いや》な感じはしていた。写真を調べたあの男がひどく耳障りな笑いかたをして、アンソニーがなにか困ったことになるかもしれないと不安になった。けれど、まさかぼくのせいであんな取りかえしのつかないことになるなんて」

「そうではないよ」

ロレンス先生がウォルターをさえぎった。

「ミルフォード卿に新たな男児が生まれた時点で、あの子はすでに用済みとみなされていた。だから決して、きみの行動だけが銃爪になったわけでは――」

「違う！　違う！　違う！」

首がちぎれそうなほどに、ウォルターは激しくかぶりをふった。

「ぼくは知っていたんだ。あの男は信用できないって。なにか邪悪なたくらみを腹に隠しているにちがいないって、ちゃんと気がついていた。それがわかっていて、ぼくはアンソニーを陥れようとしたんだ！」

「……なぜだい？　なぜきみはあえてそのようなことを？」

困惑しきった視線を受けて、ウォルターがくちびるをわななかせる。

「それはあなたが、あなたが……」

喉につかえて言葉にならない告白を、パトリックが受け継いだ。

「あなたがじつの父親だからですよ」

ロレンス先生が息を吞んだ。

「そんな……まさか」

「先生は昔ぼくにも教えてくださいましたね。自分は色彩の感じかたが変わっているのだと。そしてミルフォード先輩には、同じような目を持つ女性と親密な関係になった過去についても語られたそうですね。その症状を、クレイトン先輩も母君から受け継いでいるんですよ」

「……エレノアの？」

「クレイトン先輩は幼いころ、母君から聖ルシアのメダイを贈られたそうですが」

「それはわたしが彼女に譲ったものだ。ふたりが手を取りあって生きていくことを、聖ルシアが祝福してくれるようにと」

「嘘だ！　それならどうして母を捨てたりしたんだ！」

ウォルターが悲痛な糾弾をふりしぼった。

「母がぼくを宿したことを知ったあなたは、母から逃げだしたんじゃないか。そのせいで母は家族からも見捨てられて、家柄だけが取り得の、倍以上も年上の男にむりやり嫁がされたんだ。酒浸りで乱暴で、他人を馬鹿にして嘲笑うしか能のない、くだらなくて最低の男に！」

はらはらと涙をこぼして、ウォルターはむせび泣く。

「ぼくは母が洩らしたあなたの名を憶えていた。この学校に入学して、すぐにあなただとわかった。けれどあなたはぼくのことになど気づきもしなかった。いつも善人面《づら》で、アンソニーのことばかりを気にかけて、だからぼくは……ぼくは……」

なぜウォルターが自分の記憶を封じこめたのか、おれはようやく察することができた。

自分の行動がアンソニーの死を招いたのかもしれず、なおかつ直截《ちょくせつ》に手をくだしたのが自分のじつの父親だったことに、心が耐えられなくなったのだ。

どちらももとより複雑な感情を向けていた相手だった。ねじれた愛着と、渇望と、嫉妬と、対抗意識が、許容をはるかに超えた結末を呼んだことに恐慌をきたし、ウォルターは原因となった記憶そのものを封じることを選んだ。

にもかかわらず《罪喰い》の儀式によって、テレンスの罪の記憶に残る自分の姿を知らしめられることになった。

——ぼくはユダだ。

ウォルターが口走ったその告白は、アンソニーに対する裏切りのみをさしていたのではなかったのかもしれない。生まれてこないほうがその者のためによかった——とユダを評したイエスの言葉こそ、長らくウォルターを苛《さいな》んできたのではなかろうか。

なぜならその呪いの糸は、かならずしも望まれて生まれてきたわけではないおれの心をも、内から縛めているのだから。

結婚を望まない相手の子を宿したことが、母の人生を変えたのは動かしようのない事実だ。だからこそレディントンの異母兄の吐く侮蔑《ぶべつ》が、おれの心の奥にひそむ毒蜘蛛《どくぐも》の糧となる。自家製の毒を孕んだ蜘蛛の糸が魂にからみつき、じくじくと爛れさせるのだ。

「わたしは彼女が亡くなったとばかり……」

驚愕の余韻《よいん》を残したまま、ロレンス先生がささやく。

「そのころ貧しい医学生だったわたしは、同じ教区の信徒だったエレノアと恋におちた。

だがしばらく連絡の途絶えた彼女の家をたずねたら、未婚の身で子を宿したことに絶望してみずから首をくくったのだと家族に教えられた。わたしのせいで葬儀もあげられず、墓碑もないまま墓地のかたすみに埋葬するしかなかったと罵《ののし》られ、二度と顔をだすなと叩きだされ……」

おそらくはエレノアの異変が家族に発覚し、醜聞を避けるために遠方に嫁がされることになったのだろう。秘密の恋人については、彼女の状況を知ったとたんに責任をとらずに逃げだしたとでも伝えられたのかもしれない。

それでもどこかで相手の真心を信じていたからこそ、彼女は聖ルシアのメダイを息子に託したのではないだろうか。

「それからのわたしは聖職の道を選び、エレノアの魂のために祈りを捧げて生きることを誓った。この学校に赴任してからは、無事に生まれていたかもしれない彼女の子どもを愛するように、すべての生徒たちを愛そうとしてきた。だが……そうだったのか。きみこそが……」

声をとぎれさせたロレンス先生が、おずおずとウォルターに片手をのばしかける。だがすぐにその資格がないと悟ったように、かたく指先を握りこんだ。

「つくづくわたしは愚かだ。いつだって肝心な選択を誤ることしかできない。彼女の家族の言葉を安易に信じたことも、ミルフォード卿の要求に従ったことも、なにもかもが取りかえしのつかないあやまちだ」

うなだれるロレンス先生に、パトリックが遠慮がちにたずねる。

「そのミルフォード卿の弟が、なぜいまになってこの聖カスバート校で命を落とすことになったのか。それは弟をひそかに始末するよう、卿が求めたからですか？」

おれはぎくりとする。アンソニーの死の真相はすでに明かされた。だが偽装された死にざまを模《も》したようなテレンスの転落死には、どのような意味があるというのか。

「あの男は……ミルフォード卿の指示で、わたしがここに呼んだのだ。卿に跡継ぎが誕生したことで状況は変わったが、かつて爵位を継承させるための身代わりをたてていた事実そのものは、たいそうな醜聞となる。テレンスはこの一年というもの、その証拠をちらつかせて金をせびり続けてきたそうだが、もはやこれ以上は我慢がならないから、殺して裏の林にでも埋めろと命じられたのだよ。手ならすでに汚れているだろうとね」

ロレンス先生は力なく首を横にふった。

「あの子の死は事故だったという主張は、はなから信じてもらえなかった。こんなふうにいつでも利用できる都合の好い駒だったからこそ、卿はいままでわたしを生かしておいたにすぎなかったのだよ」

ロレンス先生はテレンスに宛てて手紙をしたためた。自分は身代わりの秘密を守るために、ミルフォード卿に長らく協力してきた者であると。そして卿の他の弱みも握っていることをほのめかし、手を組まないかと誘いをかけたところ、テレンスはすぐに乗ってきたという。

「わたしはもはや聖職にあり続ける資格もないし、いずれはミルフォード卿に消される身だ。だからあの男に命が狙われていることを警告したら、近いうちにここを去るつもりでいた」

そして日時を指定し、あらかじめ礼拝堂の鍵を開けておき、そこで待つよう伝えた。

「だがいざ約束の夜に出向いてみると、礼拝堂から男の悲鳴が聴こえたのだ。慌ててかけつけると、ひとりの男がなぜか北のギャラリーにいた。なにかに怯えるように両腕をふりまわし、最奥まで追いつめられた男は、みずから手摺を乗り越えて身を投げて――」

声をあげてとめるまもなかった。だがすぐに我にかえり、急いで転落現場にかけつけると、恐怖にゆがんだ顔を天井に向けた男は、すでに絶命しかかっていた。

「そのときだった。ぞっとするような形相とはいえ、若々しさと秀麗さの名残りをかろうじて留めていたその顔が、みるまに瑞々《みずみず》しさを失い、すべての精気を内から吸い取られたかのように乾涸びて、醜怪《しゅうかい》な老人のごときありさまに変貌《へんぼう》してしまったのだ」

「…………」

すでにパトリックが予想していたにもかかわらず、その生々しいおぞましさが冷たい手のようにおれの鳩尾《みぞおち》をつかみ、じわりと身の内に戦慄《せんりつ》が広がった。

「わたしはあまりの恐ろしさに、とっさに身許の割れそうな品を――財布や懐中時計などを奪い、鍵をかけることすら失念して立ち去ることしかできなかった。あれはあきらかに自然の摂理に反した現象だった」

ロレンス先生は顔をあげ、鋭いまなざしを祭壇に向けた。

「……あの男を殺したのはおまえなのか」

「わたしではない。死に追いやったのはな」

ユージンの顔をしたそれが、無邪気さと老獪《ろうかい》さを含んだ笑みを口許に漂わせる。

「わたしはただ、死にかけのあの男の精気を根こそぎ奪い取ってやっただけさ。もとよりさして残ってもいなかったがね。勝手に怯えて勝手に身を滅ぼすなど、つまらない終わりかたをしたものだが、あの愚かな男にはふさわしい最期でもあるな」

ハロルドが立ちあがり、焦《じ》れた声をあげる。

「ならいったい誰がそいつを殺したっていうんだ！」

「さっきからそこにいるじゃないか」

ゆらりと横に流れた視線の先——身廊のなかほどに、ひとりの生徒がたたずんでいた。

呆然とユージンがつぶやく。

「ハロルドが……もうひとり？」

それはおれがすでに遭遇していたものだった。

寮棟の階段の暗がりから、哀しげなまなざしを投げかけていたハロルド・キングスレイだ。だがその姿は先日よりも頼りなく、透けてゆらめいていた。

「そんな」

ハロルドがあとずさる。

「あれは……あれはおれの生霊なのか？　おれが知らぬまに、あの男を手にかけたというのか。そんなことがあるはずが……」

「おちついてください」

疑惑の芽を、鋭い剣のように刈り取ったのはパトリックだった。

「そうではありません。あれはミルフォード先輩の生みだしたものです」

「……アンソニーが？」

「ミルフォード卿が自分を亡き者にしたがっていること、そしてご両親がすでに殺されていることを知らされたミルフォード先輩は、その事実をにわかには受けとめきれずに恐慌をきたした。魂の破れるようなその衝撃のさなか、心の底から救い手を望んだ先輩は、渾身の力をふりしぼって分身を生みだしたんです」

「そんな奇天烈《きてれつ》なことが――」

「あるんですよ。魂の苦しみに耐えかねた者が、そうした離れ業をやってのけることが」

揺るぎない真実を告げるパトリックの声音に、ハロルドがくちごもる。

「だがなぜあいつの分身が、おれの姿をしているんだ」

「決まっています」

パトリックが自明の真理を告げる。

「彼があなたになりたかったからですよ」

幼い子どもが空想の友だちを生みだすとき、それは普段からこうなりたいと望む相手の姿を映しとっていることもあるという。

「いつだって強くて頼もしくて、懐の深い導き手であり、いざというときは我が身をかえりみずに助けにかけつけてくれる。そんなあなたに、ミルフォード先輩は心から憧れていたんです」

「そ……そんなものは幻想だ！」

「だとしても先輩にとっては、それこそが真実だったんですよ」

絶句するハロルドから目をそらし、パトリックはひっそりとたたずむ影を一瞥した。

「彼はこの世に生まれおちると同時に、守るべき主を亡くしてしまい、途方に暮れたままずっとここに閉じこめられていたんです。普通ならほどなく消え去ってしまうはずのものが、きっと外界の影響がほとんどなかったせいで、かろうじて存在を保ったままでいることができたのでしょう」

おれはつぶやいた。

「そのまま一年が経ったところに、テレンス・ミルフォードが姿をみせたのか」

「そう。そしておそらくは、死のまぎわに感じたミルフォード家の者に対する憎しみが、一瞬にしてかきたてられて……どうなったかは、おまえが知っているのだろう？」

パトリックが祭壇をふりむくと、奴は肩をすくめた。

「いつだって笑いながら他人を陥れてきたあの男も、この世ならぬものに対する恐怖心は人並みだったようだ。ろくに力もない残響の姿ごときに怯えて、必死に逃れようと階段をかけのぼったのさ。あの慌てぶりといったらなかった。あげくのはてに隅まで追いつめられて、みずから手摺を乗り越えてまっさかさまときた。このうえなく無様《ぶざま》で滑稽な死にざまだったよ」

奴はさもおかしそうに語ってみせる。

「それを見届けたあの影は、やがてどこかにさまよいだしていったが、まだ消えずにいたか。よほどおまえにご執心だったらしい」

底の知れない双眸が、ハロルドにひたと照準を定める。そして鼻歌まじりで銃に弾丸をこめる死刑執行人のように、奴は口の端をひきあげた。

「気分はどうだ？　友が救いを求めて、おまえの似姿まで生みだしたというのに、その夜おまえはなにも知らずに楽しい夢でもみていたか？」

「おれは……」

「耳を貸してはだめです、キングスレイ先輩」

パトリックが声を張りあげた。

「惑わされずに彼の声を聴いてください。上辺はどのような姿でも、本質はミルフォード先輩の分身です。すでに主を亡くした彼がいままで存在できていたのは、ほんの偶然でしかありません。もう長くは留まっていられない。これが最後の機会になるかもしれないんです。だから――」

パトリックが声なき声で訴える。

すでにこの世にない者と、たとえその残響でしかなくともふれあえる奇跡を逃すなと。置き去りにされた者の長い終わりを、後悔のままに生き続けることのないようにと。遠い海の果てで、父親を亡くしたばかりのパトリックが、懸命にうながす。

ハロルドがそろりと足を動かした。

「おまえはアンソニーなのか？」

かすれた声で、ささやきかける。

「そう……呼んでもかまわないのか？」

するとたちまちもうひとりのハロルドの顔が、張りつめた水面に小石を投じられたかのように、音もなくさざなみだった。泣き笑いのようにゆがんだその顔の奥に、ユージンの描いたあの眼が、鼻が、口が見え隠れし始める。

ハロルドは息を呑み、身廓にたたずむ影に向かってよろめくように足を踏みだした。

「アンソニー」

それでも手をふれたとたんに相手が消え去ってしまうことを恐れるように、ハロルドはあと数歩で手が届くというところで足をとめた。

「おれは……おれはずっとおまえを苦しめていたのか？」

アンソニーはさみしげにかぶりをふった。左右にその像が揺らぐたびに、急ごしらえの仮面が剝《は》がれ落《お》ちるように、もうひとりの少年の顔が鮮明さを増してゆく。

「そんなことはないよ」

それは冷たく、儚く、穢れのない雪のような声だった。

「ぼくの苦しみは、ぼくの心に悪魔が巣食っていたことだ」

「おまえの……心に？」

「ぼくは一度だけ、本当のアンソニーに会ったことがある。感じの悪い奴だった。身代わり役が決まったぼくを馬鹿にして、自分に恥をかかせるような真似だけはするなと命令した。失敗したら、ぼくの両親を酷《ひど》い目に遭わせてやるとも脅された。こんな学校はすぐにでも逃げだしたかった。それでもだんだん毎日が楽しくなっていった。きみが……きみが友だちになってくれたから」

語られるささやかな幸福とは裏腹に、その声は吹雪のように荒み始める。

「やがてぼくの心に恐ろしい望みが芽生えた。このままぼくが跡継ぎに成り代わってしまえたらいいのに。あんな嫌な奴は死んでしまえばいいのに。だってそうでなければいつの日か、あいつがぼくの顔で、ぼくのふりをして、何年もきみの友だちでいたはずのぼくを根こそぎ奪って消し去ってしまう。そんなこと、ぼくにはとても耐えられなかった。でもそのうち本当にあいつが死んで、新しい跡継ぎが生まれて、そのたびにぼくはふりまわされて、心がどんどん醜く汚れていくのがわかって……。ぼくは何度も思った。もう嫌だ。ぼくはもうぼくでいたくない。ぼくをやめてしまいたいって！」

みずから魂を裂くような、渾身の叫びが吹き荒れる。それはただ身代わりでいることをやめたいだけではない。おのれの存在ごと消滅してしまいたいという切望だ。

「それでもぼくは、きみにぼくを忘れてほしくなかった」

「……だからユージンに、おまえの絵を？」

「ミルフォード卿に息子が生まれて、ぼくはいつ学校を去ることになるかわからなかったから。そうしたらもう二度ときみに逢《あ》うことは許されず、忘れられてしまうから」

「忘れるものか。おれがおまえを忘れるなんて、あるはずがないだろう！」

涙ぐむハロルドをいたわるように、アンソニーはほほえんだ。

「でも知らないことは憶えてもいられない。だからぼくがぼくである証拠を、残しておきたかったんだ。ユージンには、それができるはずだから」

ユージンは魂の声《と》をとらえて、かたちにできる感性と腕を持つ。その彼なら偽者である自分の真実を汲《く》み取って、紙に焼きつけることができると期待したのだろうか。

「ごめん」

まっすぐにハロルドをみつめ、アンソニーがささやいた。

「ぼくはずっときみを欺いていたんだ」

「そんなこと……」

「しかもそれを恥じるどころか、庭師の息子でいるよりも子爵家の跡継ぎとしてここに居続けたいという望みを、最後まで捨てられなかった。そんなぼくの浅ましさをきみに軽蔑《けいべつ》されるのが怖くて、どうしても打ち明けることができなかった」

「いいんだ」

いとけない子どものように、ハロルドはくりかえし首を横にふる。

「そんなことは、もう気にしなくていい。誰よりも苦しんでいたのは、おまえだったんだから。たとえおまえが自分を許せないとしても、おれはおまえを責めたりしない。おまえが何者であっても、おれにとってのおまえはなにも変わりはしないんだ」

流れる涙を拭いもせずに、ハロルドは訴えた。

アンソニーが目をつむる。その存在のすべてで、親友の声を受けとめるように。

「……ありがとう。それで充分だ」

吐息のようにつぶやいたアンソニーの口許には、静かな微笑が宿っていた。心を決めたようにハロルドの視線をとらえ、

「きみの勇気を借りて、きみに謝ることができてよかった。それだけが心残りだった。だからもう、ぼくがここにいる理由はなくなってしまった」

「だめだ」

ハロルドが顔色を変える。

「おれには勇気なんてない。だからまだ消えてはだめだ。頼むから」

すがるように、ハロルドが手をのばす。

「お願いだ。待って——」

だがその指先が届くまえに、それはすでに始まっていた。彼をかろうじてこの世につなぎとめていた力が失われ、糸の結びめが次々とほどけるように、存在が内に風をはらみ、

ふるえながら四散して宙に溶けてゆく。

その瞳が、頬が、くちびるが透きとおった砂粒のように崩れゆく刹那《せつな》。

ぼくは、ずっときみを――。

かすかな声を、おれはたしかに聴き取った。

「アンソニー」

ハロルドが虚空に呼びかける。

けれどどれだけ耳を澄ましても、目を凝らしても、すでにほどけた残響の波は、もはやどこにも存在しなかった。

手を持ちあげたまま、ハロルドはがくりと膝をつく。

その背に声をかけられる者は、誰ひとりとしていなかった。

たとえあの影が、アンソニーの魂をなぞっただけのものにすぎなくても、それが消えてなくなったことを悼まない者は、ここには誰ひとりとしていなかった。

ただひとつの存在をのぞいて。

「ふん。おもしろくもない」

祭壇から白《しら》けた声があがった。

「仕舞いが愁嘆場とは、とんだ期待外れの見世ものだったな」

つまらなそうにこぼしたそれを、パトリックが鋭くふりかえる。

「おまえは……もう充分に楽しんだはずだ。腹だってくちているだろう。いますぐにここから立ち去るんだ。これ以上この学校に留まるつもりなら——」

「おまえが許さないか？　ずいぶんと生意気な口を利く」

余裕たっぷりにパトリックを見据え、ふと目をすがめた。

「ほう。餓鬼のくせにおもしろいものを連れているな」

炯々とした瞳がとらえているのは、パトリックの肩で威嚇するように翼を広げたロビンだ。その視線がつと動き、隣にいたおれをまっすぐに射貫く。

「——っ！」

とたんにおれは息ができなくなった。

「そちらはおまえの同類か。ちょうどいい。どちらか喰ってやろうか」

「……もしもふたりに手をだしてみろ。おまえが塵《ちり》の欠片ひとつ残さずにこの世から消え去るまで、一生をかけてもつけまわしてやる」

パトリックが眦《まなじり》を吊りあげると、奴はたちまち破顔した。

「それはいい。おまえのような者と遊ぶのは、なかなかの暇潰《ひまつぶ》しになるかもしれない」

「ぼくは本気だ」

「ならばその心意気に免じて、今日のところは見逃してやろう」

そして音もなく跳躍すると、宙に浮かんだまま口の端を吊りあげた。

「わたしは気の長いほうだからな。次に会うときを楽しみにしようではないか」

「二度とぼくたちに近づくな」

けたたましい哄笑が石壁にぶつかりあい、不吉に礼拝堂を染めあげる。

たまらず身をすくめたとたん、横殴りの烈風が膚をなぶって吹き抜けた。

やがてすべての残響が遠のき、おれがおずおずと顔をあげたとき、そこにはただ、残された者たちそれぞれの足許に、おぼろな影が寄り添っているばかりだった。


薄暮の夕空に、連なる木々の影がひたひたと溶けこんでゆく。

そのいずれの方角にあれが去ったのか、おれには知る由もなかった。

ロレンス先生とウォルターを残して礼拝堂をあとにしたおれたちは、誰からともなく足をとめて寒空をあおいでいた。

誰も、ひとことも声を発しようとはしない。言葉にできない心境の代わりに、ただただ白い息のみが吐きだされては、かき消えてゆくばかりだった。

やがて口をきったのはハロルドだった。

「ユージン。おまえはアンソニーの秘密を知っていたのか?」

「……知らなかったよ。ぼくの描いた肖像画を、きみに渡すつもりでいたことは察していたけれどね」

ユージンはかぼそい声をふるわせた。

「ぼくはアンソニーのなにをわかったつもりでいたんだろう。くだらない嫉妬でぼくの眼が曇ってさえいなければ……もっとちゃんと心の支えになれていれば、彼は死なずにすんだかもしれないのに。彼がどこで、誰を想い続けていようと、生きてさえいてくれたらよかったのに」

「嫉妬？」

「まだわからないのか」

ユージンの顔が泣き笑いのようにゆがんだ。

「なら教えてやる。アンソニーはきみを愛していたんだよ。ずっときみのそばにいたい。やがてきみが見知らぬ女性を愛し、その女性と結ばれて……そんな未来を想像することが耐えられない。きみを慕うあまりのそんな執着が、ただの友愛であるはずがないと苦しんでいた。その愛は罪なのかとぼくに告白した。よりにもよって、このぼくにだ！」

悲鳴のようにユージンが叫ぶ。

それで悟らずにはいられなかった。

もとよりあの蝶の絵がすべてを語っていた。亡きアンソニーをひたむきに恋《こ》い慕《した》う心がなければ、あんな絵が描けるはずがない。

その感情に名をつけることに、どれほどの意味があるだろうか。

しかしながらアンソニーは、それを許されない罪と感じていた。

だからユージンは、黙してその罪を喰らうことを選択したのだ。

「ぼくは助言をした。親友のままでいたいなら、きみに打ち明けるのはよしたほうがいいと。きみがとまどいや嫌悪をあらわにしたり、気の迷いだと笑い飛ばしたりして、アンソニーが傷つくところを見たくなかった。ぼくは正しいことをした。ぼくのために……ぼくだけを頼ってほしかったから。それがぼくだ。みじめなぼくの愛なんだ」

ユージンはうなだれた。

「……黙ったままでいるつもりだった。アンソニーだって、きっときみのこれからの人生の重荷になりたくなくて、なにも告げずに逝ったんだ。だけどぼくは、ぼくは卑怯者《ひきょう》だから、きみを楽になんてしてやらない」

ユージンが顔をあげ、ハロルドをみつめた。

「いいかい。このことはぼくたちだけの胸に秘めておくんだ」

そして指先を、ハロルドの胸に押しあてた。

心臓に釘《くぎ》を打ちこまれたかのように、ハロルドが身をこわばらせる。

「ここにアンソニーの罪をかかえたまま、きみは一生、彼の罪とともに生きていくんだ。それがきみの——きみにしかできない贖罪だ」

ユージンが泣き崩れる。

その肩にハロルドが手をかけた。

「ああ——忘れないよ。忘れるものか」

アンソニーの願いは成就した。

それはそれはかぎりない祝福のような、ユージンの与えた罪によって。

「これで事件は解決したことになるんでしょうか」

並んで立ち去るハロルドたちを見送りながら、ウィルがささやく。

いつになく心細げな声が、彼の内心を隠しようもなく語っていた。

パトリックが白い息をついた。

「そうだろうね。アンソニーの死は事故。その叔父の死は、アンソニーの残したこの世ならぬものによってもたらされた。責めを負うべきものはいない。表向きの疑惑は残したまま、それでも決定的な証拠はあがらずに、やがて記憶から薄れて忘れられていく事件になるだろう」

「そんなの！」

ウィルは紙袋をだきしめ、頑是《がんぜ》ない子どものように訴えをふりしぼる。

「そんなのあんまりじゃないですか。なにもかもがミルフォード卿のたくらみどおりにかたづいて、罰されることもないなんて」

「それならミルフォード卿を糾弾するかい？　明確に彼の罪といえるのはアンソニーの両親を殺したことだけで、しかも奥方が証言しているにすぎない。もしもそれを公にしようとすれば、卿はその妄想を理由に妻を療養所に送りこむくらいのことはしてのけるだろうね。それだけの力を持つ相手に法の裁きを受けさせるためには、人生を擲《なげう》つ覚悟がいる。

卿に近しい人々の人生をめちゃくちゃにする覚悟もね。それがくだらないこの世界でぼくたちが生きていくということなんだよ、ウィル」

容赦なく現実を告げたパトリックの言葉に、ウィルは顔をこわばらせた。

ウィルとてそんなことは重々承知しているはずだ。それでもきっと、すがるように抗議せずにはいられなかったのだろう。

いまにも泣きだしそうな顔で、ウィルは訥々と打ち明ける。

「父さんがいつかぼくに語って聞かせたことがあるんです。弁護士としてあちこちの家の財産を管理していると、ひた隠しにされてきたおぞましい内情に接する機会がたびたびあるものだって。その闇にひきずりこまれないように耐えることこそが、この仕事におけるもっとも困難な試練だって」

ウィルはしゃくりあげるように息を継いだ。

「ぼくも父のように弁護士になったら、ミルフォード卿みたいな顧客を相手に、なにも知らないような顔で便宜を図らなきゃならないのかと考えたら、ぼく……」

うつむくウィルをまえにして、おれはふと思い至った。ファーガソン氏は訳ありの編入生であるおれの素姓をとっくに察していながら、それをおくびにもださずに接してくれているのかもしれない。息子と親しい学生のひとりとして、無条件に受け容れるその態度がどれだけおれの心を楽にしてくれていたものか。

気がつくと、おれはウィルの頭に手をのばしていた。

「深刻に考えすぎだ。ミルフォード卿みたいな人でなしなんて、そうそうお目にかかれるものじゃないさ。それにいくつもの因縁が絡まりあって拗《こじ》れた一族の感情の糸を、おまえが係わることでいくらかでもほどいてやることができるかもしれないじゃないか。おまえならきっとうまくやれるよ」

「うう……」

くしゃくしゃと髪の毛をかきまわして、顔をのぞきこんでやる。

「元気だせって。そのルッセカット、全部おまえにやるから」

「ありがとうございます……ってこれ、ぼくの母が持たせたやつじゃないですか！」

我にかえったウィルが、いつもの調子で言いかえしてくる。

おれは笑いながら手を退けると、

「聖ルシア祭のお祝いだって、級友たちにおすそわけしてやればいい」

なにげない級友という響きも、いまのおれたちの胸にはずしりとのしかかる。それでもウィルは、いつもの前向きさでこくりとうなずいた。

「──そうですね。そうします。じゃあ、ぼくは先に戻りますね」

「ああ。暗いから足許に気をつけてな」

大切そうに紙袋をかかえなおして歩きかけたウィルが、

「そういえば明日は《薔薇《ばら》の主日》ですね」

去りぎわにふと足をとめ、つぶやいたひとことが耳に残った。

アドベントの第三主日だけは祭色が紫ではなく薔薇色とされ、特別に《薔薇の主日》と呼びならわされているのだ。

司祭のまとう薔薇色の衣が、ロレンス先生とウォルターの親子にはどんな色に視えるのだろう。ふたりのそれが同じ色なのか、そうでないのか。長らくそばにいながら、異なる世界を見続けてきたふたりが、わかりあえる日は来るのだろうか。

おれたちもゆっくりと歩きだしたが、すぐには寮棟に戻る気にはなれず、どちらともなく薬草園に向かい、外壁沿いの長椅子に並んで腰かけた。

襟巻きに顔を埋めながら、おれはささやく。

「あのふたりはどうなるのかな」

「なにもかもこれからさ。完全にわだかまりが解けるまでには時間がかかるかもしれないけれど、ロレンス先生の真心ならウォルターにもすでに伝わっているはずだよ。医務室で寝たきりだったウォルターに、あいつがなかなか手をだせなかったのは、ロレンス先生がつききりで祈りを捧げていたからだもの」

「祈りが護りの力を持ったのか？」

「それだけ真剣な祈りだったということだよ。一生徒のためにそれをやってのけた先生の優しさが、ウォルターには救いになるかもしれない」

血を継いだ息子としてではなく、私心のない愛によって護られたことは、ウォルターの世界を変えることになるだろうか。求めても得られなかった、父の愛に対するこだわりから、凍えた心を解放することになるだろうか。

「それにロレンス先生は、アンソニーの死はミルフォード卿に第二子が誕生したことで定まったのだと、ウォルターの責任を否定したけれど、やはり叔父のテレンスが身代わりの証拠をつかんだことがきっかけだったとぼくは思う。跡継ぎの赤ん坊なんていつ死ぬかわからないのだから、用済みだからといってすぐにアンソニーを消してしまうなんて浅慮にすぎる」

たしかにどれほど恵まれた環境で、大切に育てたところで、嬰児はしばしばあっけなく命を落とすものだ。にもかかわらず身代わりの始末を急がせたのは、アンソニーが危険な存在となったからだ。

テレンスが巧みにその罪悪感につけこみ、身代わりを強要されたことを公に証言させでもしたら、すべてが終わりだ。だがアンソニーという生き証人さえいなければ、テレンスの訴えは揉み消せる。

「奥方はその切り捨てようをあまりに残酷だと考えて、逃がしてやろうとしたのか」

「どうだろう。奥方が息子の身代わりを助けようとしたのは、急に慈悲心をおこしたからとはかぎらないんじゃないかな。その点についても、ロレンス先生はおそらく真実の半分しか伝えていないはずだ」

暗く沈んだパトリックの声に、おれはとまどう。

「どうしてそんなふうに？」

「待望の跡継ぎとなった第二子——アンソニーの弟は、おそらく奥方の息子ではなかったんだよ」

　おれは目をみはった。

「だったら噂のとおり、ミルフォード卿の愛人の子どもだったのか?」

「本物のアンソニーが死んだことで、きっと卿は代わりの嫡子を得るためにどんな手でも使うことにしたんだよ。奥方としても、黙認するしかなかったんじゃないかな」

　貴族の女性にとっては、嫁ぎ先で跡継ぎを生《な》すことこそが使命だ。

　おそらく彼女はすでにそれが果たせない身であり、にもかかわらずカトリックでは離婚が許されない。だから世間からうしろ指をさされないためにも、生《な》さぬ仲《なか》の子を我が子と認めることに同意せざるをえなかった。

　だが奥方はその理不尽を味わってようやく、おのれの血をつなぐことにのみ必死な夫の姿を浅ましいと感じたのではなかったか。

「庭師夫妻はさっさと消しておきながら、奥方がいまになって彼だけを救おうとした理由も、そんな事情が隠されていたと考えれば納得できる。憐れみをかけたというより、夫に意趣がえしのひとつでもしてやろうという動機ゆえだったのかもしれない」

　亡くした愛息ですら、夫にとっては替えの利く存在でしかなかった。

　そう悟ったとき、奥方はミルフォード家に人生をふりまわされた身代わり役の少年に、かすかな同情をおぼえたのだろうか。

おれはどうしても、私生児である跡継ぎの未来を考えずにはいられなかった。

嘘で塗りかためられた屋敷で、彼はいったいどのように育つのだろうか。

生まれながらに、数々の罪を負わされた子。

それを知らないまま彼が一生を終えることも、知ったうえで秘密をひた隠しにし続けることも、いまのおれにはひどく恐ろしく感じられてならなかった。

誰も知らないというのは怖いことだ。

——ぼくはぼくをやめてしまいたい。

そんなアンソニーの慟哭《どうこく》が、脳裡にこだまして離れない。

その苦しみを、アンソニーは最期まで誰にも打ち明けることはできなかった。偽りの名を生きることを望みながら、それを捨て去ることをも望んだ魂の天秤《てんびん》は、秘めた愛の深さゆえに、いつその均衡を失ってもおかしくはなかった。

なぜなら隣人の言葉ひとつ、まなざしひとつで、おれたちの輪郭はたやすく揺らぐものだからだ。いまのおれがレディントン家の厄介な私生児ではなく、ただのオーランドでいられるのは、パトリックがそばにいてくれるからにほかならない。

なにを視ても聴いても、パトリックならおれを正気につなぎとめてくれるはずだ。

そんなパトリックにとって、おれもまた信じるに足る者でありたい——と無力なおれはただそれだけを望む。

それがいまのおれのひとつきりの祈りだ。

全知全能の神がどこかにいるのなら、どうか——。

「オーランド」

「ん？」

「きみに相談があるんだ。大叔母さまから届いた手紙のことなんだけれど」

パトリックが昨日、ダブリンから手紙を受け取ったことはすでに知っていた。だがその内容については、しばらくひとりで考えたいことがあるというので、彼がみずから話したくなるまで待つつもりでいたのだ。

「今度の休暇はダブリンに帰ってくるよう、うながされたんだろう？」

「うん。だからぼくは——」

「おれのことなら気にしないでいいから、ちゃんと顔をだしてこいよ。暇くらいひとりでもつぶせるさ」

「そうじゃなくて」

意を決したように、パトリックがこちらをふりむいた。

「きみもいっしょに来ないか」

「は？」

おれはぽかんとした。

「きみもアイルランドには、まだ渡ったことはないんだろう？」

「そう……だけど」

「大叔母さまの屋敷なら泊まる部屋なんていくらでもあるし、なんならきみの旅費はぼくが持ってもいい」

「いや、ちょっと待――」

「他人の家なんてきみにとっては気詰まりなだけかもしれないけれど、なにもずっと屋敷にいる必要はないんだ。昼間はあちこちダブリン観光をしてまわればいい。もちろんぼくが案内するから、退屈はさせないよ。市内には大聖堂も美術館も歌劇場もある。きみだって興味あるだろう?」

パトリックは一気にまくしたてると、呆気にとられるおれから目をそらした。

「つまり……そうしてもらえたらぼくが嬉しいってことだけれど」

もそもそとつぶやき、かじかんだ指先を握りしめる。

それをまのあたりにしたとたん、消えかけの熾火《おきび》が息を吹きかえすように、おれの胸に痛いほどの熱が広がった。

いまさらながら、おれはおれのどうしようもない鈍感さを笑いたくなる。パトリックが父親を亡くしたことを知ってから、自分がどれほど不安な心持ちでいたか。パトリックの心から自分が締めだされることを、どれほど恐れていたか。

だがパトリックもまた、たとえようのない心細さを持て余していたのかもしれない。

だからダブリンまでついてきてほしい――とはっきり告げないところは、かわいげだと受け取ってやることにしよう。

おれは大きく息を吸いこんだ。

「──そうだな。どうせ予定はないし、しばらく居候させてもらおうか」

「決まりだね！」

たちまちパトリックの声が弾み、おれは苦労して笑いをこらえた。

「ちゃんと大叔母さまの許可をもらっておいてくれよ？」

「もちろんだとも」

「ダブリンまでの経路は？　リヴァプールから？」

「うん。帰省はあまり気が進まないけれど、いつも船旅だけは楽しみなんだ」

「おれもわりと好きだな。大時化《おおしけ》で船酔いさえしなければ」

「ぼくはいくら荒れていても平気だ」

得意げに断言するパトリックのまなざしは、すでに遠いどこかの海原に向けられているようだった。

生まれ故郷にして、母親が暮らすギリシアの地までつながる海。

そしていま、父親も海においてその人生を終えることになった。

その波の音に耳を澄ますように、パトリックがささやく。

「父さんの遺体は水葬にされたそうだ」

「軍船から海に流したんだな」

「いまごろはインド洋の底さ」

「粋《いき》な葬儀じゃないか」

「うん」

パトリックはわずかに息をつまらせた。

「ぼくも死ぬときは、そんなふうに海に還《かえ》りたいよ」

「海で死にたいなら、軍に入隊したらどうだ？」

「向いてない」

「だろうな。だったら海運会社に勤めるのは？」

「浪漫《ロマン》がない」

「贅沢《ぜいたく》だな」

おれは苦笑しながら腕を組み、思案する。

やがてひとつ、パトリックのお気に召しそうな職業をひらめいた。

「それなら旅人は？ 行く先々で書いた紀行文を、まとめて出版すればいい。きみは文才があるから、きっと売れるさ」

「旅人か……うん。それはいいね。最高にすてきな夢だ」

たしかにそれは夢物語だ。

パトリックは大叔母から、聖職者になることを望まれている。

紀行文で生計をたてる未来など、ほんの戯《ざ》れ言《ごと》——夢のまた夢だ。

にもかかわらず、おれには海を越えるパトリックの姿が目に浮かぶようだった。

なぜならおれはすでに知っているのだ。

生まれながらに魂の旅人である彼の行く手を阻《はば》めるものなど、この世になにひとつないことを。彼の魂を縛りつけておくことなど、誰にもできないのだと。

おれは目をつむる。

頰をなでる草木のざわめきが、やがて幻の潮騒《しおさい》と混ざりあう。

ほのかな潮の香りが胸に忍びこみ、ゆったりと打ちつける波が足許を揺らしだす。

まばゆい陽にさらされた船の甲板では、パトリックが手帳にペンを走らせている。

したためたばかりのその原稿を、彼は勢いよく空に投げかける。

舞いあがった幾枚もの紙は、たちまち純白の鳩《はと》に姿を変え、まるで福音を告げるように世界にはばたいてゆく――。

そんな夢をみた。

参考文献（既刊に掲載したものを除く）

『死せる菩提樹　シューベルト《冬の旅》と幻想』梅津時比古著　春秋社
『シューベルトの「冬の旅」』イアン・ボストリッジ著　岡本時子・岡本順治訳　アルテスパブリッシング
『新編世界大音楽全集　声楽編1　シューベルト歌曲集Ⅰ』音楽之友社
『黒猫／モルグ街の殺人』ポー著　小川高義訳　光文社古典新訳文庫
『よくわかる名画の見方　読み解くための100のキーワード』池上英洋・川口清香・荒井咲紀著　PHP研究所
『猫の世界史』キャサリン・M・ロジャーズ著　渡辺智訳　エクスナレッジ
『ロミオとジュリエット』ウィリアム・シェイクスピア著　小田島雄志訳　白水uブックス
『聖書　新共同訳』日本聖書協会
『キリスト教の歳時記　知っておきたい教会の文化』八木谷涼子著　講談社学術文庫
『図説　イングランドの教会堂』トレヴァー・ヨーク著　中島智章訳　マール社
『ケルト民話集　The sin-eater and other Celtic tales.』フィオナ・マクラウド著　荒俣宏訳　ちくま文庫
『ユダ　烙印された負の符号の心性史』竹下節子著　中央公論新社
『エクソシストとの対話』島村菜津著　講談社文庫
『エクソシスト急募　なぜ現代人が「悪魔祓い」を求めるのか？』島村菜津著　メディアファクトリー新書
『悪魔という救い』菊地章太著　朝日新書

『オカルティズム　非理性のヨーロッパ』大野英士著　講談社選書メチエ
『解離性障害──「うしろに誰かいる」の精神病理』柴山雅俊著　ちくま新書
『シャルコー　力動精神医学と神経病学の歴史を遡る』江口重幸著　勉誠出版
『ヒステリーの発明　シャルコーとサルペトリエール写真図像集　上・下』ジョルジュ・ディディ＝ユベルマン著　谷川多佳子・和田ゆりえ訳　みすず書房

本書は書き下ろしです。

講談社
タイガ

〈著者紹介〉

久賀理世（くが・りせ）
東京音楽大学器楽専攻ピアノ演奏家コース卒業。
『始まりの日は空へ落ちる』で集英社ノベル大賞受賞。
『英国マザーグース物語』『倫敦千夜一夜物語』シリーズなどがある。

ふりむけばそこにいる　奇《き》譚《たん》蒐集《しゅうしゅう》家《か》　小《こ》泉《いずみ》八《や》雲《くも》
罪《つみ》を喰《く》らうもの

2019年5月20日　第1刷発行　　定価はカバーに表示してあります

著者…………………久《く》賀《が》理《り》世《せ》

発行者…………………渡瀬昌彦
発行所…………………株式会社 講談社
〒112-8001 東京都文京区音羽2-12-21
編集03-5395-3506
販売03-5395-5817
業務03-5395-3615

本文データ制作…………講談社デジタル製作
印刷…………………豊国印刷株式会社
製本…………………株式会社国宝社
カバー印刷……………株式会社新藤慶昌堂
装丁フォーマット………ムシカゴグラフィクス
本文フォーマット………next door design

ISBN978-4-06-515638-4　N.D.C.913　351p　15cm